# Les Fragments du passé

## Du même auteur

La pierre de Srha tome 1 à 7

Affaire(s) Nash tome 1 à 3

La vie secrète des hamsters tome 0 à 5

La malédiction du bestseller

NORA

# Les Fragments du passé

# **Tome précédent :**

Le Cycle de l'Oubli

# 1

Cela fait quelques jours, je remarque que Lyra a un comportement étrange. Elle ne peint plus ses visions à ce qu'elle dit, mais il y a un truc qui cloche et je ne sais pas trop quoi. J'ai au fond de moi la sensation qu'on me cache des choses pour mon bien-être. Il va falloir que je découvre par moi-même ce qui se passe.

Est-ce que j'entraine Kaël dans cette démarche aussi dingue qu'elle puisse paraitre ?

Non. Pas pour le moment en tout cas.

Alors que je tente de me rendormir, des ombres surgissent de nulle part et m'effraient. J'me dis que ce n'est rien… puis je sens tout à coup une angoisse m'envahir. J'crie par réflexe, pensant que personne ne m'entendra.

C'est là que je me trompe : Malachai entre sans prévenir et me fiche la trouille, mais je suis contente qu'il soit là.

– Tout va bien ? demande Malachai.

Je ne réponds pas, perdue dans mes pensées.

– Tyllia… dit-il en avançant. C'est la troisième fois que tu cries comme ça sur deux jours. Tu es sûr que…

Je me précipite dans ses bras.

– J'aimerai tant que grand-mère soit là ! me dis-je.

Malachai voit en effet des ombres dans la pièce. Sans que je comprenne pourquoi, il me demande de prendre mes affaires, pendule et Cube de Métatron et d'aller voir Lyra. C'est vrai que d'habitude, je pose des questions, mais là je n'ai pas besoin de le faire, je vois tout de suite que c'n'est pas normal.

Au moment où je les attrape, j'ai une vision des plus incohérentes qui m'envahit au point qu'elle me paralyse.

Malachai attrape mon pendule et le met dans ma main. Il émet une vibration que je suis la seule à ressentir. Puis il s'illumine comme si un ennemi était présent dans la pièce. Malachai coupe court… Le pendule essaie de me révéler quelque chose que je ne comprends pas. Puis, Lyra arrive et dit :

– C'est bien ce que je pensais ? Il… il est de Retour ? J'ne me suis pas trompée…

Lyra le dit juste avant de me voir, malgré mon état, je l'entends.

Malachai lui demande de s'éloigner et d'aller prévenir les autres ; il va faire une réunion d'urgence puisque cela s'impose. Réunion à laquelle je ne suis pas conviée… mais je me débrouillerai pour y être même si je dois m'attirer les foudres de plusieurs personnes.

Alors qu'il a fait « dégager » ce qu'il fallait dans ma chambre, il décide de me déplacer et me mettre dans la sienne, le temps de la réunion.

Il ferme la porte à clé…

Mais je suis plus intelligente que ça, je sais que Bran laissait toujours une clé cachée derrière un tableau en cas où.

Je la trouve rapidement et m'en vais de cette chambre. J'erre dans le sanctuaire pendant un moment avant de me rendre compte qu'ils sont tous dans la pièce où Lyra peignait.

J'me penche sur la porte pour écouter la conversation.

On dirait un langage crypté, mais j'entends le nom de Nyxus…

Je me ressaisis et m'appuie contre la porte…

Mais en faisant ça, je suis sur la poignée de la porte, et elle s'ouvre en grand.

Je bascule dans la pièce, mes yeux écarquillés par la soudaine chute. Les regards se braquent sur moi, et je sens que ma présence n'est pas la bienvenue.

– Tyllia ! Qu'est-ce que tu fais ici ? gronde Malachai, son visage exprimant à la fois surprise et mécontentement.

Je me redresse d'une traite reprenant mes esprits. Je balaie la pièce du regard, remarquant les différentes expressions tendues sur les visages des membres du sanctuaire.

– Je suis désolée, commencé-je à mi-voix. J'ai senti que quelque chose d'important se passait et je ne pouvais pas rester à l'écart.

Lyra s'approche de moi, posant sa main sur mon épaule. Sa préoccupation est visible, et je réalise que la situation est plus grave que je ne le pensais.

– Tyllia, ce que nous discutons ici ne concerne pas seulement le sanctuaire mais aussi le monde extérieur. Nyxus... c'est le nom d'une ancienne force qui risque de bouleverser notre réalité, explique-t-elle doucement. C'est le Maître de l'oubli…

Je fronce les sourcils, intriguée. Le nom résonne en moi comme un écho lointain, comme si une partie de moi le reconnaissait.

La pièce est plongée dans un silence lourd, tous attendant apparemment que je digère l'information. Kaël se lève et s'adresse à nous, il me défend.

– Tyllia a été touchée par les visions, elle a droit de savoir. Nyxus était endormi depuis des siècles. C'est une entité capable d'effacer les souvenirs, de manipuler les esprits pour remodeler la réalité selon son désir. C'n'est pas pour rien qu'on l'appelle le Maître de l'oubli !

Mon esprit tourbillonne. Comment une telle entité pourrait-elle exister ? Et pourquoi je suis mélangée à tout cela ? Au fond de moi, j'ai la sensation que la clef de cette énigme réside dans ce que je reçois, ces mêmes visions qui sont devenues si confuses récemment.

– Que pouvons-nous faire ? demandé-je, ma voix se fait petite, presque effacée par la gravité de la situation.

Lyra se tourne vers les autres, puis de nouveau vers moi.

– Nous devons trouver le Rituel de l'Éveil. Seul ce pouvoir peut contrer Nyxus. Tyllia, tes visions et ce lien que tu as avec le Cube de Métatron, peut-être que tu pourrais nous aider ?

Je ressens le poids des regards sur moi, pesant comme le monde sur mes épaules. Je réalise que ma quête ne fait que commencer, et un frisson d'excitation mêlé de peur traverse mon esprit

– Je vais y arriver, promis-je avec plus de conviction que je ne l'aurais cru possible. Nous allons y arriver... ensemble.

– Oui… mais pour cela, il faut tout nous dire… ma ché-rie… lance Malachai. Ta grand-mère ne voudrait pas que tu ailles mal parce que tu ne peux pas t'exprimer. D'ailleurs… il vaudrait mieux pour toi que tu n'essaies pas d'aller dans les Annales Akashiques, et que tu continues à ignorer ce qui se passe ici. J'comprends ta frustration... Mais c'est pour te préserver !

– Me préserver de quoi exactement ? dis-je. Shadow n'est plus là...

Voyant mon père baisser les yeux, je commence à comprendre qu'il a menti... ça fait deux semaines qu'il est ici, et... il me cache déjà des choses.

J'me tourne vers Lyra.

– Et toi ? Tu n'as rien à dire ?

– Moi ? répète Lyra.

Malachai lui fait non de la tête.

– Non... dit-elle.

À son ton, je sais qu'elle me ment.

– Qu'avais-tu peint, il y a deux semaines ? je demande.

– Qu... Toi et Ka... répond-elle.

Kaël intervient.

– Malachai... tu ne crois pas qu'il serait temps de lui dire la vérité ? Il n'y a pas que Nyxus qui nous pose un problème après tout.

– Comment ça ? dis-je.

– Bon... dit Malachai. Ce n'est rien d'alarmant pour le moment mais...

– Mais quoi ? dis-je. Bon sang, vous allez arrêter tout de suite de me faire des cachoteries ? Qu'est-ce qui se passe ? J'ne partirai pas d'ici... tant que je ne saurai pas ce qui se passe ! Compris ?

Mon cœur bat de plus en plus fort dans ma poitrine.

J'ai peur...

Un lourd silence s'abat dans la pièce, tous les yeux sont sur moi. Malachai finit par lever les yeux, ses traits tirés par une préoccupation évidente. Je sais qu'il est proche du point de rupture, de cet instant où la vérité doit triompher des secrets.

– Tyllia, dit-il finalement, d'une voix grave. Shadow... il n'a jamais vraiment disparu. Il a trouvé un moyen de s'infiltrer dans les Annales Akashiques. Il... il a pris le contrôle de certains de nos souvenirs.

Mon souffle se coupe et je sens un vertige m'envahir. Les Annales Akashiques, le répertoire de toutes les âmes et de toutes les expériences de l'existence, sous l'emprise d'une entité maléfique ? Cela expliquerait mes visions incohérentes, les morceaux de réalité qui semblaient se briser et mieux se reformer.

– Comment est-ce possible ? J'exige des explications ! Comment peut-on contrôler les Annales Akashiques ? C'est notre patrimoine sacré, notre... notre mémoire universelle !

Malachai passe une main sur son visage, signe d'un homme confronté à l'inimaginable.

– Je ne suis pas sûr de comprendre entièrement le processus... mais il semble que Shadow ait trouvé un moyen de brouiller certaines lignes, de réécrire des fragments de notre histoire collective. C'est comme s'il « éditait » notre réalité, injectant le chaos dans l'ordre que les Annales Akashiques doivent préserver.

Je me tourne vers Lyra, cherchant son soutien, mais je vois sa défaite.

– Des souvenirs altérés pourraient corrompre le cours de nos vies, murmure-t-elle, sa voix trahissant sa détresse.

– Alors, je reprends d'un ton qui se veut fermer, si Shadow contrôle des fragments des Annales Akashiques, cela ne signifie qu'aucun de nous n'est en sécurité. Nos pensées, nos choix, tout ce qui nous définit pourrait être... pourrait être un mensonge ?

Lyra acquiesce silencieusement.

– C'est pourquoi nous devons agir vite, dit Malachai d'un ton solennel. Pourquoi nous devons cacher nos véritables intentions, même à ceux que nous aimons. Nous devons protéger les souvenirs qui restent intacts, et récupérer ceux qui ont été volés ou altérés.

Je comprends que leur silence n'était pas une question de confiance, mais une tentative désespérée de me protéger des jeux dangereux de Shadow. J'ai peur, oui, mais ma résolution se renforce.

– Et comment allons-nous faire pour lutter contre une telle menace ? commenté-je, ma peur s'estompant pour laisser place à la détermination. Comment retrouver les souvenirs perdus ?

C'est Kaël qui prend la parole cette fois.

– Nous croyons que ta connexion avec le Cube de Métatron est la clé, Tyllia. Tu as le don unique de voir au-delà des voiles, de percevoir la trame des réalités possibles.

Je regarde le collier qui brille faiblement. Un lien qui dépasse ma propre compréhension.

– Alors, nous devrons le faire. Nous devons restaurer l'intégrité des archives, réaffirmé-je avec plus de confiance que je n'en ai réellement. Je trouverai un moyen de les utiliser pour contrer Shadow.

– Nous sommes tous ensemble dans cela, renchérit Malachai en se tournant vers les autres. La lutte s'annonce difficile, mais nous ne reculerons pas.

Je me sens soudain comme une guerrière parmi eux, prête à défendre notre passé et notre avenir. Mes visions désordonnées prennent un nouveau sens, un appel à l'action. Un frisson me touche tout à coup.

– Alors, commençons. Que doit-on faire en premier lieu ?

D'un regard déterminé, Lyra me sourit.

– Retrouve la clarté dans tes visions, Tyllia. Nous devons identifier les souvenirs altérés avant de pouvoir les reconstruire. Ton rôle est crucial.

Je hoche la tête, prête à affronter les ombres de l'impossible. Nous sommes dans une course contre le temps, et je suis désormais au cœur du vortex.

– Tu te souviens de ta grand-mère ? De comment elle était avec toi quand tu étais petite ? Ce genre de chose quoi… dit Kaël.

– Je crois… dis-je.

– Écoute, il faut nous parler d'elle, et voir… s'il n'y a pas déjà des souvenirs corrompus. Même si cela te parait désagréable, nous allons devoir répéter cela tous les jours et quelques fois sur la journée… lance Malachai.

Je ris.

– J’suis sérieux Tyllia ! dit-il.

– Ouais… parce que tu l’étais aussi quand tu me demandais où était le Fleuve de l’Oubli… je lance sans même m’en rendre compte.

Voyant la réaction de Kaël, je comprends qu’il s’agit d’un souvenir dont je ne devrais même pas me souvenir… une chose que ma grand-mère avait enlevée de mon esprit mais qui… a refait surface !

Je sens le poids du regard de Kaël sur moi, comme une onde de choc qui m’oblige à prendre conscience de la gravité de ce que je viens de dire. Je le vois échanger un regard lourd de sens avec Malachai, et je perçois immédiatement que ma mémoire est peut-être la clé de cette énigme bien plus grande et plus sombre que je ne l'avais imaginé.

– C’est un souvenir que tu n’aurais pas dû retenir, dit-il doucement, mais avec une fermeté qui ne m’échappe pas. Ta grand-mère pensait qu'il valait mieux le dissimuler pour te protéger…

Je ricane nerveusement, le scepticisme l'emportant sur la crainte qui se manifeste en moi.

– Et pourtant, il est là, dans ma tête, comme s’il n’avait jamais été oublié. Alors, que cachez-vous d’autre ? Que sait ma grand-mère que je ne sais pas ?

Je m’accroche à ce dernier fil de pensée, celui de ma grand-mère, essayant désespérément de distinguer mes réels souvenirs des possibles altérations injectées par Shadow. Les images de son visage souriant, des histoires qu'elle me racontait avant le coucher, refont surface, mais sont-elles vraies ou simplement des illusions forgées pour me tromper ?

– Ta grand-mère savait beaucoup de choses, des choses sur les Annales Akashiques, sur ton héritage, et sur le rôle que tu pourrais jouer si Nyxus ou Shadow venait à modifier notre réalité, explique Malachai, son regard se plongeant dans le mien à la recherche d'un signe d'acceptation.

Je sens un frisson qui me parcourt alors qu'une sombre réalité s'impose à moi. Peut-être que ma grand-mère, dans sa sagesse, avait prévu ce tournant et avait implanté des indices en moi, préparant le terrain pour ce combat.

– D'accord, je soupire, sentant la résistance s'éroder en moi. S'il y a des souvenirs à redécouvrir, alors... je veux savoir. J'accepte cette tâche, savoir ce qui relève de la vérité et ce qui est une contrefaçon de Shadow ou de Nyxus. Comment commençons-nous ?

Malachai échange un nouveau regard avec Lyra, puis Kaël, comme s'il cherchait leur approbation pour le plan qu'il allait exposer.

– Nous commencerons par un nettoyage, dit-il avec une telle conviction que je peux presque sentir la détermination qui se déverse de lui. Nous utiliserons le Cube de Métatron pour nous connecter à tes visions et isoler celles qui ont été altérées. À partir de là, nous pourrons entreprendre le Rituel de l'Éveil, qui devrait te permettre de retrouver la plénitude de tes souvenirs.

Je sens l'urgence maintenant, non seulement pour ma propre intégrité mentale, mais pour l'équilibre du monde entier.

– Et s’il y a un risque ? Si ces souvenirs altérés sont trop profonds ou dangereux ? Je regarde Kaël, cherchant son soutien.

Il me répond avec la douceur d'un frère, mais aussi avec la gravité de l'heure.

– Tyllia, nous ne serons pas loin. La grandeur de ton héritage, c'est aussi d'être entourée par ceux qui t'aiment et te protègent. Nous ferons front ensemble.

Je respire profondément, rassemblant mon courage. Les ombres de la peur reculent lorsque je m'imagine à nouveau dans les bras de ma grand-mère, absorbée par le réconfort de sa présence. Fidèle à sa mémoire et forte de son enseignement, je me prépare à embrasser le rôle qui, apparemment, a toujours été le mien.

– Alors entamons ce nettoyage. J’ai des souvenirs à récupérer, et un monde à sauver.

Malachai acquiesce, sa fierté pour moi peinte sur son visage.

– Que fait-on alors ? demande Kaël. Léthé Memoria nous a formellement interdit de nous mêler de ça, et il a dit qu’on serait banni si on essayait de rentrer à nouveau dans les Annales Akashiques…

– Il a parlé de toi et de moi, dit Malachai. Mais pas de Tyllia. On ne peut pas bannir Akasha des Annales Akashiques !

– Tu es sûr que c’est sans danger ? demande Kaël plusieurs fois.

– En fait… je ne sais plus quoi penser ! Shadow et Nyxus peuvent être un peu partout, mais pas à la Source !

– Tu ne veux quand même pas y envoyer Tyllia seule ? demande Kaël.

– Tu as raison, sur une chose Kaël, ça serait de la folie ! C'est pourquoi, tu iras avec elle…

– Qu… PARDON ? dit-il.

Je regarde Malachai, abasourdie par sa suggestion. L'idée me parait tellement farfelue que je ne sais pas si j'arriverai à m'y connecter… seule.

Kaël semble tout aussi choqué que moi.

– Tu plaisantes ? s'écrie-t-il, le regard incrédule. Tu es au courant des risques, non ?

Malachai hoche la tête, un pli soucieux marquant son front.

– Je suis bien conscient des dangers qui rôdent, admet-il. Mais c'est notre seule option. Nous avons besoin de quelqu'un qui n'est pas encore banni pour entrer, et qui de mieux qu'Akasha elle-même ?

Je sens mon estomac se nouer, et des milliers de questions se bousculent dans ma tête.

– Mais si Shadow et Nyxus sont partout, comment peux-tu être sûr que je serai en sécurité même à la Source ? Ma voix tremble malgré moi. Cela serait comme plonger dans une mer infestée de requins.

Lyra se penche vers moi, posant sa main rassurante sur mon épaule.

– Parce que, explique-t-elle, la Source est le point d'origine des Annales Akashiques. C'est le seul endroit qui est préservé de leurs influences. Ils peuvent rôder dans les couloirs et les recoins des souvenirs, mais pas dans le cœur même. Tu dois croire en cela, Tyllia, et en ta capacité à voir la vérité.

Je prends une grande inspiration, réalisant que c'est ma destinée qui se joue ici. Je suis Akasha, la gardienne et si je ne me lève pas pour défendre ce qui est menacé, qui le fera ?

– D'accord, d'accord, je vais le faire. Mais je n'y vais pas seule, j'insiste en regardant Kaël. Tu viens avec moi. Tu as toujours été mon ancre, et je refuse d'affronter cela sans toi.

Il semble hésiter une fraction de seconde, puis acquiesce, la résolution éclairant ses traits.

– Bien sûr, Tyllia. Je serais à tes côtés. On n'est jamais aussi forts que quand on est ensemble, il sourit, bien qu'un soupçon d'inquiétude persiste dans ses yeux.

Malachai se racle la gorge, attirant notre attention.

– Préparons-nous alors. Nous allons devoir traverser des couches de réalité que nous n'avons encore jamais sondées. Ce sera un voyage comme aucun autre, mais je crois en vous deux, dit-il.

Je me tourne vers le Cube de Métatron accroché à ma ceinture, son éclat semble plus vif maintenant, comme s'il répondait à l'enjeu qui se présente. Je ressens sa chaleur à travers le tissu de mes vêtements, une chaleur qui semble pénétrer jusqu'à mon âme.

– Commence par te concentrer sur le Cube de Métatron de ta grand-mère, Tyllia. Laisse-le te guider, ordonne Malachai, jusqu'à la Source.

Je ferme les yeux et pose ma main sur le cube. Une sensation de plénitude m'emplit, comme si des milliards de filaments de lumière se connectaient à moi, m'attirant dans une danse intemporelle. La salle s'efface autour de moi, les préoccupations de mes compagnons deviennent lointaines. Il ne reste plus que le Cube, Kaël à mes côtés, et la promesse d'un voyage à travers l'infini de la mémoire.

Et pas à pas, je suis prête à affronter les vagues obscures de l'oubli, à défier, à reconquérir ce qui m'a été volé. Avec Kaël et l'esprit de ma grand-mère qui, je le sens, veille sur moi, rien ne me semble impossible.

Alors, je serre la main de Kaël, notre lien plus fort que jamais, et ensemble, nous nous apprêtons à plonger dans l'inconnu.

– Ne t'en fais pas, Tyllia… dit Malachai en me voyant inquiète.

Je sens son regard sur moi, empli d'une assurance que j'essaye de m'approprier. Kaël est le roc sur lequel je pouvais m'appuyer en des temps incertains, et même si sa présence me rassure, la tension qui noircit l'air ne me quitte pas. Je suis sur le seuil d'un acte qui pourrait changer la donne, moi, une jeune femme qui se tient au bord de l'abîme, prête à défier l'obscurité pour récupérer des souvenirs perdus et un futur qui risque de se dérober sous mes pieds à tout instant.

– Je suis prête, dis-je d'une voix que je veux fermer, masquant les tremblements internes qui menacent ma contenance.

Kaël serre ma main, et je me rends compte que sa paume est tout aussi froide que la mienne. Nous partageons cette angoisse, bien que nous essayions chacun de la dissimuler derrière une façade de bravoure. C'est pour nous, pour notre sanctuaire, et pour le monde entier. Comment pourrions-nous tourner le dos à un tel appel ?

Je prends une profonde inspiration, laissant le parfum familier de l'encens remplir mes poumons, m'emporter loin des murs de cette pièce où les ombres semblent écouter notre conversation. Alors, enfin, j'ouvre les yeux, et là, devant moi, le Cube de Métatron pulse d'un éclat qui dépasse les simples limites visuelles ; il touche directement mon âme.

– Concentre-toi sur les visages qui t'entourent, les conseils de ton cœur, et laisse le Cube de Métatron te dévoiler le chemin, me souffle Malachai, me ramenant à la tâche à accomplir.

Je fixe le Cube, laissant la présence des autres s'estomper en arrière-plan. Dans la paume de ma main ouverte, il brille, un phare dans la tempête qui gronde en moi. Je lâche un soupir alors que des images commencent à s'affluer à ma conscience : ma grand-mère telle que je me suis toujours rappelée d'elle ; Lyra, les yeux pleins de larmes et de détermination ; et Kaël, la force tranquille à mes côtés. Ils forment la trinité de ma force, le pilier sur lequel je peux m'appuyer pour affronter ce qui m'attend.

– Nous partons maintenant, murmure Kaël, sa voix est un ancrage dans la tempête des émotions qui me submerge.

Je me concentre sur le Cube, et une chaleur se diffuse de lui, engloutissant mes peurs, clarifiant mes pensées. Une force ancienne, parce que des énergies saturent la pièce, et je sais que c'est le moment. Je suis la gardienne des Annales Akashiques. Je suis celle qui voit entre les lignes du temps et de la réalité.

Je regarde vers la porte, mais elle est déjà lointaine, une relique d'un autre monde que je suis prête à laisser derrière. Les murmures de la Source s'harmonisent avec les battements de mon cœur, et je sais que je suis en train de commencer la quête la plus significative de ma vie.

Avec la main de Kaël toujours bien serrée dans la mienne, je nous guide vers la Source. Dans un éclat de lumière qui consume tout, le sanctuaire s'efface, et nous plongeons ensemble dans les profondeurs des Annales Akashiques, là où la mémoire de toutes les âmes danse dans l'éternité.

Je suis Akasha. Je suis celle qui se souvient et celle qui découvrira. Je suis celle qui combattra pour que chaque souvenir perdu soit retrouvé. Et avec Kaël, mon fidèle compagnon, nous sommes désormais le sillage dans le temps, la rédemption, l'espoir incarné.

Le Cube de Métatron en poigne, nous traversons les couloirs tortueux des Annales Akashiques, Kaël et moi. C'est déroutant, cette sensation de défier la nature même de l'existence, de flotter dans un espace hors du temps, où les souvenirs s'égrènent comme des perles d'un chapelet cosmique sans fin. Il semble que chaque fragment de mémoire palpite d'une vie propre, offrant le murmure de millénaires d'histoires.

– Concentre-toi, me souffle Kaël, sa présence réconfortante bien que son visage trahisse son appréhension.

J'obéis, fermant les yeux pour ne pas me laisser entraîner par le vertige de l'infinité des possibilités qui m'entourent. Je me focalise sur le lien tissé entre le Cube et moi, l'intuition subtile qui s'immisce dans mon esprit, m'orientant. Je sens le flot des souvenirs altérés, un courant qui résiste, une présence qui ne collabore pas avec la tapisserie bien ordonnée de l'histoire universelle.

– Tu ressens ça ? dis-je, ouvrant les yeux pour rencontrer ceux, tout aussi concentrés, de Kaël.

Il acquiesce silencieusement, et je me concentre de nouveau sur le collier, prête à dénicher les souvenirs touchés par Shadow. Les murmures des victimes de l'oubli m'encouragent silencieusement, m'enjoignant à rétablir ce qui a été rompu.

L'aventure, la plus périlleuse et la plus exaltante, ne fait que commencer.

## 2

Une fois connectés, Kaël et moi arrivons dans ce qui nous semble être les Annales Akashiques.

Etrangement au lieu de me sentir chez moi comme d'habitude, je ressens une angoisse qui me monte à la gorge et m'empêche de parler. Et si on nous avait envoyé au mauvais endroit ? Si on nous avait volontairement donné la mauvaise prière pour que nous soyons confrontés à Shadow ?

– Kaël… dis-je. Tu es sûr qu'on est bien dans les Annales Akashiques ?

– On dirait que tout a changé ici… pense Kaël. J'crois pas qu'on va rester connecter plus longtemps que ça, il faut qu'on limite les dégâts.

– Tu écoutes ce que je dis ? je demande à plusieurs reprises.

C'est comme s'il ne m'entend pas tout à coup. Un mur invisible se dresse entre nous, comme si je suis à l'extérieur des Annales Akashiques et pas lui. Pourquoi ? C'est moi la Gardienne, pas lui.

– Kaël, où es-tu ? criai-je, ma voix teintée de panique quand soudainement je ne le vois plus.

Je ne peux pas le voir, mais je peux sentir son parfum, sa force vitale qui palpite quelque part dans l'élément des Annales

Akashiques. L'obscurité grandissante m'entoure et semble s'épaissir à chaque seconde.

– Tyllia, je suis là ! J'essaie de te rejoindre, mais... quelque chose me retient. Où es-tu ? répond Kaël à travers le voile qui nous sépare.

L'urgence monte en moi comme une marée inarrêtable. Je dois agir vite.

– Il faut que tu récites la prière de fermeture, maintenant ! Kaël, on n'a pas de temps à perdre !

Le silence, un bref instant, et je peux presque sentir l'hésitation à l'autre bout. Comment peut-il comprendre quand je ne vois que ténèbres et chaos ? Pourtant, je sais qu'il sent lui aussi ce danger, ce mal inqualifiable qui s'insinue en nous.

– Je... Je ne... commence-t-il avant d'être coupé.

C'est alors que je hurle avec toute la force de mon être :

– Léthé Memoria, aide-nous ! Kaël a besoin de ton soutien pour nous sortir d'ici !

La réponse ne vient pas, et le pressentiment se fait sans certitude glaçante. Shadow, et sa puissance insaisissable, tient les rênes de notre destinée.

– Tyllia, c'est impossible ! Léthé Memoria ne répond pas ! Je sens... Je sens Shadow, il est ici, partout ! s'exclame Kaël.

La respiration haletante, je réalise que la situation est bien plus désespérée que je ne l'imaginais. Nous sommes dans l'épicentre d'une bataille cosmique, l'enjeu étant notre connexion même aux Annales Akashiques.

– Kaël, concentre-toi sur moi ! Concentre-toi sur notre lien… C'est notre seule chance !

J'étire ma conscience en direction de lui, tâchant de tisser un pont invisible à travers la distance qui nous sépare. Un frisson court le long de mon dos tandis que je fais appel à toute l'énergie dont je suis capable, priant pour que Kaël puisse s'accrocher et retrouver le chemin vers moi. J'ignore ce que Shadow compte faire, mais je sais que si Kaël ne peut pas utiliser la prière de fermeture maintenant, nous pourrions être perdus pour toujours dans cet espace entre les mondes.

– Tyllia, je...

Mais sa voix se perd, et la peur s'éclaire d'une lueur de détermination dans mon cœur.

Trop tard pour les regrets ou l'incertitude, nous devons croire en notre pouvoir, en notre lumière intérieure. Je tends la main dans l'obscurité, cherchant désespérément son énergie familière, tandis que Shadow rit en silence, tissant sa toile autour de nous.

Mais je n'ai pas peur pour autant. Il faut que je reste concentrée sur mon objectif : pénétrer dans les Annales Akashiques pour parler aux gardiens.

La pénombre se resserre, palpable et étouffante, mais je force mon esprit à rester clair. Je n'ai pas d'autre choix. C'est alors qu'un éclat de lumière attire mon regard. C'est impressionnant, mais suffisant pour me donner de l'espoir.

– Kaël, tu me vois ? La lumière, suis-la ! C'est notre lueur d'espoir !

Ma voix se fraie un chemin à travers l'ombre comme si ces mots transportaient mon essence même. Pendant un instant, tout est silencieux, jusqu'à ce que j'entende sa réponse, faible et lointaine.

– Tyllia... oui, je la vois. J'essaie de m'approcher, mais quelque chose me pousse en arrière.

Les mots de Kaël sont comme le feu contre la glace, ravivant ma combativité. L'obscurité semble connaître notre plan et redouble d'effort pour nous garder séparés. Malgré cela, je concentre toute mon énergie vers ce point lumineux, l'étendant, l'espérant assez puissant pour repousser les ténèbres.

– Kaël, accroche-toi, crie-je envers le néant. Il est plus fort que toute cette noirceur !

Je sens un changement. Quelque chose se brise dans le voile de l'ombre. Un souffle, un murmure, une présence indique que notre lien n'est pas tout à fait perdu.

– Tyllia, c'est difficile... je ne sais pas si je peux...

Sa voix frémit, marquée par le désespoir, mais en elle je perçois aussi la force du guerrier qu'il est. Kaël n'abandonnera pas si facilement.

– Tu dois ! Ne laisse pas Shadow gagner ! Nous sommes l'essence même des Annales Akashiques. Nous devons les défendre.

Un cri déchire l'air, un mélange de douleur et de rage, et pendant un instant, je crains le pire. Puis, j'aperçois une figure se dessinant dans la brume, une ombre plus claire qui semble se battre, se frayer un chemin à travers la pression écrasante.

– Tyllia ! Où es-tu ?

Je suis désorientée comme lui. Shadow essaie de semer la pagaille entre nous.

Il est clair qu'il souffre, chaque mot arraché semble un combat en lui-même.

– Ici, Kaël ! Calme-toi ! Imagine notre lien, notre chaîne d'or. Elle brille, n'est-ce pas ? Visualise-la !

Je tends la main encore une fois, mais cette fois je sens autre chose. Une vibration à travers le lien qui nous unit, une réponse à ma tentative de connexion. Kaël lutte avec une ténacité admirable, repoussant les forces obscures avec une volonté de fer.

– Je peux... presque te... toucher.

Sa détermination transperce l'ombre, et je le sens se rapprocher, une force vive s'approchant de moi à travers la pénombre. Avec chaque battement de cœur, notre connexion se renforce, repoussant le voile qui nous enveloppe.

Soudain, un hurlement perçant déchire l'air, et la lumière s'intensifie. Shadow n'apprécie pas notre résistance, sentant qu'il perd prise. La bataille est loin d'être finie, mais nous gagnons du terrain.

– Tyllia, je tiens bon ! Lance la prière, maintenant ! Ne te préoccupe pas de moi, sauve les archives !

Mon cœur est partagé. Kaël, si loin et pourtant si proche, lutte avec l'énergie du désespoir. Mais il a raison, je dois penser aux Annales Akashiques, à tous ceux qui dépendent de leur protection.

Je prends une profonde inspiration et rassemble chaque once de pouvoir à ma portée. Les mots antiques de la prière envahissent mes pensées, commençant à fuser de moi dans une luminescence aveuglante.

– Permets-nous le passage, scelle les ombres, rends-nous la pureté !

Le monde retient son souffle, et alors que je prononce les dernières syllabes, je sens l'univers trembler en réponse à mon appel. L'énergie surgit de moi en tourbillon, frappant la noirceur avec la force d'un millier de soleils.

L'obscurité hurle, luttant contre l'inévitable, et je garde les yeux fixés sur la silhouette de Kaël qui prend forme et substance, luttant pour atteindre le rayon de lumière que je lui tends. Nos mains sont sur le point de se toucher, nos destins suspendus à un fil. Shadow rassemble sa malice pour une dernière poussée destructrice, alors que je puise dans chaque fibre de mon être pour contrer son assaut final.

– Kaël, maintenant ! crié-je.

Je sens la déferlante d'énergie que je libère se mélanger à la conscience de Kaël, entraînant une explosion de lumière qui percute Shadow avec la force d'un astéroïde. Les ténèbres se mettent à reculer, à se morceler sous l'intensité de notre volonté combinée.

– Kaël, On y est presque, lui soufflé-je.

Nos doigts se frôlent enfin, et j'ai l'impression que nos âmes se touchent, un choc électrique parcourt mon bras et s'infiltre jusqu'à chacune de mes cellules. Kaël s'agrippe à moi, et je sens son énergie fusionner avec la mienne.

– Je suis là, Tyllia.

Je sens son souffle dans mon esprit qui apaise et galvanise en même temps.

Je récite la prière avec plus d'ardeur alors que notre amour devient une forteresse, une barrière impénétrable qui érode le pouvoir de Shadow. La lumière éblouissante nous enveloppe maintenant, formant un cocon protecteur, et je perçois la structure des archives se réaffirmer autour de nous, reprenant sa forme originelle peu à peu.

Shadow, avec un dernier cri de rage impuissant, se disperse en une nuée de particules noires qui s'évaporent sous la pression de notre lumière. Le danger s'éloigne, le calme revient, et je peux enfin respirer librement.

– Regarde, Tyllia. Nous avons réussi, me dit Kaël, ses yeux brillent d'une fierté douce mêlée d'épuisement.

Je tourne mon regard vers l'horizon des Annales Akashiques, où une paisible ambiance s'est réinstallée. Les livres d'âmes dansent à nouveau librement, comme si rien ne s'était jamais passé.

– C'est beau, non ? je murmure, trop consciente que le prix de cette beauté était presque notre ruine.

Je me tourne vers Kaël, et dans son étreinte, je trouve une sécurité que ni les Annales Akashiques, ni la Terre n'auraient pu m'offrir.

– Tu as été incroyable, Tyllia. Ta force a été le phare dans ces ténèbres.

Je souris, serrant sa main plus fort. Mon cœur bat la chamade, non plus de peur mais d'un bonheur triomphant.

– Et toi, mon gardien, ma lumière, je réponds, le regardant avec toute l'admiration et l'amour que je lui porte.

Lorsque nous nous détachons l'un de l'autre, c'est pour observer les Annales retrouver leur harmonie et leur éclat. Nous savons que la bataille d'aujourd'hui n'est qu'une des nombreuses que nous aurons à affronter. Shadow reste une énigme, une menace à ne pas sous-estimer.

– Il faut que nous renforcions les défenses des archives, que nous soyons prêts pour la prochaine fois, je dis d'une voix ferme. Plus que jamais, notre rôle de Gardiens est essentiel.

Kaël hoche la tête, la détermination se dessinant sur son visage. Il est temps de consolider notre victoire et de préparer l'avenir.

– Ensemble, nous sommes invincibles, Tyllia. Tu as raison, travaillons à rendre ce lieu encore plus sûr.

Je saisis le pendule.

Il nous éblouit avec sa lumière blanche, et dès qu'elle se dissipe, je commence peu à peu à revoir les Annales Akashiques telles qu'elles sont d'habitude et me sens enfin de RETOUR chez moi, à la Source.

Une silhouette fantôme apparait.

J'comprends vite qu'il s'agit d'un autre guide, mais pas n'importe lequel. La silhouette se présente comme était un archange.

Dans les contes que ma grand-mère me lisait enfant, il était dedans. Et maintenant, je récupère peu à peu mes souvenirs de ma vie, les souvenirs qu'elle a modifiés paraissent étranges, et je comprends que cela pouvait être effrayant pour moi et qu'elle a préféré me préserver.

Évidemment, ne rien me dire au sujet des Annales Akashiques était risqué… très risqué.

– Akasha, te voilà enfin, je t'attendais… me dit l'archange. D'habitude je ne parle pas, mais l'heure est grave comme tu as pu le comprendre, Shadow n'a pas disparu, il est de plus en plus puissant et… je ne sais pas ce qui pourrait arriver s'il prenait complètement le contrôle des Annales Akashiques. Qu'est-ce que Shadow serait capable de faire ?

– Semer la panique ! coupe Kaël. Tout simplement…

– Pardon… euh… dit l'archange. Tu es…

– Oh euh… je pensais que j'étais un minimum connu ! lance Kaël pour plaisanter. J'suis Kaël, un guerrier… qui combat et traque Shadow depuis… la nuit des temps…

– D'accord, dit l'archange. Je le savais, et je te faisais marcher… tout est écrit ici, comme tu dois sans doute le savoir.

– J'savais pas que les archanges avaient de l'humour ! me dit Kaël.

– C'est peut-être parce qu'autrefois j'étais très proche de humains, dit-il.

Il y a un silence.

– Akasha… tu voulais voir Léthé Memoria… je suppose.

– Si c'est possible oui ! dis-je.

– Hélas que je crains que ça ne le soit pas pour le moment. J'ignore simplement où Shadow l'a envoyé… je ne ressens plus son taux vibratoire dans les parages.

– Et c'est un problème ? demandé-je.

– Oui… je ne suis sûr de rien, mais dit à Malachai de ma part, que je pense que Vaelus est dans le coup…

– Mon… frère ? dis-je étonnée. Mais… j'ai voulu le sauver de la noyade dans le Fleuve de l'Oubli ! J'n'vois pas comment il...

– Malachai t'expliquera en temps voulu… garde cela pour toi pour le moment. Tu ne dois pas le prendre pour un imbécile, s'il se passe des choses et que Shadow est toujours là, c'est bien la faute à quelqu'un... laisse-moi te poser cette question… a-t-il vraiment détruit l'oracle ? Qui te dit qu'il n'a pas balancé l'oracle dans un endroit où Shadow pouvait avoir accès ? Et… après tout… tout est possible, n'est-ce pas ?

–Tu es certaine que tu étais au lapidaire ? demande Kaël. J'me demande si ce n'était pas une illusion créée par Shadow pour récupérer son oracle.

– Et… tu ne penses tout de même pas que… KAËL ! J'te l'interdis ! dis-je. J'ai confiance en Malachai. Quant à Vincent…

– Mais tu ne sais rien de lui ! coupe Kaël. Après tout… qui te dit que c'est réellement ton père et pas la copie conforme d'un spectre de Shadow puisqu'il manipule tout le monde !

Je secoue la tête avec énergie, refusant de laisser les doutes de Kaël s'immiscer dans mon cœur. La confiance est l'armure de mon âme ; si je commence à douter des intentions de mon propre père, où cela me mènera-t-il ?

– Kaël, Malachai est mon père et je sens en moi le lien qui nous unit. Je refuse de croire qu'il soit autre chose qu'un allié, dis-je, ma voix portée par une conviction ardente.

Je me tourne vers l'archange, son aura sereine me rassure, me rappelant la grandeur qu'incarnent les Annales Akashiques.

– Et donc… quels conseils peux-tu nous donner ? Ton expérience est précieuse dans cette quête qui est la nôtre, je demande respectueusement.

– La confiance que tu places en ton père est un atout, autant qu'elle peut être une faiblesse. À toi de discerner la vérité au-delà des apparences. Tu dois approfondir tes connaissances sur les méandres des archives pour fortifier tes défenses, et ainsi prémunir cette réserve infinie de sagesse contre l'emprise de Shadow.

Kaël me lance un regard en coin, et je sais qu'il reste sceptique. Mais même lui ne peut nier le poids des recommandations d'un archange.

– Et comment faire cela ? Quelle est la première étape ? demande Kaël, visiblement résolu à lutter à mes côtés, quelles que soient ses réserves.

– Vous devez vous rendre là où réside la clarté de la connaissance. Ce lieu vous révélera ce que vous devez savoir pour renforcer les Annales et vous préparer à affronter Shadow à nouveau, explique l'archange, pointant vers un chemin luminescent qui s'ouvre devant nous.

Sans perdre un seul instant, je prends la main de Kaël et nous nous engageons sur le chemin indiqué par l'archange. Une énergie nouvelle coule en moi, l'assurance de pouvoir protéger les Annales Akashiques me donnent une force que je ne me connaissais pas. Kaël, quoique toujours prudent, partage mon élan. Ensemble, nous sommes une force à ne pas sous-estimer.

Nuance après nuance, le paysage change autour de nous. L'air vibre d'une musique silencieuse qui semble orchestrer les mouvements secrets de l'univers.

La connexion avec l'archange est terminée, pour ma part, il me reste des doutes.

– Tu crois réellement en ce que il a dit ? me questionne Kaël, son regard scrutant mon visage comme s'il cherchait à y décrypter mes pensées les plus secrètes.

– Je dois croire, Kaël, parce que le doute nous affaiblit, ma réponse est automatique mais sincère. Nous n'avons pas le luxe du scepticisme. S'il dit que nous trouverons des réponses.

L'approbation se peint doucement sur le visage de Kaël, et alors que nous avançons, la bibliothèque des Annales Akashiques se matérialise.

– Alors, poursuivons et découvrons ce que les archives ont à nous enseigner. Peut-être trouverons-nous le moyen de localiser Léthé Memoria et de comprendre l'énigme de Shadow, dit-il, la détermination teintant à nouveau sa voix.

Alors que nos silhouettes franchissent les portes émanant une aura de savoir éternel, je sens la présence enveloppante de l'histoire des mondes et des âmes qui m'entourent. Un frisson de respect me parcourt car, je le sais, nous sommes sur le point de plonger encore plus loin dans l'essence même de notre existence.

– Le miroir… dit l’archange à plusieurs reprises avant de continuer. Le miroir est le reflet de l'existence… peut-être devriez-vous vous intéresser à la Prophétie du Reflet !

– Jamais entendu parler, dit Kaël.

– Moi encore moins ! dis-je. Où peut-on chercher ?

– J’n’ai qu'un mot à dire : bibliothèque…

– ICI ? demandé-je.

– Non, mais dans la bibliothèque de Bran, dit Kaël, il devrait y avoir des réponses plus précises… je me demande si…. Attends… je crois qu’Elara pourrait nous être utile.

– Elara ? répété-je. Pourquoi saurait-elle quelque chose ?

– Elle se rapproche de Malachai depuis deux semaines… tu crois que ce n’est pas pure sympathie mais... elle s’en méfie. Amara aussi mais elle ne le dit pas. Le moment viendra où la vérité éclatera… et il faut faire semblant de rien… ça va être compliqué !

– La roue tourne… tic-tac… tic-tac… dit l’archange. Telle est la loi du KARMA ! Déconnectez-vous et mentez… dites que vous n'avez rien vu puisque Shadow était là. Après tout, je ne vous ai pas laissé entrer complètement. Nous avons discuté devant la grille !

# 3

Kaël a quand même un doute, tout comme moi. Et si l'archange n'est pas celui qu'il prétend être ? Après tout cela n'a ni queue ni tête… pas que la rencontre cloche, non. Je me dis juste que c'est étrange qu'un archange se montre dans les Annales Akashiques, sans être un gardien.

Bon… il m'aurait sûrement trouvé comme excuse qu'il est le plus puissant des archanges et qu'il sait tout sur les humains, puisque lui-même a vécu parmi nous. Mais cela n'explique pas tout. Pourquoi il nous pousse à mentir à Malachai ?

Je lance un regard inquiet à Kaël, il me dit que nous allons nous déconnecter, donc je lis la prière de fermeture… Nous nous retrouvons à l'endroit que Malachai nous a décrit… pas de tout cela fait partie de son domaine, nous sommes bien à la Source. Et surtout, nous sommes prêts à rentrer.

– Y a quelque chose qui ne va pas, Tyllia ? demande Kaël. J'le vois à ton visage.

Je soupire.

– J'n'ai aucune envie de mentir à Malachai, et en même temps si on lui dit la vérité, je sens qu'un truc va mal se passer…

– Si cela peut te rassurer, j'ai aussi ce pressentiment ! dit Kaël. Ça me fait comme une boule à l'estomac… et

Elara… non plus, je ne suis pas sûr que ça le soit. Qui me dit qu'elle n'en parlera pas à Amara ou quelqu'un d'autre.

– Au pire, elle le dira à Lyra… fis-je. Mais… si Lyra m'a déjà caché le retour de Shadow qu'elle a peint, Malachai doit être sûrement déjà au courant… À voir maintenant s'il n'a pas insisté pour qu'elle ne dise rien du tout. Suis-je à ce point ignorante ?

Kaël me sourit.

– J'pense que…. Après ce n'est que mon avis Tyllia, tu en fais ce que tu veux, dit Kaël. Il faut qu'on voit où cela nous mène… Elara a des visions, donc elle est bien placée pour savoir et après tout, Bran a pu d'une façon ou d'une autre lui parler de cette prophétie du Reflet… elle était proche de lui à un point que tu n'imagines même pas, avant que tu n'arrives ici. C'était sa confidente… Et… il me vient une idée, mais je pense que ça ne va pas te plaire.

– Dis toujours… insisté-je.

– Tu vas peut-être le regretter par après… dit Kaël.

– J'prends le risque… dans ce cas…

Il s'approche de moi et sans que je m'y attende, il m'embrasse.

Soudainement, nous nous retrouvons au sanctuaire, Malachai nous a fait revenir. Quand j'ouvre les yeux, je le vois qui rit… comme si c'était tellement évident qu'il se passe un jour quelque chose entre Kaël et moi.

Entre nous, il vaut vraiment mieux que je n'y pense pas trop, parce qu'une part de moi est toujours en deuil de Sylas. Qu'est-il devenu ? M'a-t-il oubliée ? Et puis, je me dis que c'était juste mon premier amour… et que je dois passer au-dessus quoi que ça m'en coûte. Pourquoi pas pour une fois écouter mon père et me mettre avec un autre que Sylas ?

– Eh bien ! dit Malachai. J'n'attendais pas à ce que cela soit aussi rapide entre vous….

Kaël se racle la gorge. Il avait prévu son coup pour ne pas que Malachai surprenne notre autre conversation.

– Quoi ? dit Malachai. J'n'vous ai poussé à rien les jeunes… J'dis juste que si tu l'aimes… tu la garderas.

Soudainement, et cela ne fait pas partie du plan, je me sens mal. Kaël commence à croire que je joue, et quand Malachai s'en va, il me rattrape. Je suis dans les vapes pendant quelques minutes. Il panique.

Heureusement Elara n'est pas loin, elle nous a entendus revenir. Ils m'emmènent à la bibliothèque. Kaël verrouille la porte par sécurité pour ne pas que Malachai entre et se demande quoi.

– Laisse… dit Elara. J'vais lui faire un soin.

Elle me touche.

Je suis brûlante.

– Elle a de la fièvre… dit-elle. Tu es sûr que vous n'avez rien ramené de négatif avec vous ?

– Euh… fit Kaël. Comment tu veux que je sache ? C'n'est pas moi qui utilise le pendule…et d'ailleurs, tu sais bien que j'ai horreur de ça !

– J'sais bien Kaël, mais y a d'autres moyens…. Bon, va chercher Amara. C'est plus sûr à trois.

– Tu comptais faire quoi ? demande Kaël. C’est juste pour savoir à quoi m'attendre :

– Euh… L’exorciser… dit Elara sans réfléchir à ce qu’elle dit.

Et là, Kaël la regarde d’un drôle d’air, il est effrayé et en même temps fasciné par ce qu’elle raconte.

– Eh ! dit-elle. J’plaisante mais j’ai besoin d’Amara… Tout de suite Kaël…

– Bien sûr ma douce ! plaisante Kaël avant de déverrouiller la porte et s’en aller.

Je reprends lentement connaissance, la chaleur de la fièvre me donnant l'impression d'être enveloppée dans un cocon étouffant. Comme si j'observais la scène d'en haut, j'entends le murmure rassurant de la voix d'Elara, ses mots semblant flotter au-dessus de moi avant de finalement ancrer mon esprit de retour dans mon corps.

– Elara…

Ma voix est un souffle faible mais urgent.

– J'ai entendu parler de la prophétie du Reflet... je crois... je crois qu'elle me touche, qu'elle a un lien avec ce qui m'arrive.

Elara se fige un instant, comme si mes paroles commencent à former des fissures dans une façade soigneusement construite. Elle me regarde, ses yeux cachant mal une inquiétude soudaine et me répond d'un ton réprobateur, tentant de rassurer les deux.

– La prophétie du Reflet n'est qu'une vieille légende, Tylia. Tu sais, les gens disent beaucoup de choses pour se donner de l'importance ou pour apporter du sens là où il n'y en a pas.

Mais dans ses yeux, je vois les étincelles de vérité que son déni ne peut voiler. Je la regarde intensément, implorante, cherchant l'authenticité dans ce regard, et peu à peu, je sens ses défenses s'effriter.

– Bran... il m'en a parlé, avoue-t-elle enfin, une once de résignation dans sa voix. Il disait que la prophétie du Reflet parlerait d'une ère de changement, marquée par l'apparition d'une âme capable de révéler les ombres du monde et de les transformer en lumière. Une âme qui serait à la fois miroir et lumière, reflétant la vérité et les mensonges, les faisant éclater au grand jour.

Je l'absorbe, chaque mot résonne à l'intérieur de moi comme une mélodie trop longtemps oubliée.

– C'est moi, n'est-ce pas ? C'est pour ça que l'archange m'a abordée, pourquoi Kaël et moi... pourquoi nous sentons que quelque chose ne va pas. C'est lié à cette prophétie, je le sens.

Elara acquiesce lentement, sa main trouve la mienne et la serre, comme pour me transmettre son soutien.

– Je... Je n'en suis pas certaine, Tyllia. Mais si c'est le cas, alors nous allons devoir être très prudents. Bran était convaincu qu'il ne nous avait pas encore révélé le rôle complet que tu es destinée à jouer dans tout cela. Il croyait que tu pourrais être la clef pour tourner la page d'une ère sombre et en commencer une nouvelle... une ère de vérité et de lumière.

Je déglutis difficilement. Tout cela est bien plus grand que la simple histoire de cœur que je me racontais. C'est lourd, c'est énorme, et je sens le poids de l'avenir se poser sur mes épaules alors que je me bats contre la fièvre.

– Je ne sais pas trop ce que tu as… dit Elara. Ça a l'air étrange et ça vient d'une… de tes vies antérieures. J'crois qu'une part d'ombre de toi-même est venue s'accrocher à toi sans être purifiée. Laisse-moi faire. J'en ai pour quelques minutes…

Je frissonne à cette idée.

Elara est concentrée, ses mains se tendent vers moi, et je peux sentir une énergie subtile émaner d'elle. Je ferme les yeux, prête à m'abandonner à son soin. À travers les paupières closes, je sens sa lumière s'approcher de mon être, comme un soleil qui réchauffe une terre gelée.

Je tremble, mais je reste immobile, sachant que c'est nécessaire. Des images de vies que je n'ai pas vécues clignotent en moi - je suis une guerrière en armure, une femme à la voix douce - chacune apportant un morceau de l'histoire qui tisse ma propre existence.

Je me sens alors flotter dans un espace où le temps ne semble pas exister. Je suis consciente de chaque coupure de mon passé, chaque cicatrice qui n'a jamais complètement guéri. C'est comme si Elara lisait en moi, remontant le cours des vies pour envider l'obscurité accumulée. Ça pique, ça brûle, et puis soudain, ça soulage.

– Respire, Tyllia, me souffle-t-elle doucement à l'oreille. Laisse cette vieille douleur s'envoler avec ton souffle.

Je l'écoute et j'inspire profondément, chaque inspiration m'élevant, chaque expiration me libérant des échos de ma propre histoire. C'est un combat spirituel autant que physique et je me rends compte que j'atteins une sorte de libération émotionnelle intense.

Puis, petit à petit, je me sens plus légère, plus claire. La fièvre se dissipe comme la brume sous les premiers rayons du soleil. Je sens la force revenir dans mon corps et mes pensées s'éclaircir. Je rouvre lentement les yeux et trouve Elara qui me sourit avec bienveillance.

– Comment te sens-tu ? me demande-t-elle, les yeux scrutant les miens pour y déceler la plus subtile des améliorations.

– Mieux, beaucoup mieux, lui répondis-je avec un sourire reconnaissant. Tes soins ont marché, Elara. Je sens que... que cette ombre a disparu.

Elle acquiesce, satisfaite, mais son regard la trahit.

– C'était une partie de toi, Tyllia, mais une partie toxique, chuchote-t-elle. Celle que tu viens de libérer ne pouvait pas rester. Tu es destinée à des choses bien plus grandes et lumineuses. Bran avait raison, tu es spéciale.

Un frisson parcourt mon dos. Cette épreuve me confirme que je ne suis pas une simple passante dans cette histoire. Je suis peut-être même son pivot, la clé qui peut déverrouiller des portes longtemps restées closes.

– Je dois parler à Bran, décidé-je soudain. Il en sait plus que nous tous, je suis sûre. Il faut qu'il m'éclaire sur cette prophétie du Reflet et sur le rôle que je suis censée y jouer.

Elara hoche légèrement la tête. Elle sait qu'il n'y a pas de temps à perdre. La prophétie parle d'un changement immanent, et chaque minute qui passe est précieuse.

– Nous trouverons Bran, me promet-elle. Ou au pire… il nous trouveras ! Nous devons allier nos forces et découvrir la vérité cachée derrière la légende. Et si l'archange est impliqué...

Elle laisse sa phrase en suspens, mais je sais ce qu'elle veut dire. Si une entité d'un tel pouvoir s'intéresse à moi, alors la situation est plus complexe et plus dangereuse qu'elle n'y paraît. Plus que jamais, je dois être sur mes gardes, prête à affronter les révélations qui me guettent. La fièvre est tombée, mais je sens que mon vrai défi ne fait que commencer.

– Dis-moi… à quoi il ressemblait ?

– Qui ça ?

– Bah l'archange, tiens ! dit Elara.

– C'était étrange, on aurait dit une ombre entourée de lumière et en même temps… je n'avais pas l'impression qu'il était si puissant que ça. Ma grand-mère me disait toujours que quand on contacte un archange en tant qu'humain, bah il doit baisser fort son taux vibratoire pour nous parler… j'avais comme l'impression d'être son égal en fait.

– Ton taux vibratoire est tellement haut Tyllia.

– Cela me rassure ! dis-je.

– Pourquoi ? demande Elara.

– Bah… avec tout ce qui se passe, y a de quoi avoir des doutes non ? dis-je. Comme… quand tu te rapproches de Malachai un peu trop.

– J'vois pas où tu veux en venir ? demande Elara, un peu vexée par le reproche. Est-ce que l'archange a mis sa parole en doute pour que tu me dises ça ainsi ?

Je baisse les yeux.

Elle sait que c'est un oui.

– Je vois ! dit-elle. Je suis la seule à lui accorder ma confiance ?

– Non… dis-je. Ce n'est pas ça que je dis… c'est juste que c'est mon père, il est revenu comme un cheveu dans la soupe et j'ai… un peu de mal à m'y faire… c'est comme si c'était ma mère qui revenait. Tu comprends ? Ma mère, j'avais deux ans quand elle est partie, je me souviens à peine d'elle ! Quant à Malachai… j'ai l'impression qu'il vivait avec nous mais que ma grand-mère modifiait mes souvenirs… pour pas que je sois effrayée par ce que je voyais. Maintenant qu'elle n'est plus là... qui sait ce qui va m'arriver !

– Tu dis vraiment ça comme s'il était un fardeau pour toi ! Tu n'es pas contente de l'avoir retrouvé ?

– Si… dis-je.

– Mais… dit Elara.

– Qu'est-ce qui te fait croire qu'il y a un « mais » ? dis-je.

– C'est à cause de la prophétie du Reflet dont on t'a parlé ! dit Elara. Tout ce que je peux te dire, c'est que ce qu'il a dit est vrai… je t'ai menti en disant que c'était une légende. Parce que je ne voulais pas que tu ne t'inquiètes pour rien du tout.

– Dis-moi ce que c'est ! dis-je.

J'insiste.

Elara respire profondément, ses yeux fixant un point lointain comme pour rassembler sa volonté.

– La prophétie du Reflet... commence-t-elle d'une voix grave, est plus qu'une série d'histoires éparpillées au gré des âges. Elle est la trame d'un destin qui se tisse depuis bien longtemps, un destin qui ne te concerne pas forcément, Tyllia. Elle parle d'une ère bouleversée par une âme, une âme-reflet capable d'exposer la vérité où règnent les mensonges et l'illusion.

Je la coupe, l'impatience l'emportant sur ma réserve habituelle.

– Imagine… un instant, Bran pensait que c'était de moi qu'il s'agissait… c'est ça ? demandé-je.

Elara acquiesce, son regard plonge dans le mien.

– En fait… je ne pense pas. Mais sache que la prophétie ne ment pas, et les signes sont là. Tout autour de nous, dans chaque événement qui nous dépasse, dans chaque décision que tu prends instinctivement. Tu es la lumière qui vient percer l'obscurité, Tyllia, et cette épreuve avec la fièvre... c'était une purge nécessaire, un nettoyage de l'âme pour te préparer aux batailles à venir.

Je me sens soudain écrasée, non pas par la maladie, mais par la responsabilité que ces mots impliquent.

– Je ne me sens pas prête, avoué-je, la voix teintée de peur. Comment affronter cette destinée, comment être à la hauteur de cette prophétie ?

– Personne n'est jamais véritablement prêt, réconforte Elara en posant une main apaisante sur mon épaule. Mais tu n'es pas seule. Nous sommes à tes côtés, et chaque épreuve que tu traverseras te rendra plus forte. N'oublie pas, la lumière la plus éclatante est souvent celle qui provient des ténèbres les plus profondes.

Son soutien me réchauffe, mais une multitude de questions se bousculent encore dans mon esprit, chacune impatiente de trouver réponses.

– Si je suis réellement liée à cette prophétie, pourquoi alors celui qui m'en a parlé m'a poussée à mentir à Malachai ? Quel rôle joue-t-il là-dedans ? demandé-je, la confusion teintant ma curiosité d'inquiétude.

– Ah... murmure Elara avec une pointe de suspicion dans sa voix. Je vois de qui tu parles. Son agenda reste obscur, même pour moi. Mais une chose est certaine, un être comme lui ne fait rien sans raison. Nous devons être vigilants et questionner chacun de ses mots, chacun de ses actes.

Je hoche la tête, comprenant que la route vers la vérité sera semée d'embûches et de mystères à démêler.

– D'accord... Mais où est Bran ? Et comment peux-tu être sûre que tout cela n'est pas un jeu pour nous induire en erreur ? l'interrogé-je, le doute s'infiltrant en moi.

– On trouvera, ne t'en fais pas pour ça. Quant à la prophétie, elle existait bien avant qu'il ne t'approche. Ses origines se perdent dans le temps, et ses récits ont été transmis avec une cohérence qui ne laisse que peu de place au doute. Les pièces du puzzle s'assemblent petit à petit, et tu sens bien, au fond de toi, que quelque chose de grand se prépare. Tu n'as pas besoin de qui que ce soit pour te dire que tu es importante, Tyllia. Tu le sais déjà.

Je sens la conviction dans sa voix.

Peu importe les tourments et les incertitudes, je dois avancer et découvrir ma place dans ce vaste tableau cosmique.

– Tu as raison, j'admets enfin, sentant un nouvel élan brûler en moi. Peu importe les doutes ou les peurs, je dois suivre cette voie. Je dois connaître la vérité, pour moi et pour tous ceux qui dépendent de la lumière que je suis censée apporter.

Le regard d'Elara s'adoucit, et elle m'offre un sourire qui est comme un phare dans la tempête qui se prépare.

– Ensemble, dit-elle fermement.

Amara entre dans la pièce, accompagnée par Kaël et Lyra.

– Vous ne devinerez jamais quoi ! s'écrie Lyra.

Elle montre un tableau enveloppé par une couverture.

– Qu'est-ce que c'est ? demande Elara.

Amara regarde de plus près et dit à Lyra.

– Ils risquent de ne rien voir comme ça ! dit Amara.

Lyra se tourne vers elle.

– Allez ! Vous êtes prêts ? dit Lyra.

– Vas-y ! Arrête un peu de faire du suspense ! dit Kaël. Tyllia ne tient plus…

Je la regarde, l'impatience taraude mon esprit alors que Lyra prend son temps, semblant savourer le moment. Finalement, avec un sourire enjoué, elle tire sur la couverture, dévoilant l'œuvre d'art qu'elle masquait.

Devant nous se tient un tableau magnifique, vivant, presque palpable. Une peinture d'un paysage que je reconnais immédiatement : c'est la Source, le lieu dont Malachai nous avait parlé, représenté avec une précision et une beauté à couper le souffle. Les détails sont si fins, si délicats, que je pourrais jurer entendre le murmure de l'eau et sentir la caresse de la brise sur mon visage.

– C'est incroyable, Lyra, je murmure, complètement captivée par l'image. Où as-tu trouvé ça ?

Elara semble fière, elle pose ses mains sur ses hanches et nous regarde tous, un à un, avant de prendre la parole.

– C'est un cadeau de Bran. Il l'a laissé pour toi, Tyllia, explique Elara. Il a dit que c'était un indice, quelque chose qui te guiderait sur ton chemin lié à la prophétie du Reflet.

Je fronce les sourcils, interloquée. Je m'approche du tableau, mes yeux détaillant chaque trait, chaque nuance de couleur. Un indice... Mais que pourrait-il bien signifier ? Je ne peux pas m'empêcher de poser ma main sur la toile, à moitié dans l'espoir, à moitié dans la crainte qu'un nouveau secret me soit révélé.

Rien ne se passe, du moins rien d'extérieurement visible. Pourtant, une chaleur se diffuse de la toile à ma paume, se propageant à travers moi. Je prends une inspiration profonde et me tourne vers les autres, déterminée.

– Nous devons trouver Bran, je déclare, ma voix trahissant à peine le tremblement de l'émotion qui me traverse. Il a les réponses que nous cherchons, et ce tableau est la clé pour le retrouver.

Elara, Kaël et Amara acquiescent, tous sérieux.

Cependant, juste au moment où nous allons discuter de la suite, la porte s'ouvre brusquement et Malachai fait irruption dans la pièce.

– Que se passe-t-il ici ? demande-t-il, son regard passant du tableau à chacun de nous. Y a réunion et vous ne m'avez pas invité ?

La tension s'installe immédiatement. Je sens que l'heure des explications n'est pas loin, mais aussi que la dissimulation ne pourra pas durer éternellement. Les rencontres avec l'archange, mes doutes croissants quant à Malachai, et maintenant la révélation du tableau par Lyra, tout mène à une confrontation inévitable.

– Malachai ! je commence, rassemblant mon courage pour regarder mon père dans les yeux. Nous avons des choses à te dire, et des questions qui exigent des réponses honnêtes.

Il écarquille les yeux, un mélange d'inquiétude et d'appréhension s'y lisant clairement. Je sais que le chemin qui nous attend sera semé d'obstacles, mais c'est celui que je dois emprunter, pour la vérité, pour l'avenir, et pour moi-même.

Même si je ne suis pas prête, il faut que je sache ce qu'est la prophétie du Reflet et son rôle… Malachai semble avoir tout entendu, et je ne sais pas depuis quand il était derrière la porte. Mais peu importe puisque cela nous empêchera de lui mentir.

– Tyllia… dois-je te rappeler que je suis connecté à la Source et que dans tout ce qui se passe là-bas, rien ne m'échappe. Donc inutile de me dire qu'il ne s'est rien passé et que tu n'as rien vu, je sais que c'est faux… même si l'idée venait de l'archange finalement.

– Comment tu… fis-je.

– J'te l'ai dit ! dit-il. Je le sais c'est tout, tu croyais quoi au juste ? Que je suis méchant et du côté de Shadow ?

– C’est à peu près ça… dit Kaël tout bas.

– Sortez tous d'ici ! dit Malachai. J'ai besoin que nous soyons rassemblés dans la pièce où Lyra peint. J’vais mettre les choses au clair une bonne fois pour toutes.

## 4

Nous nous retrouvons avec Malachai dans la pièce comme prévu. Mais pas seulement, je sens qu'il y a un invité mystère qui se cache dans l'ombre, et qu'il ne veut pas que nous découvrions tout de suite. Mon pendule dans ma poche émet une lumière blanche et le pointe.

Surpris, Malachai décide de nous dévoiler plus tôt que prévu ce qui se passe.

Je fronce les sourcils, captant une once d'hésitation dans la posture de Malachai. Ses épaules, habituellement hautes et fières, semblent légèrement affaissées sous le poids d'un secret qui pèse lourd. La lumière blanche de mon pendule scintille davantage, comme pour souligner l'urgence de la révélation.

Malachai prend une profonde inspiration et ses yeux balayent la pièce, s'attardant sur les coins ombragés où je sens l'invité indésirable se tapir dans le silence. Puis, avec une voix plus douce qu'à l'accoutumée, il brise le suspense.

– Je crains que nous ayons été suivis, déclare-t-il, la prudence teintant chaque mot. Celui qui se cache... il n'est pas simplement un espion ou un curieux. C'est un ancien allié, transformé...

La nouvelle me glace le sang, et je sens que les regards de mes compagnons sont autant interrogateurs que les miens. Mon pendule semble réagir à cette tension, sa lumière pulsant maintenant en rythme avec nos battements de cœur.

Je déglutis, tentant de trouver la voix de la raison parmi le tumulte de mes pensées.

– Qui est-ce ? Et pourquoi attend-il dans l'ombre plutôt que de se confronter à nous ouvertement ?

Malachai marque un temps d'arrêt, observant de nouveau les ténèbres qui nous entourent.

– C'est une histoire longue et compliquée. Mais sachez que sa présence ici est autant un avertissement qu'une menace. Il s'appelle Sylas, et il était autrefois l'un des nôtres.

Le mystère s'épaissit, transformant la pièce silencieuse en un théâtre où les ombres s'animent sous le poids des révélations. Je serre mon pendule, cherchant dans sa lumière une clarté que ni Malachai ni l'obscurité environnante ne semblent prêts à offrir.

– Sylas ? répété-je. Tu te fous de moi Malachai ?

Kaël essaie de me rassurer.

– Il y a forcément une explication… dit-il. Comment pourrait-il avoir été l'un des nôtres ?

– Dans une vie antérieure, il était notre allié, lance Malachai. Tout est possible, et je sens qu'il a des choses à dire à Tyllia, il veut se faire pardonner… je ne suis pas sûr de ce que je vois en revanche…

– Nous étions en couple ! dis-je.

– Ceci explique cela… dit Malachai. Il… restera ici tant qu'il ne pourra pas s'expliquer avec toi, pas contre, il est prêt à attendre. Il souhaitait aussi dire quelque chose à Kaël.

– À moi ? dit Kaël. Mais je ne le connais pas, ce mec ! Fin, je l'ai vu deux trois fois… et vu la façon dont il parlait à Tyllia, je… et la dernière fois, j'ai… failli peter les plombs parce qu'il était ici sous le contrôle de Shadow. Et c'est à partir de là que Bran a changé.

Je sens tous les regards converger vers moi, une attente muette chargée de questions. Je reste là, les yeux écarquillés, le pendule m'échauffant la paume avec sa lueur persistante. L'air de la pièce semble vibrer d'une tension inexplicable alors que Malachai et Kaël échangent un regard lourd de sous-entendus.

Kaël se tourne vers moi, son expression mêlant inquiétude et curiosité, tandis que je lutte pour associer le Sylas de mon passé à l'ombre insaisissable tapie parmi nous. Comment pourrait-il être ici, maintenant, après tout ce qui s'est passé ?

Je tente de me calmer, de rassembler mes pensées éparpillées par la surprise et le poids des secrets non avoués. Le pendule, témoin silencieux dans ma main, semble presque me guider vers mon ancien amant, ou du moins vers la place qu'il occupe dans l'obscurité.

– C'est absurde, murmurai-je, plus pour moi que pour mes compagnons. Que Sylas souhaite parler à Kaël... Ça n'a pas de sens.

Soudain, une forme se détache de l'obscurité, une silhouette bien sculptée que je reconnais malgré le manque de lumière. Mes yeux s'ajustent, et mon cœur bat la chamade alors que Sylas fait un pas hésitant vers nous.

– Tu ne dois pas le prendre pour un ennemi, Kaël, dit-il d'une voix qui me hante, malgré les années. Je suis là pour réparer les erreurs du passé, pour me confronter aux fantômes de mes propres actions.

Il fixe Kaël avec une intensité qui ne laisse place à aucun doute sur ses intentions. Kaël, toujours méfiant, le dévisage comme s'il tentait de percer les mystères de son âme d'un simple regard.

– Kaël, écoute-le, insiste Malachai. Il a parcouru un long chemin pour nous rejoindre ici, bravant bien des dangers qu'on ne peut même pas commencer à imaginer.

Je m'interpose, poussée par une force intérieure que j'ai du mal à expliquer. Je me tiens entre eux, maintenant mon pendule comme un bouclier. Pourtant, les vibrations me parlent d'une histoire bien plus ancienne que ce que notre groupe pourrait soupçonner.

– Sylas, que veux-tu dire à Kaël ? demandai-je, ma voix trahissant une fragilité que je ne m'attends pas à ressentir.

Il me répond :

– Mêlez-vous de ce qui vous regarde ! J'en ai marre qu'on s'occupe de mes affaires.

– Kaël, je suis celui qui a libéré l'ombre qui te tourmente, dit Sylas.

Un silence glacé s'abat sur la pièce, et dans cet instant suspendu, une vérité bien plus grande que nous tous semble sur le point de se dévoiler.

– L'ombre qui… fit Kaël.

– De quoi parle-t-il ? demande Amara.

– Euh… rien…

– Rien ? répond Sylas. Tu devrais me remercier, tu as failli finir comme ton cher Maître ! Sous l'emprise de…

– Hum… est-ce que c'est vrai ce qu'il dit ? demande Lyra.

– Voyons Kaël, tu ne peux plus leur mentir maintenant ! dit Sylas.

Il ravale sa salive.

– Je… fis Kaël. J'peux pas… ce n'est qu'un passé d'une vie antérieure, mais je ne suis pas prêt à l'affronter ! Et puis… tu n'es pas réel Sylas… tu n'es pas vraiment là... tu ne peux pas…

– Pourquoi es-tu soudainement troublé ? demande Sylas.

– Hein ? dit Kaël. Je ne suis pas…

– Arrête de mentir ! dit Sylas. Joue enfin carte sur table… elle ne mérite pas que tu lui mentes à ce propos… elle doit savoir ce qui s'est passé avec Thalyn et Rion, quand tu étais apprenti guerrier, avant que Bran ne te prenne sous son aile.

– Mais, dit Elara, est-ce vraiment important de remuer son passé à ce point ?

– J'n't'ai rien demandé ! crie Sylas.

Un froid se fait entre eux.

Elara n'ose plus rien dire de peur que sa réponse soit aussi sèche que maintenant.

Le froid glacial s'est estompé à présent.

Mes pensées vacillent, cherchant désespérément un ancrage dans le lot de révélations qui nous engloutit. Je ressens la colère bouillonnante de Sylas, son impatience à éclairer les coins sombres de notre histoire commune. Mais ce n'est pas la colère qui m'effraie le plus, c'est cette vérité qui pend au-dessus de nous, intangible et pourtant écrasante.

Je fixe Kaël, espérant déceler un indice dans son regard, mais son visage est un masque d'incompréhension et de peur, un miroir de mes propres émotions. Kaël ne peut plus s'enfuir de son passé qui le rattrape, et moi, je me sens prise entre deux feux, le désir de protéger mon ami et celui d'arracher la vérité à Sylas.

Le pendule dans ma main semble s'animer d'une volonté propre, sa luminosité atteignant un pic éblouissant. C'est alors que je comprends : je ne suis pas seulement spectatrice, j'ai un rôle à jouer dans cette confrontation. Armée d'une détermination nouvelle, je m'avance, prête à poser la question qui nous libérera tous de cette tension.

– Qu'as-tu fait, Kaël ? dis-je, ma voix claire et ferme. Parle-nous de Thalyn et Rion. Parle-nous de la vérité que Sylas cherche tant à révéler.

Cette fois, Kaël ne peut pas échapper à mon regard. Il soupire profondément, et quelque chose se brise dans la lueur de ses yeux. C'est comme si les barrières qu'il a construites tout autour de ses souvenirs s'effritaient une à une, ne laissant que l'honnêteté brute et douloureuse.

– J'étais jeune, reconnaît-il, la voix tremblante. Thalyn et Rion étaient mes mentors. Ils ont vu du potentiel en moi, mais j'étais fougueux, impatient... et j'ai fait une erreur, une terrible erreur pendant mon apprentissage. Une erreur qui a coûté cher.

Il s'interrompt, cherchant ses mots...

Je garde mon silence, lui donnant de l'espace, sachant que ces blessures anciennes ne se laissent pas dévoiler aisément.

– C'était un rituel, reprend-il. Ils m'ont confié à Bran car ils pensaient qu'il pourrait canaliser ma... ma tendance à vouloir aller trop vite. Mais ce que nous ne savions pas, c'est que j'avais déjà ouvert la porte à l'ombre, à ce désir incontrôlable de puissance qui a presque emporté Bran.

Un murmure d'incrédulité circule parmi nous, et soudain, j'ai l'impression que les pièces du puzzle s'assemblent dans mon esprit.

– C'est donc à cause de cela que Bran a changé... articulé-je, connectant enfin les points de notre tragédie partagée.

Sylas hoche la tête, un soulagement évident dans son expression. Il regarde Kaël non pas avec antagonisme, mais avec une empathie qui n'appartient qu'à ceux qui ont partagé des erreurs semblables.

– Nous avons tous des fantômes, Tyllia, dit-il, sa voix s'adoucissant. Le mien m'a conduit ici, dans cette obscurité, tandis que celui de Kaël l'a entraîné dans une spirale de doute et de peur. Mais aujourd'hui, nous avons une chance de faire face à ces spectres ensemble.

Je me sens dépassée par l'ampleur de ce qui nous est révélé. Des vies antérieures s'entrelacent avec le présent, des erreurs du passé resurgissent avec une clarté qui brûle. Et moi, je tiens ce pendule, symbole d'une vérité que l'on ne peut fuir, un phare dans la mer agitée de nos existences.

Je regarde autour de moi, voyant dans les yeux de chacun un mélange de compassion et de crainte partagée. Nous sommes liés, non seulement par notre quête, mais aussi par les secrets que nous portons, par les ombres qui dansent autour de nous, nous défiant d'embrasser notre intégralité, lumineuse et sombre.

– Tout est révélé maintenant, murmure Sylas, comme si ces mots étaient une incantation destinée à apaiser les esprits.

Dans le silence qui suit, j'éclaire la pièce de la lumière de mon pendule, et il n’y a plus de place pour l'obscurité qui nous a tant consumés. Juste nous, unis par la lumière de la vérité, prêts à affronter ce que demain nous apportera.

Sylas s’en va.

J’le sens en paix, même si Kaël est tourmenté par quelque chose qu’il n'a pas dit et qu’il ne dira pas maintenant.

– Que tu ais voulu aller trop vite, c’n’est rien, dit Malachai. Moi, j’ai attiré des esprits à Bran, je l'ai initié à plusieurs rituels de sorcelleries… c’est le terme que ma mère employait quand Bran lui racontait quand on était gamins. Il faut juste garder à l’esprit que je n’y suis pour rien dans sa rencontre avec Shadow. Il est là, oui, comme si c’était une part d’ombre de Bran a soigné. Bran voyait du potentiel en toi Kaël, comme moi je le vois, tu peux faire des grandes choses, il te suffira de faire les bons choix.

– Facile à dire ! dit Lyra plusieurs fois sans faire attention que Malachai l’entendait à chaque reprise.

Je me tiens au centre de la pièce, la tension de l'aveu de Kaël imprégnant l'air comme une chape de plomb. Malachai, avec sa sagesse brute, essaie d'apaiser la tempête déclenchée par les paroles de Sylas, mais je sens qu'il reste des éclats cachés, prêts à se briser à la moindre secousse.

Lyra, quant à elle, a fermé les yeux et respire profondément.

Ses murmures incessants sont comme une incantation, un mantra que même Malachai ne peut ignorer malgré sa stature imposante et son esprit habituellement inébranlable.

Je m'approche de Kaël, dont le regard perdu semble chercher refuge dans un lointain inatteignable. Je lui pose une main réconfortante sur l'épaule, espérant le ramener parmi nous. Le contact me procure un choc de réalité, un rappel que nous sommes tous mortels et étrangement… vulnérables !

– Tu n'as pas à porter ce fardeau seul, murmurai-je à son oreille. Nous sommes avec toi, Kaël. Quoi qu'il arrive, nous l'affronterons ensemble.

Un discret signe d'assentiment me parvient de sa part, un tremblement miraculeux au milieu des vagues déchaînées de notre détresse émotionnelle.

Je me retourne vers les autres, m'adressant à la fois à Malachai, Lyra, Amara, et ceux restés en silence, témoins de cet échange de vérités et de révélations.

– Nous devons rester unis, déclaré-je, ma voix se renforçant à chaque syllabe prononcée. Les ombres de notre passé ne peuvent être vaincues que par la lumière que nous créons ensemble, par nos liens qui s'entrelacent au-delà des âges.

Amara, dont la patience silencieuse et la sagesse me fascinent toujours, hoche la tête et esquisse un sourire triste mais encourageant. Elle s'approche, comme poussée par un vent inconnu, et son regard clair se pose sur le groupe, apportant une douce assurance.

– Nos secrets peuvent être nos plus grandes forces, rappelle-t-elle avec douceur. Ils nous enseignent la compassion, la compréhension et nous confèrent la résilience nécessaire pour surmonter les épreuves. Kaël, tu es plus que tes erreurs.

Ses paroles semblent insuffler un nouvel espoir dans notre cœur meurtri, et je sens le poids de l'incertitude s’alléger légèrement. Je regarde chacun d'eux, ces compagnons de route, et me rends compte que leur présence est mon ancre dans ce tourbillon.

– Nous devrions prendre le temps de réfléchir à tout ce qui a été dit, suggéré-je, je suis consciente que chaque révélation a besoin de son espace pour être pleinement comprise et acceptée.

Malachai acquiesce, ses yeux perçants semblant sonder les profondeurs de notre âme collective.

– Prendre du recul nous fera du bien, dit-il. Retrouvons-nous ce soir, lorsque chacun aura eu le temps de digérer et de réfléchir sur sa place dans cette histoire.

Nous convenons tous d'une pause, comprenant instinctivement que nous avons tous besoin de répit après la tempête émotionnelle qui vient de s'abattre sur nous.

Lyra, qui s'est relativement calmée, passe devant moi avec un regard apaisé, comme si elle avait enfin laissé partir une part de ses inquiétudes incessantes. Je la suis du regard, admirant sa force d'esprit bien cachée derrière ses yeux perché ment tranquille.

Je me retire de la pièce aux côtés de mes compagnons, chacun perdu dans ses pensées. J'observe les murs qui se referment derrière nous, emprisonnant pour l'instant les échos de notre confrontation. Mais je sais que, bien que le silence règne actuellement, la vérité, telle une graine plantée dans un sol fertile, ne manquera pas de pousser et d'éclater dans toute sa vivacité, dès que nous serons prêts à la recevoir et à en assumer toute la splendeur et la douleur.

Nous sortons enfin de la pièce, la réunion est terminée.

Kaël me laisse partir en avant, il est l'heure de manger.

J'sens mon estomac qui gargouille assez fort.

– J'te rejoins ! s'écrie Kaël. J'ai… il faut que je parle deux secondes avec… Malachai.

– Un… Deux… plaisante Malachai. Temps écoulé !

– Très drôle, dit Kaël en se tournant vers lui.

– D'accord ! je crie, mon estomac fait un drôle de bruit.

– On arrive Tyllia… sers-toi déjà si tu veux ! dit Malachai.

– Qu'est-ce qu'on mange ? demandé-je.

– Ton plat préféré… dit Malachai. Enfin, ce dont je me souviens… de ton plat préféré. Va quand même voir si ça ne crame pas dans le four.

Sur le coup, je me réjouis et file à la cuisine pendant que Kaël et Malachai continue de parler.

– Alors euh… fit Malachai. Ce que j'ai vu tout à l'heure… j'ai rêvé ou tu as kiffé ?

Kaël fait oui de la tête.

– J'ai bien fait de te le suggérer ! dit Malachai.

Kaël baisse la tête.

– Qu'est-ce qui cloche ? demande Malachai.

– J'ai peur de devenir comme toi… et Maëlle ! dit-il.

– T'inquiète pas pour ça... dit Malachai. Cela ne devrait pas arriver. Tu es juste amoureux… et prévoyant, c'est pour ça que tu ne voulais pas qu'elle te voit d'un mauvais œil !

Tout à coup, un bruit sourd fait sortir Malachai de la pièce.

Kaël et lui courent vers la cuisine.

Le plat de pâtes est par terre, cassé, immangeable !

Lyra est sur le sol.

Elle est prise par une crise.

Malachai me dit d'aller chercher Elara. La pauvre Lyra s'est brulée en même temps avec le plat, on ne sait pas ce qui se passe…

Quand je reviens à elle, l'amulette d'Amara détecte un truc anormal et Lyra est prise d'une vision assez violente sans prévenir. C'est comme si elle avait une connexion avec les Annales Akashiques sans y être invitée.

Elle voit son père, Bran, et Maëlle… enfant, en train de jouer dans un parc. Tout à coup, un autre garçon arrive et dit à Bran de pousser Maëlle de la balançoire. Bran ne comprend pas ce qui passe et le fait pour rire…

C'est à partir de là que Shadow est redevenu son ami, dans cette vie-ci. Bran n'en avait pas vraiment avant… et que quelqu'un de puissant s'intéresse à lui, ça lui faisait plaisir.

Lyra se réveille après quelques minutes, elle raconte à Malachai ce qui vient d'arriver, et ce qu'elle a vu.

– Ce n’est pas un simple souvenir que tu as vu là… dit Malachai. J’pense qu’à travers ça, ton père essaie de te faire passer un message.

– Pourquoi il me montre ça ? demande Lyra.

– Chuuuut ! dit Elara. Il va falloir te reposer Lyra.

– Ah ? Mais je…

– Que tu le veuilles ou non, je vais t’obliger à rester couchée au moins quelques minutes ! dit Elara.

– Tu vas enfin me faire un soin ? demande Lyra.

– Si ton tuteur légal est d’accord ! OUI ! dit-elle.

– Mon… mais… papa n’est pas là… dit Lyra, déçue.

– Tu es en âge de t'intéresser à tout cela… dit Malachai. Alors, si ça te tente, avec mon accord, tu peux y aller !

– Ok… dit-elle. Mais euh… et si ça se reproduit ?

– Ecoute-moi, dit Elara. Je serai près de toi… il ne peut rien t'arriver !

– Tu es sûre ? demande Lyra. J’suis tellement désolée d’avoir gâcher le plat de pâtes au gratin ! Surtout que c'est le plat que Tyllia préfère…

– T’inquiète pas… dis-je. J’pense que je vais sauter un repas, pour laisser Malachai le refaire…

J’me tourne vers lui et ajoute :

– Double ration !

– Entendu… dit-il. Mais d’abord va avec Lyra... je crois que ça ne posera pas de problème si tu lui tiens la main pendant le soin.

– DAC ! lance Lyra. Viens près de moi Tyllia… j'ai eu tellement peur que… tu ne seras pas de trop pour me rassurer en cas de problème.

Lyra se lève doucement.

Elle tient à peine debout.

Kaël la prend dans ses bras, et l'emmène à la salle de soin.

Quand il arrive, il la pose sur la table et la recouvre avec une couverture.

Avant qu'il s'en aille, je l'interpelle.

– Tout va bien ? je demande.

– Hum… fit Kaël. Oui… ça va…

– Tu es sûr ? je demande. Parce que depuis que tu as parlé à Malachai, tu as… l'air différent… dans le bon sens.

– Ah ? dit Kaël. J'vois pas en quoi…

– Kaël ! dis-je. Arrête de mentir.

– C'est juste que… en fait je… je voulais te dire désolé pour tout à l'heure, je ne sais pas trop ce qui m'as pris de… t'embrasser comme ça… et… euh…

Je rougis et lui prends la main.

– T'inquiète… dis-je. Ce n'est rien… je... euh…

Elara crie.

Je me retourne.

Lyra est prise par une vision qui se transmet à Elara.

J'essaie de la calmer comme je peux avec un soin au pendule, en appelant ses guides spirituels.

Lyra se met à convulser, elle entre dans une forme de transe, c'est à se demander si elle n'est pas possédée.

– Kaël… j'ai besoin de Malachai ou Amara… on est en train de perdre Lyra.

Kaël n'a pas besoin d'aller trop loin, Malachai est dans les parages. Pour ce qui est d'Amara, elle est introuvable.

Malachai arrive plus vite que prévu.

Il prend la situation en main quasi tout de suite.

– Lyra ! Reste avec nous ! crie Malachai en lui tenant la tête pour qu'elle ne se cogne pas contre la table de soin.

Quand ça s'arrête enfin, Lyra est complètement sonnée. Malachai m'ordonne d'aller voir dans les Annales Akashiques si tout va bien pendant qu'il essaie d'avoir des informations des visions de Lyra.

Je prends la prière qui se trouve sur le bureau sans faire attention et renverse une tasse en partant dans le couloir. Elara se coupe en ramassant les morceaux. Malachai ne m'en veut pas, c'était une vieille tasse qui n'avait rien à faire là puisque Bran n'est plus ici.

Kaël m'interpelle avant que j'ouvre les Annales Akashiques. Il me refait penser à ce que l'archange avait dit à propos de Malachai. Je commence moi aussi à douter, mais pas au point de mentir.

– Que veux-tu que je fasse ? je demande à Kaël. Il sait à chaque fois d'avance ce qui se passe, il a compris notre petit jeu… et si ça se trouve, il connait bien l'archange ! Peut-être même mieux que nous. Et puis… il y a la prophétie du Reflet, je me demande si c'est vraiment de moi qu'elle parle ?

– On va tirer ça au clair ! dit Kaël. J'te le promets…

Il me prend dans ses bras.

– Comment ? dis-je. J'pense pas que Malachai soit du genre à… boire un verre puis oublier qu'il a trop bu pour lâcher des informations !

Soudain, une voix m'interpelle.

– Je te reconnais bien là, Tyllia...

J'me retourne.

– Écoute… dit la voix. J'ai très peu de temps à t'accorder, mais… il faut qu'on parle maintenant ! Évite de prononcer mon nom… Malachai n'est pas loin, et savoir que je t'ai dit des choses n'arrangera rien. Suis-moi…

Je regarde Kaël, je suis sans voix.

– Bah… dit Kaël. Vas-y ! Je monte la garde ! J'dirai que… tu avais une envie pressante.

– Malin toi ! dit la voix. Mais non, tu viens avec nous… Malachai croira plus suspect si vous êtes à deux.

– HEIN ? dis-je.

– T'inquiète ! dit Kaël. Je n'vais absolument rien faire, Tyllia.

– Le temps presse… dit la voix. Venez, je vais directement vous connecter à des énergies que Malachai ne peut pas capter.

Je suis la silhouette, Kaël sur les talons.

Elle nous entraine dans une pièce que Kaël pensait fermer à jamais. Il en avait déjà entendu parler mais Bran lui demandait de ne pas y entrer. Comme s'il se passait des choses suspectes à l'intérieur.

La voix me dit alors :

– Répète après moi : moi, Tyllia Duprez, je suis Enfant Indigo, née pour sauver les Annales Akashiques et le Monde... je t'ordonne ici et maintenant d'Ouvrir cette Porte condamnée…

D'abord surprise, je mets du temps à réaliser ce que je dois dire.

Je répète tout bas.

J'éternue.

– Par les Pouvoirs qui me sont conférés… la porte est maintenant ouverte ! dit la voix.

Kaël étouffe un rire.

– Vous vous croyez à une cérémonie religieuse ? interrompt Kaël tout bas.

La silhouette le fixe.

– D'accooooord… dit-il mal à l'aise, je n'ai rien dit !

– Par les Pouvoirs qui me sont conférés… continué-je.

– La Porte est désormais ouverte… souffle la voix.

Je répète ce qu'elle dit.

À cet instant, Kaël me fait signe de regarder vers la porte qui s'ouvre.

– On hésite à entrer ? demande la voix.

Je sens un vent froid.

– Ce n'est rien… continue la voix. Sachez simplement que les réponses à vos questions se trouvent en ces lieux. Si vous avez besoin de « disparaitre » un moment pour avoir un peu de calme, c'est ici qu'il faut venir ! J'vais maintenant prendre congé de vous.

– Merci ! dis-je tout bas.

– Au fait Kaël, la clé de la pièce se trouve dans la poche gauche de ton pantalon. Ne la perds pas !

– Qui a dit que j'allais la perdre ? dit Kaël en faisant malin.

Je lui fais une petite tape sur l'épaule en riant.

– Ça serait bien ton genre ! dit la voix avant de s'en aller complètement.

Quand il s'en va directement, Kaël en profite pour se marrer avec moi.

Puis, je reviens sur mon inquiétude à propos de cette ouverture de porte soudaine. Ai-je bien fait de faire ce que m'a dit cette voix ?

– Tu as encore un doute ? demande Kaël.

Je soupire.

– Oui ! dis-je. Ce n'est pas la première fois que cette voix apparait et me dit des choses. En plus je ne sais pas qui c'est !

– Ah ? dit Kaël. J'pensais que tu…

– Tu ne penses tout de même pas que… dis-je.

– Si… dit Kaël. Et ça ne m'étonnerait qu'à moitié, après sa mise en garde, qu'il veillerait sur nous et sur les Archives en même temps.

Kaël me murmure à l'oreille :

– Cela ne te rappelle personne ?

– C'est la voix de… l'archange ? me dis-je. Impossible !

# 5

J'entends Malachai qui m'appelle. Kaël me coince dans un coin, contre un mur et m'empêche de partir.

– Qu'est-ce que tu…

Et il m'embrasse sans raison.

Malachai arrive.

– Ah… euh… dit-il. J'pensais que tu étais seule Tyllia…

– Non… dis-je. Euh… Tout va bien ?

– Oui… et du côté des archives ? demande Malachai.

– Rien à signaler, intervint Kaël. Tout est en ordre…

Il lui fait un clin d'œil.

– Et Lyra ? dis-je.

– J'ai peur que ça se reproduise, je sens comme une mauvaise énergie… une présence… ton pendule n'a rien détecté ? demande Malachai.

Je fais non de la tête. C'est vrai qu'à la moindre chose négative, mon pendule s'anime. Là rien ne s'est passé… donc je présume que c'est bon.

– J'ai dû rêver… murmure Malachai.

Il y a un silence.

– Ne trainez pas trop dans les couloirs, il commence à se faire tard… prévient Malachai. Et comme je ne sais pas ce qui se trame ici… et que mon intuition ne ment pas… Kaël… qu'y a-t-il derrière cette porte ?

– Bah je… fit Kaël. Aucune idée, Bran m'a toujours interdit d'y entrer et de toute façon, c'est fermé à clé ! Et on ne sait pas du tout où est cette fameuse clé…

Vu la tête de Malachai, je pense qu'il a peine gobée ce que Kaël lui a dit. En espérant qu'il ne croit pas que c'est un mensonge… de toute façon, il y a une part de vérité dans tout ce qu'il raconte.

Mon pendule se réanime, une fois que Malachai a le dos tourné. Je ne sais pas encore de quoi il s'agit, mais en tout cas, je suis sûre qu'il cache quelque chose. Et pour savoir quoi, il va falloir creuser !

Soudain, j'entends une voix, que Kaël perçoit aussi.

– Dans ses vies antérieures se trouvent la réponse… lance la voix venant de nulle part.

Kaël me regarde, sans rien dire. Je crois que je sais ce qu'il veut faire, or, la loi des Annales Akashiques nous l'interdit. On ne peut pas les tromper… et aller dans celles de Malachai sans son accord et ce même si on le drogue ou qu'on le fait boire. De toute façon, cela ne résoudra rien… s'il y a un mystère quelque part, nous devons trouver comment faire nous-même… en espérant que cela ne soit pas un piège d'un sbire de Shadow !

Rien n'est sûr… et après tout, Shadow peut être partout puisqu'il est toujours là, il n'a pas disparu comme on le pensait. Et à cet instant, je me demande, pourquoi a-t-il entrainé Vincent avec lui ?

Vincent qui disait ne plus rien à voir avec Vaelus… et s'il avait tout simplement menti à Malachai ? Si en jetant l'oracle, ça n'avait fait qu'activer autre chose de plus terrible ?

Alors que je me pose ces questions qui restent sans réponse, Kaël me suggère d'en parler avec Elara et Amara… et si la prophétie du Reflet ne parlait pas de moi maintenant, mais du moi d'une vie passée ?

Quand Malachai s'éloigne enfin, Kaël me soumet son idée… il veut entrer dans la pièce et ce n'est pas anodin si mon pendule réagit. Bran lui avait parlé d'une vieille légende à propos de cette porte, comme quoi quelqu'un y habiterait et c'est pour cela que personne ne pouvait y entrer à part lui.

Étrange non ?

– Et tant qu'on y est… c'est sûrement lié à la Prophétie du Reflet ? dis-je en riant.

Kaël rit.

Puis, nous entendons des coups dans la porte.

Je crois rêver.

Kaël s'éloigne, il se met derrière moi pensant que parce que j'ai mon pendule, je vais pouvoir le protéger.

Le pendule réagit tellement bien qu'on dirait qu'il m'indique qu'il y a bien quelqu'un derrière la porte. À cet instant, j'ai juste peur que cela soit Shadow.

Kaël essaie de me rassurer, et court chercher Amara, laissant tomber la clé de la porte. Il avait sûrement encore un trou dans son pantalon… sinon comment serait-elle tombée ?

Je ne réfléchis pas et saisis la clé en main.

Là, j'ai une vision.

J'vois un homme qui essaie de me parler.

C'est un de mes ancêtres…

Il se présente comme étant l'arrière-grand-père de Léthé Memoria. Et comme j'en doute, il me montre dans une vision après quoi, je suis obligée de me rendre à l'évidence.

C'est dingue !

Moi qui pensais que je ne connaitrais jamais les autres membres de ma famille, je suis servie en étant ici.

– J'm'appelle Argus… Mais tout le monde me surnomme l'omnivoyant ! Je prends souvent des apparences différentes pour ne pas éveiller de soupçons…

– Ah ? dis-je étonnée. Parce que vous voyez tout et vous savez tout ?

– Tu as tout juste Akasha ! dit-il.

– Mais comment… vous savez qui je suis ? répondis-je.

– Qui ne le sait pas ! lance Argus. Tu peux me tutoyer… Ta grand-mère a essayé tant bien que mal d'être prudente avec toi. Mais comme elle n'est plus de ce monde, tes souvenirs vont revenir à la surface, et pas que ceux que cette vie-ci ! Akasha, tu as le pouvoir d'entrer en connexion avec les Annales Akashiques parce que tu en es la Gardienne ! Et ce, même sans la prière que ton père et Bran te faisaient lire. Il suffit juste de canaliser l'énergie.

– Hein ? dis-je. Moi ? Canaliser l'énergie ?

Il acquiesce.

– Tu n'as jamais pensé à apprendre à faire des soins énergétiques ?

– Non... enfin, ça me fascine, mais ma grand-mère n'a jamais voulu que j'apprenne. Et comme je n'avais pas encore la majorité, je ne pouvais pas aller contre son avis.

– Je comprends… dit Argus. Elle a voulu te préserver jusqu'au bout, mais c'est terminé maintenant. Elle ne pourra pas te protéger éternellement… quant à ton père… tu ferais bien de te méfier de ses intentions.

– Vraiment ? dis-je.

Il me fait un oui de la tête.

– Après si ça te tente, entre faite ma connaissance. J'suis désolé, je suis à l'origine des visions de Lyra. J'n'ai pas eu le choix, et c'était pour t'éloigner de Malachai une seconde. Ma puissance n'a pas de limite, comparé à celle de Shadow, et si tu utilises les énergies de façon bienveillantes, je pense que tu pourrais également… m'égaler.

Je ris.

– J'ne plaisante pas Akasha… Entre… viens apprendre l'énergie de Reiki Shamballa Oasis de Lumière… ce n'est qu'une invitation… je me charge de ton copain…

– Ce n'est pas mon co… répété-je encore une fois. Pourquoi tout le monde s'obstine à croire que Kaël et moi formons un couple ?

– J'expliquerai bien, mais ce n'est pas de mon ressort les histoires de cœur… lance Argus.

Je mets la clé dans la serrure et tourne la poignée.

La porte s'ouvre.

J'entre.

La porte se reclape.

Je me retourne, elle est verrouillée, la clé a disparu.

Argus se montre enfin.

Son aura est impressionnante, et à mon avis il doit avoir un taux vibratoire vraiment très haut car je le sens vraiment bienveillant.

– Ne panique pas, Akasha… je suis là… dit-il.

Je relâche la poignée.

Il ne m'ouvrira pas avant que je l'ai écoutée.

– Alors c'est toi, Argus… dis-je.

Il me sourit.

– Merci d'être venue Akasha, dit-il. Dis-moi, tu as entendu parler de la prophétie du Reflet ?

– Oui, dis-je. À vrai dire, je n'ai pas tout compris et je pense que Kaël non plus. Elara a essayé de nous éclairer mais… je ne sais pas.

– La prophétie ne parle pas de toi… dit-il. Elle parle de l'enfant indigo qui détient la Clé. Tu es un enfant indigo oui, mais ce n'est pas toi qui as la clé.

– Alors qui ? demandé-je.

– Pas maintenant. Il ne faut pas brusquer le présent sous prétexte que le futur et le passé sont en danger. D'ailleurs… es-tu certaine que le présent existe aussi ? N'est-ce pas simplement un temps où chacun de nous avons une réalité différente ? Mais là encore… qu'est-ce qui te dit que la réalité, est bien vraie ? Ton cerveau… Oui… quand ton égo parle. Que se passera-t-il quand tu laisseras ton âme s'expliquer et s'exprimer d'elle-même ? Quand tu auras compris, reviens me voir… Akasha.

Je hoche la tête sans trop comprendre où il veut en venir avec ses phrases limite digne d'un interrogatoire de philosophe.

– Assieds-toi… Akasha. Et ne t'en fais pas, je te ferai sortir au bon moment. Nous avons le temps pour le moment. Joins tes mains sur le cœur, la gauche puis la droite. Demande à l'énergie Shamballa d'entrer en toi… demande à tes Maîtres Ascensionnés de t'initier à cette énergie.

Je répète après lui.

– Tu ressens quelque chose ? demande-t-il.

Tout à coup, c'est une énergie incroyable que je ressens. Comme si la protection que ma grand-mère a faite il y a long-temps s'estompait.

– Oui... dis-je.

Je ressens de la chaleur à chaque imposition de main qui met sur moi. Puis, il me dit :

– À toi… maintenant. Met tes deux mains sur le chakra de la couronne.

Je les déplace instinctivement sur ma tête, alors qu'en vrai, je ne sais même pas quel est l'ordre des chakras. Il me rassure en me disant qu'il me guide, et je continue sur ma lancée.

Après quelques minutes, je me trouve sur le plexus solaire, le siège des émotions. J'ai envie de chialer comme un gosse… je ne me l'explique pas.

– Exprime-toi… Akasha. N'ai pas peur de te laisser submerger... si des larmes coulent c'est que tu en as besoin ici et maintenant. Apprivoise ton émotion… n'essaie pas de te contrôler... tout va bien Akasha...

Je suis accompagnée par une vision.

*« Je me vois bébé, à peine sortie du ventre de ma mère.*

*Je dois avoir quelques minutes à peine. La sage-femme quitte la pièce.*

*Ma mère est couchée sur le lit, elle se repose quand mon papa entre avec ma grand-mère.*

*– Alors c'est vrai ? dit Malachai. Elle est née.*

*– Chut ! intervient ma grand-mère. Tu vas réveiller Maëlle.*

*Je gémis en regardant ma grand-mère.*

*– Qu'est-ce qu'elle est belle ! dit ma grand-mère. Elle me touche la main. C'est là qu'elle a une vision du futur. Elle me voit grandir, et combattre Shadow. Sur le coup, elle me lâche la main brusquement, faisant tomber mon biberon.*

*Maëlle se réveille.*

*– Hum... fit-elle. Malachai ?*

*– Ce n'est rien mon amour... dit-il. Sans doute le vent... qui a fait tomber le biberon de la petite. Repose-toi. Tu as eu une longue nuit, tu as besoin de dormir.*

*– Tu es un amour... dit-elle. Tu veux bien aller me chercher de l'eau à la fontaine en bas ? Si ce n'est pas trop te demander, je meurs de soif.*

*Malachai prend la bouteille et s'exécute.*

*– Séraphina... dit Maëlle alors qu'elle allait sortir. Est-ce que c'est vrai ? Est-elle un enfant indigo ?*

*– J'le crains... ma chérie, dit-elle.*

*– Et pour qui vous savez ? demande Maëlle.*

*– Ne t'en fais pas, dit ma grand-mère.*

*Elle me prend dans ses bras, et pose une protection sur moi.*

*– Tout ira bien pour elle… pas vrai ? dit Maëlle. Vous ferez ce qu'il faut ?*

*– Bien sûr… mais… elle n'est pas seulement enfant indigo… se dit ma grand-mère. Il y a quelque chose qui me fait croire que… AKASHA est la Gardienne des archives.*

*Ma grand-mère acquiesce.*

*– Bien sûr, dit-elle. Je ferai tout pour ma petite fille. À commencer par l'appeler Tyllia. Qu'en penses-tu ?*

*– J'vois que tu as trouvé le prénom idéal ! dit-elle.*

*Maëlle se lève pour aller aux toilettes.*

*Ma grand-mère me tient dans ses bras.*

*Elle en profite pour peaufiner sa protection car elle sent que Shadow n'est pas loin. Il est prêt à venir me prendre la vie s'il le faut… mais faudra d'abord qu'il lui passe sur le corps.*

*Malachai entre précipitamment, la bouteille d'eau à la main.*

*Il prend ma grand-mère à part et lui demande ce qui se passe réellement. Au lieu de lui mentir, elle dit la vérité. Et c'est leur relation conflictuelle qui reprend le dessus.*

*Maëlle essaie de le calmer comme elle peut et demander à ma grand-mère de m'emmener dès que possible à la maison où je serai en "sécurité". »*

J'ouvre les yeux, la situation me peine pour ma mère.

La séance se termine, me voilà initiée au Shamballa Oasis de Lumière. Je remercie Argus.

– Attends… me dit-il. Il y a encore quelque chose que je dois te dire Akasha.

Je me lève.

Il va dans le fond de la pièce.

– Avant, il faut que tu me promettes de n'ouvrir cette boite que quand tu en sentiras le besoin, pas avant.

Je hoche la tête.

– Promets-le moi ! dit Argus.

Sans réfléchir, je lui dis :

– Je te le promets.

– Parfait ! dit Argus.

Il me serre la main.

– Ne dis jamais à personne où tu as trouvé cette boite, ni qui te l'a donnée. Mon retour ne serait pas bien vu de l'œil de ton père et créerait des disputes inutiles.

Je souris.

– N't'inquiète pas... dis-je. Cela n'arrivera pas !

Je touche la porte, elle est toujours verrouillée. J'entends Kaël crier après moi.

Sans doute me cherche-t-il ?

– Par ici, dit Argus en m'indiquant le jardin. Tu n'as qu'à dire que tu avais envie de profiter du beau temps. Et mets la boite dans ta poche.... Ensuite, enferme-la bien dans un endroit sûr ! N'oublie pas que je suis omnivoyant, donc je sais tout et vois tout.

– Encore MERCI... dis-je.

Je passe par la fenêtre et atterris dans le jardin. Ensuite, je marche vers l'entrée du sanctuaire.

Kaël a l'air paniqué de ne pas me trouver, je ferai bien de ne pas trop trainer.

Malachai m'attrape par le bras.

– Enfin te voilà ! dit-il.

Kaël rapplique.

– On pensait que tu avais disparu ! dit Malachai. C'n'est pas prudent les enfants de ne pas dire où vous aller… on ne sait jamais avec Shadow… il pourrait envoyer un de ses sbires par ici ou se pointer lui-même.

– J'rêve où tu t'inquiétais ? dis-je.

Malachai me gifle.

– Eh ! crie Kaël. Ne la touche pas !

– Plus jamais tu ne disparais sans dire où tu vas ? Compris ? ordonne Malachai.

Une fois qu'il a le dos tourné, je l'imite.

– Est-ce que tout va bien Tyllia ? demande Kaël. J'étais super inquiet… je… je pensais que…

– Que quoi ? dis-je.

– Bah, tu sais bien, que tu avais été attaquée par je ne sais pas quoi qui voulait sortir de la pièce... dit Kaël.

– T'en fais pas, mentis-je. Je… je suis juste allée prendre l'air. Tout ça m'a donné un de ces mal de tête.

– D'accord… dit Kaël. J'aime mieux ça ! Parce que comme Rion est revenu…

– Rion ? dis-je. Pourquoi est-il ici ?

– Je n'en sais rien ! dit Kaël. Ce n'est pas mon pote comme tu as pu le comprendre… bon… ok c'est mon ancien maitre, mais ça reste là. Tyllia… il va falloir qu'on sache ce que ça cache les visions de Lyra. Elles sont de plus en plus précises et de plus en plus violentes. Elara a été blessée tantôt en essayant de se connecter à Lyra.

– Mais... elle va bien ? dis-je.

– Elle se repose ! dit Kaël.

Je démarre comme une balle.

– Tu vas où ? demande Kaël.

– Fais diversion, je vais la voir… dis-je.

– Malachai a dit que je devais t'empêcher de… fit Kaël alors que je disparais dans les couloirs. De te mêler de ça ! Mais comme je vois, je vais avoir du mal à tenir la promesse.

Il court après moi.

J'entre dans la chambre d'Elara.

Elle est endormie, puis je décide de placer la boite dans un endroit sûr en attendant qu'elle s'éveille.

C'est là qu'Amara entre.

– Tyllia ? dit-elle. Tu ne devrais pas être ici !

J'm'approche d'Elara.

– Tyllia ? Tu m'écoutes ? dit Amara. Malachai va encore faire une crise s'il te voit ici.

– Aide-la… me dit la voix d'Argus.

Je ne bouge pas.

– Elle souffre... dis-je. Il faut que je fasse quelque chose ! Je… je suis la seule à pouvoir l'aider.

– Ok... dit Amara. Tu as perdu la tête ! Je vais chercher Malachai.

– Ne la touche pas… intervient Argus.

Je patiente, attendant le reste des ordres.

– Fais à distance… pour cette fois-ci ça vaut mieux, me dit Argus. Et j'ai une idée qui ne va sans doute pas te plaire mais qui facilitera le plan que j'ai pour que tu lui viennes en aide.

Je reste silencieuse.

Je vois sur le visage d'Elara qu'elle souffre.

Malachai entre comme une balle et n'a pas l'air de comprendre que je veux l'aider.

– Continue Akasha, tu es sur la bonne voie... dit Argus. Le but, c'est te faire enfermer dans la bibliothèque puisque ta chambre est squattée !

J'me débrouille pour faire ce qu'Argus me demande. Et au moment où Malachai en a marre, il me crie :

– Très bien ! Si tu le prends ainsi... tu es punie jusqu'à nouvel ordre !

Je hausse les épaules pour rajouter une couche.

– Va dans ta chambre, crie Malachai.

– C'est ici... sa chambre… souffle Amara.

– Va où tu veux, mais ne dérange pas Elara, et quand tu seras décidée à t'excuser, tu pourras sortir ! crie Malachai.

– PARFAIT ! je crie en m'en allant.

– Et dis-moi juste où tu vas... fais Malachai, pour que je ferme la porte derrière toi !

Je me retourne et le regarde avec un sourire narquois.

– À la bibliothèque ! dis-je presque mélodieusement. Puisque tu as mis Elara dans ma chambre.

Amara est la plus surprise des deux.

– D'accord… répond Malachai.

J'entre et il m'enferme.

Quand je comprends qu'il est sérieux, je me demande bien ce que je vais faire ici en attendant qu'il me libère.

Puis, je vois Argus.

– Félicitations… tu aurais pu devenir comédienne… dit-il.

– Grâce à toi... oui, me dis-je.

– Ne traine pas, je t'ai amené des livres interdits sur la table ! Et tu n'as que quelques heures pour les étudier et les comprendre. La prochaine menace de Shadow se trouve forcément dedans. Une fois qu'un travail est terminé, un autre commence. Je vais me charger du soin sur ta copine.

– Comment tu vas faire ? demandé-je.

– Tu apprendras plus tard... dit Argus. Concentre-toi sur les livres !

# 6

Alors que je commence à faire ce qu'Argus me demande, ma concentration flanche tout à coup. J'ai la tête qui tourne et vois une ombre dans le coin de la pièce, elle m'observe.

– Argus ? dis-je.

Je me lève précipitamment, sentant cette présence qui se rapproche de moi.

J'insiste.

Argus ne répond pas.

Je le cherche partout, m'affaiblissant à chaque fois que je croise cette ombre qui me menace.

Au moment où je pense avoir trouvé Argus, je crie, parce que ce n'est pas lui devant moi.

Malachai entre comme une balle en courant averti par mes cris de terreur. Il ne voit rien, à part que pour lui je suis allée dans la réserve de Bran prendre un livre ensorcelé par Shadow, et j'aurai sans le vouloir libérer une ombre maléfique. Sans savoir s'il n'y en avait pas d'autres.

– Nixus… le Maitre de l'Oubli est ici… lance Rion en entrant dans la pièce sans prévenir. Il aimerait nous parler, Malachai.

– Nixus ? demandé-je. C'est…

– Juste une ombre qui appartient au passé, dit Malachai. À mon passé… d'une vie antérieure. Cela ne sert à rien que je te le présente. J'présume que tu l'as déjà rencontré… N'est-ce pas ? Dans la pièce de Bran...Là où il ne voulait que ni toi ni Kaël rentrent… mais vois-tu Tyllia, tu oublies une chose… Ce n'était pas Argus que tu as vu… mais son fantôme. Il est plus connu sous le nom d'Obscurcis, et cherche simplement à t'embrouiller de la vérité.

Je frissonne à l'évocation de ce nom, Obscurcis. Les morceaux du puzzle commencent à s'assembler dans mon esprit, et une peur glaciale me saisit. Je ne peux m'empêcher de regarder autour de moi, comme si je pouvais voir à travers les murs de la réalité elle-même, cherchant un indice sur cette entité qui semble déjà me connaître.

– Mais pourquoi moi ? Pourquoi maintenant ? je demande, ma voix est un frêle fil tremblant dans l'air chargé de mystère.

Malachai échange un regard lourd de sens avec Rion avant de revenir vers moi avec une expression grave.

– Parce que ta destinée est plus grande que tu ne l'imagines, Tyllia. Ton passé, ton présent, ton futur, ils sont tous enchevêtrés dans une toile d'évènements qui dépassent l'entendement. Obscurcis n'est qu'une pièce de ce puzzle, une ombre parmi tant d'autres qui veulent influencer ton chemin.

Je tente de me ressaisir, de remettre de l'ordre dans mes pensées qui tourbillonnent comme des feuilles prises dans une tempête.

– Je dois comprendre, je dois savoir ce qu'il attend de moi. Rion et toi, pouvez-vous me conduire à Nixus ? je demande, décidée à affronter cette ombre de mon passé.

– Tyllia, ce n'est pas aussi simple. Nixus, comme Obscurcis, sont des entités qui peuvent être aussi dangereuses que manipulatrices. Tu dois être prête à faire face à des vérités pas toujours faciles à accepter, avoue Rion d'une voix empreinte de prudence.

– Je suis prête. Il le faut. Comment puis-je faire confiance à mon propre esprit si je suis constamment hantée par des fantômes que je ne peux ni voir ni comprendre ? dis-je, la détermination donnant de la force à ma voix.

Malachai se rapproche et pose sa main sur mon épaule, un geste réconfortant qui me rappelle que je ne suis pas seule dans cette épreuve.

– Nous sommes là pour te protéger, dit Malachai, à condition que tu nous fasses confiance à partir de maintenant.

Je souris.

– Au fait… dit Rion. Il te voulait quoi cet Argus ?

– Hum… fis-je en me raclant la gorge. Je n’ai pas le droit d’en parler, je lui ai promis que…

– Tyllia… C’n’est peut-être pas à Argus que tu as parlé, et encore moins à l’archange, comme Kaël a fini par me dire.

– Ka… il t’a raconté ? dis-je.

– D’habitude, les gardiens des Annales Akashiques ne parlent pas, ils montrent des choses… corrige Rion. Décris-moi ce que tu as vu… je le connais peut-être. En tout cas, qui que ça soit, ça essaie de semer le doute… entre nous.

Je me creuse la tête, tentant de me remémorer les détails de ma rencontre avec celui que je croyais être Argus. Chaque élément de ma description est une tentative de recoller les fragments épars de ma mémoire.

– Il était grand, d'une élégance... froide. Il y avait une intensité dans son regard qui m'a fait frissonner, comme s'il pouvait lire dans mes pensées les plus profondes, je commence, en essayant de raviver l'image dans ma tête. Ses yeux étaient d'un bleu presque surnaturel, qui contrastaient avec la pénombre de la pièce. Il m'a parlé avec une voix posée qui résonnait étrangement dans l'air, comme si chaque mot était imprégné d'une puissance ancienne.

Je fais une pause, fermant les yeux pour mieux me concentrer. La sensation de vertige me saisit de nouveau, comme si ces souvenirs étaient doublement voilés - par la magie et par un brouillard que mon esprit lutte pour dissiper.

– Il a dit que mon rôle était crucial, que je détenais des réponses mais que j'étais encore... aveugle à leur compréhension. Il a parlé de chemins qui s'entrecroisent, d'une convergence imminente, je poursuis.

Rion hoche la tête, semblant analyser chaque indice comme un puzzle à résoudre.

– Cela ressemble en partie à ce qu'Argus aurait pu dire, mais avec une certaine... déformation.

Comme si quelqu'un essayait d'imiter son style mais sans parvenir à la même clarté de message, il observe.

Malachai, toujours à mes côtés, serre légèrement mon épaule en signe de soutien.

– Peu importe qui c'était, nous devons faire face à la possibilité que tu aies été exposée à une manipulation. C'est une pratique courante chez les entités qui veulent parasiter ou détourner le cours d'une destinée. Tyllia, tu as besoin de renforcer tes défenses mentales et spirituelles si nous voulons avancer, dit-il d'une voix impérieuse.

Je prends une grande inspiration pour stabiliser mon rythme cardiaque.

– Je comprends, et je suis prête à apprendre tout ce qui est nécessaire pour protéger mon esprit et clarifier ma vision. Je dois être plus méfiante. Je ne laisserai pas ces ombres me contrôler ou distordre mon chemin, je déclare avec fermeté.

Rion sourit, un sourire qui détend légèrement l'atmosphère lourde de la pièce.

– Bien dit, Tyllia. Nous commencerons par quelques exercices de focalisation et de méditation. Et pendant ce temps, je vais faire quelques recherches pour voir si cette ombre, cette imitation d'Argus, correspond à une entité que je connais. Ensemble, nous ferons lumière sur cette affaire, me dit Rion. Essaie de rester calme quoi qu'il arrive.

– Je te guide… dit Malachai en m'arrachant la prière des mains. Je préfère, désolé… je ne sais pas où ça va t'amener cette fois-ci.

Je m'installe confortablement sur le tapis doux, les yeux fermés tandis que Malachai prononce les paroles sacrées qui ouvrent le chemin vers les Annales Akashiques. C'est comme si une brise légère se lève autour de moi, emportant avec elle les tensions de mes muscles et les questions de mon esprit. Je sens la présence de Malachai et Rion, leurs essences vibrantes comme des balises dans l'obscurité qui engloutit peu à peu mes sens. Je respire profondément, me laissant envahir par le silence qui s'installe en moi. Là, je suis ici, mais ailleurs. Un endroit sans lieu, un moment sans temps. Devant moi, un livre imposant flotte, ses pages émettant une lumière douce et apaisante. Je le sais, c'est le grand Livre de la Vie, le cœur même des Annales Akashiques. J'avance la main, hésitante, et effleure la couverture du livre. À ce contact, des images affluent dans mon esprit tel un torrent déchaîné. Je me vois moi, mais pas la Tyllia que je connais - une autre version de moi, entrelacée dans une épopée de longue haleine.

Shadow et Argus sont là, mon cœur en reconnaît la vérité avant même que mon esprit l'accepte. Shadow, avec son allure mystérieuse et son regard qui promet autant de dangers que de sagesses occultes ; et Argus, fier comme un roc face à la tempête.

Je revis la scène d'une bataille oubliée, où l'écho de l'enjeu vibre avec une urgence transcendante. Argus ordonne, dirige, avec une autorité qui confine au divin, et moi, je suis à ses côtés, un guerrier parmi tant d'autres, mais portée par une lumière différente - une lucidité qu'aucun autre ne semble posséder.

Alors que le chaos règne, Shadow m'approche, glissant à l'oreille des mots que seule mon âme semble comprendre. Ce sont des avertissements, des conseils, et une requête qui résonne avec la force d'un serment : de m'écarter du chemin tracé par Argus, de chercher la vérité dans les ombres autant que dans la lumière.

Et le souvenir cogne contre la barrière de ma conscience actuelle avec une force brutale, un message cristallin dans sa clarté : la lutte entre l'ombre et la lumière n'est pas qu'une guerre extérieure, mais également une bataille intérieure. Dans un sursaut, je reviens à moi, le souffle rapide, les yeux grands ouverts. Mais cette fois-ci dans la pièce réelle avec Malachai et Rion à mes côtés. Je les regarde, et sans mot dire, nous comprenons tous que j'ai touché quelque chose d'ancestral et d'indélébile.

Je partage avec eux le souvenir retrouvé, la voix rauque mais assurée, et à travers mon récit, je sais que j'ai dévoilé un fragment de mon âme que ni eux ni moi n'attendions. Nous sommes liés désormais dans une quête qui fait écho bien au-delà de notre réalité immédiate - un appel à l'éveil à la fois ancien et pressant.

– Cela ne présage rien de bon... dit Rion. Si tu as entendu parler, comme tu le dis, de la Prophétie du Reflet.

Je sens le poids de ses mots, comme si l'air autour de nous se densifie, chargé d'une menace invisible mais palpable. Je réprime un frisson qui cherche à se frayer un chemin le long de mon épine dorsale.

– Je crois que c'est un signe, ajoute-t-il. Nous devons être sur nos gardes. Les souvenirs que tu as déterrés pourraient être la clé de ce que nous affrontons.

Malachai acquiesce, son regard scrutateur scannant mon visage comme pour y déchiffrer les secrets de l'âme.

– Que suggères-tu que nous fassions ? demandé-je, prête à suivre leur guidance, consciente que leur expérience dépasse la mienne.

– Pour commencer, il te faut apprivoiser ce passé qui resurgit. Comprendre ton rôle dans la bataille que tu as vécue, réfléchir à la signification des avertissements de Shadow, propose Malachai avec un ton aussi calme que déterminé.

– Nous pourrions également essayer de retrouver Argus ou l'entité qui lui ressemble, renchérit Rion. Vérifier si ce fantôme est un allié ou un adversaire déguisé.

Je hoche la tête, stimulée par l'idée d'action, même si une part de moi craint les réponses que nous pourrions trouver.

– D'accord, alors où est-ce qu'on commence ? Pour entrer en contact avec, ou... Et comment je peux travailler sur ces souvenirs, les comprendre sans me perdre dans leur abîme ?

Rion se lève et marche vers la bibliothèque qui occupe une bonne partie de la pièce. Il en sort un grimoire épais, couvert de poussière et d'étranges symboles, qui semblent danser devant mes yeux lorsque je les fixe.

– Ce livre détient des méthodes de méditation, dit-il en posant le volume sur la table. Il peut t'aider à naviguer dans tes souvenirs de manière sécurisée. Quant à Argus, nous avons des rituels de divination qui pourraient nous permettre de le localiser. Mais cela demandera du temps et une énergie considérable.

Malachai s'approche et prend le livre entre ses mains, le feuilletant doucement, une expression de respect et de crainte mêlée sur son visage.

– Commence par le commencement, Tyllia. Occupe-toi de toi-même en premier. Une fois que tu auras fait cela, les prochaines étapes se dévoileront d'elles-mêmes, conseille-t-il.

J'étire mes bras avant de me ressaisir, la détermination renforcée par leur apport.

– Je vais donc commencer par ce grimoire et ces méditations. Il est temps d'affronter mon passé pour éclaircir mon futur, dis-je avec une confiance renouvelée.

Rion sourit et Malachai me donne une petite tape encourageante dans le dos.

– Nous serons là à chaque étape, n'en doute jamais, dit Malachai en me rendant le livre.

Je tiens le grimoire comme un trésor, sentant son ancien pouvoir vibrer sous mes doigts. D'une respiration profonde, je m'ouvre à ce nouveau chapitre de mon propre récit, prête à affronter les ombres et à saisir la lumière, peu importe où cette voie pourrait me mener. C'est le début d'une quête introspective, un voyage au cœur des mystères de mon âme et de la toile entrelacée du destin qui me lie à ce monde et à ses nombreux, et parfois invisibles, combats.

– Allons travailler, dis-je, fermant le grimoire et me tournant vers mes compagnons avec une nouvelle lueur dans les yeux. Il est temps de découvrir qui je suis vraiment. Mais… ne devrait-on pas mettre les autres au courant ? Ce sont nos alliés, après tout.

– Tu as raison, dit Malachai. Il faut qu'on rétablisse le climat de confiance, sinon cela ne nous mènera à rien… Il est vrai que par le passé, je n'ai pas toujours été sage et gentil, je le reconnais… maintenant, j'ai une seconde chance et je compte bien m'en servir pour vous aider.

Est-il sincère ?

J'ai envie de le croire, mais au fond de moi, y aura toujours une part qui le traitera de menteur malheureusement, et qui ne lui fera pas confiance.

Je sais que c'est difficile et que les jours à venir seront sans doute des épreuves.

– Rion, va chercher Kaël et voir l'état d'Elara… ordonne Malachai.

Rion s'en va à toute vitesse, comme s'il avait autre chose à faire que rester ici.

– Tyllia… dit Malachai. Avant de t'embarquer quand une aventure dont tu ignores tout, il faut que je te parle sérieusement de quelque chose… cette nuit, j'ai vu Kaël avec une ombre qui se faisait passer pour toi. J'ai l'impression qu'elle essaie de jouer un tour à ton ami. Fais attention si tu y tiens vraiment…

– Une ombre ? demandé-je. Cela ne serait pas Vespera ? Je… à vrai dire… Argus m'a fait lire un livre tout à l'heure et… je suis tombée sur une note de Bran, avec les noms et le rôle des alliés de Shadow. J'ai juste eu le temps de lire Vespera avant de me sentir observée… je sais que… elle use de sa beauté pour séduire et semer la confusion… rien d'autres.

Malachai trouve cela inquiétant, tellement étrange aussi qu'il me demande quel était le livre qu'Argus m'a fait consulter.

Et lorsque je veux lui montrer, j'entends une voix :

– La boîte contient toutes les informations que tu désires.

– La boîte ? je répète sans trop comprendre et surtout sans faire attention à ce que je dis tout haut. Celle qu'Argus m'a remise ?

Malachai hoche la tête, j'ai visiblement parlé à voix haute.

J'ai l'air bête… à présent, je vais lui devoir des explications. Pas le choix…

– Que me caches-tu Tyllia ? demande Malachai.

Et là tout à coup, alors que je veux lui expliquer, trou noir. J'ne me souviens plus de rien à propos d'Argus… comme si quelque chose essayait de semer le doute dans mon esprit. Mon pendule dans ma poche s'anime.

Malachai se fâche.

Je n'aime pas ça du tout.

J'essaie de le calmer, mais les mots ne sortent même pas de ma bouche, comme ils le devraient. Il y a un gros problème, je le sens.

Malachai prend l'amulette d'Amara dans sa poche. Elle est brûlante et lumineuse, comme mon pendule.

Il en est maintenant convaincu, il y a quelqu'un ou quelque chose avec nous dans cette pièce qui m'empêche de parler. Nous n'allons pas tarder à savoir quoi…

Je ressens l'urgence dans l'atmosphère qui se densifie autour de moi. Les deux objets ensemble, ardentes et vibrantes de puissance, semblent dialoguer dans un langage énigmatique et ancien. Malachai, aux yeux plissés par la tension, la fixe dans sa main comme pour y lire un indice, une directive pour contrer la perturbation qui m'assiège.

Soudain, dans un murmure qui se fait progressivement entendre, une figure émerge des recoins les plus sombres de la pièce. C'est Silencer, une ombre qui enlève la parole à ses ennemis. Son apparition s'accompagne du frisson glacial de la peur qui ondule sur ma peau. Malachai et moi, nous nous échangeons un regard complice et inquiet, conscient des risques qui s'accumulent comme les nuages avant l'orage.

Mais cette peur semble être le catalyseur qui libère ma voix, arrachant de mes lèvres la volonté farouche de protéger ce qui est cher.

Silencer s'avance, un sourire inquiétant étirant les traits de son visage obscurci, ses yeux semblent luire avec une lueur malicieuse de triomphe anticipé. Mais il ne connaît pas encore la force inattendue de l'alliance qui me soutient.

Au dernier moment, alors que la tension atteint son apogée et que les premières notes discordantes de la pagaille s'élèvent dans l'air, Rion fait irruption dans la pièce. Dans ses mains, il tient avec précaution un objet enveloppé de lumière, un artefact dont je reconnais l'aura protectrice - il appartient à ma grand-mère.

– Utilise ça, Tyllia ! s'exclame-t-il, catapultant l'artefact en ma direction.

Je le réceptionne instinctivement, le contact avec l'objet libère un courant d'énergie qui parcourt tout mon corps. L'artefact de ma grand-mère. Il est lourd d'histoire et de magie, gravé de symboles qui pulsent maintenant avec une vitalité qui défie le temps.

Sans réfléchir, je brandis l'objet devant moi comme un bouclier. D'un seul coup, la pièce s'illumine d'une clarté éblouissante. Les ténèbres reculent devant cette lumière imperturbable, rétractant leur emprise comme la mer se retire devant le commandement d'un phare. Sous l'impact de l'éclat purificateur, Silencer grimace, un cri étouffé s'évadant de sa forme qui se désintègre. Ses contours se brouillent, ses capacités perturbatrices se dissolvent comme des rêves au réveil. Et ensuite, rien. Il est parti, son ombre se dissipe, laissant place à un calme impérieux qui s'installe avec douceur. Je regarde autour de moi, ébahie. Nos yeux se rencontrent et un soulagement non verbal se tisse entre nous. Rion respire profondément, ses épaules s'affaissant légèrement sous le poids du soulagement.

– Avec ce qui vient de se passer, commence Malachai, sa voix tranchant le silence, nous avons eu de la chance, mais cette menace... nous devons rester vigilants.

Je hoche la tête, consciente de la réalité de ses mots, sentant toujours la vibration de l'artefact dans mes mains. Il rayonne encore de l'énergie qui a banalisé l'intervention de Silencer. Je le serre contre moi, un lien tangible vers la force et la sagesse de ma grand-mère.

– Tyllia, cet artefact, il peut nous aider à prévenir d'autres intrusions, à te protéger, dit Rion, récupérant son souffle. Je le croyais perdu, il y a longtemps que je n'ai pas vu parmi nous… il s'agit de l'Orbe de Lumina… et devine quoi ?

– Cela me dit quelque chose ! se dit Malachai. Ne serait-ce pas… il a sans doute raison.

– Lumina était le nom de ta grand-mère Tyllia… dans une vie antérieure.

## 7

– Dis-nous où est cette boîte, s'écrie Malachai tout à coup. On va en avoir besoin pour comprendre ce qui se passe…

– Dans la chambre d'Elara… dis-je tout bas en espérant qu'il n'entende pas.

– Faut aussi voir ce qu'il y a de si important dedans, murmure Malachai pendant que Rion s'en va comme une balle en marmonnant des choses incompréhensibles.

Malachai essaie de me faire la leçon, je dois lui faire confiance alors qu'il n'a jamais été là pour moi… il ne comprend pas que c'est difficile pour moi cette situation ? J'espère qu'il est sincère avec moi… sinon, je mène le Monde à sa perte.

Pour quelles raisons Malachai serait-il du côté de Shadow ? Je ne sais pas, mais s'il y a une chose que j'ai apprise en étant avec ma grand-mère, c'est de faire confiance à mon intuition. Elle me répétait sans cesse : “fais-toi confiance, elle ne te trompera jamais.”

– Pourquoi Rion veut cet artefact ? demandé-je tout à coup à Malachai.

Malachai hoche la tête sans comprendre le sens de ma question. Puis, il me reprend :

– Pourquoi ne pourrait-il pas l'examiner, Tyllia ? Nous ne savons pas réellement d'où cela vient et… Tu ne vas pas me dire que tu doutes de lui maintenant !

– Il a l’air de bien le connaitre… dis-je. Même un peu trop ! Il a dit son nom exact directement, ne vois-tu pas la vérité en face ? Rion essaie de nous tromper… depuis le début je ne suis pas la seule à ne pas lui faire confiance ! Demande à Kaël ! Il te dira la même chose que moi…

– Tyllia… calme-toi… dit Malachai.

– Non, dis-je. Je… je ne me calmerai que quand il sera parti. Fais-le s’en aller… s’il te plait papa !

Malachai fait une drôle de tête sur le moment.

– Qu’est-ce qu'il y a ? dis-je. Je… j’ai fait quelque chose qu’il ne fallait pas ?

– Tu… tu viens de m’appeler papa… répète en boucle Malachai.

– J’sais que j’avais promis de ne pas le faire, murmuré-je. Mais là c’était plus fort que moi.

– Je… faut que je réfléchisse ! dit Malachai, encore troublé. J’crois que je ne suis pas encore prêt pour tout ça.

– Pour tout ça quoi ? dis-je.

– Tu as grandi sans moi à tes côtés… dit-il. Je pense que ça veut tout dire. Et peut-être que Séraphina avait raison après tout. Je ne suis pas bon pour ce rôle-là… Regarde ce qu’est devenu Vincent à cause de moi et à cause de cet oracle que je… enfin qu’on lui a donné Bran et moi… je n’ai pas été capable d’élever ton frère correctement pendant l’absence de Bran et de Maëlle. Et tu voudrais maintenant que je te dise que… Tyllia… écoute-moi. Tu as raison sur une chose, je n’ai pas changé à ce niveau-là. J’suis resté le même mais, je ne suis plus sous aucune emprise, ni celle de Bran ni celle de

Shadow… s'il te plait, pardonne-moi. Même si tu ne le fais pas pour moi, fais-le au moins pour toi. J'en ai besoin maintenant.

Je prends une grande inspiration, tentant de calmer mon esprit. Face à Malachai, les doutes et la colère se mêlent, créant une tempête d'émotions qui me déstabilise. Pourtant, il y a une certitude qui reste ancrée malgré la confusion : cette boite, l'artefact, détient un secret qui nous échappe tous, et je suis déterminée à le découvrir. Je bouge brusquement, mes yeux cherchant les réponses dans le regard de Malachai, mais je sais que je dois les trouver par moi-même.

– Je veux voir cette boîte, maintenant. Je dois savoir ce qu'elle renferme réellement, dis-je. J'serai près d'Elara, si tu me cherches.

– D'accord… dit-il. Vas-y, je t'attends.

Dans la chambre d'Elara, je m'approche de l'objet en question, une boite d'aspect ancien, ses ornements racontant l'histoire d'un temps où la magie et le mythe n'étaient qu'un.

Avec précaution, je regarde et je trouve un miroir vieillit par le temps.

Je touche la surface lisse du miroir, et une série d'images défile devant mes yeux comme si je visionnais les souvenirs d'un autre. Je vois Rion, vêtu de robes sombres, entouré de figures encapuchonnées, récitant des paroles dans une langue que je ne reconnais pas mais que je comprends étrangement. C'est une secte, sans nul doute, et ils vénèrent ce que cet artefact représente : une clé vers l'obscurité, un passage pour une entité que j'ose à peine nommer, une ombre au nom que même les étoiles redoutent de chuchoter.

Rion est plus qu'un membre de ce culte ; il en est un des adeptes les plus influents, un fervent disciple d'une cause qui menace d'engloutir notre monde dans un crépuscule sans fin. Ce n'est pas simplement sa connaissance de l'artefact qui trahit son alliance, mais une dévotion impétueuse, prête à sacrifier tout pour sa sombre quête.

Je referme la boîte, et avec elle, je scelle ma résolution. Malachai doit comprendre l'urgence et le danger qui nous entourent. Je dois le convaincre non seulement pour le bien de notre famille mais pour l'avenir de toutes les âmes innocentes qui risquent d'être dévorées par l'obscurité que Rion et sa secte cherchent à invoquer.

Je retourne auprès de mon père, la boîte serrée contre mon cœur, et lui révèle la vérité que j'ai découverte.

– Nous sommes au bord d'une guerre que nous ne pouvons-nous permettre de perdre, une bataille contre les ténèbres elles-mêmes, dis-je, déterminée.

Le poids des révélations se lit dans les yeux de Malachai, et pour la première fois, je sens qu'une véritable connexion s'établit entre nous. Nous avons un ennemi commun, et ensemble, peut-être que nous pouvons espérer vaincre.

– Que devons-nous faire maintenant, Tyllia ? demande Malachai.

– Je pense que nous devrions aller chercher des conseils auprès de Léthé Memoria… dans les Annales Akashiques. C'est la seule personne de confiance qui peut nous aider là-bas.

– Tu oublies une chose… dit Malachai. Léthé Memoria n'est pas disponible pour certaines raisons. Et il y a autre chose qui va poser problème.

– Laquelle ? demandé-je.

– Rion pourrait vouloir nous en empêcher…

– Pour quelles raisons ferait-il ça ? demandé-je. J'pensais que… que Rion était de notre côté.

– Tu as raison sur une chose, il fait bien partie d'une secte, et si c'est celle à laquelle je pense, il aura dû gagner la confiance de… ta grand-mère pour y accéder.

– Quoi ? dis-je. Mais c'est absurde ! Grand-mère ne rejoindrait jamais une secte de ce genre.

– Pas elle-même, mais son âme… dit Malachai. Il y a des choses que tu ignores sur elle, et dont il ne vaut mieux pas que je te parle.

– Ah ? fis-je étonnée. Mais vas-y ! Tant que tu y balances des trucs insensés sur elle ! C'n'est pas parce que vous étiez en froid que tu as le droit de faire ça.

– Tyllia… dit Malachai.

– Tu l'as fait souffrir toute sa vie et chaque fois qu'elle parlait de toi, elle était désespérée… je le voyais dans son regard. Et maintenant qu'elle est partie, tu l'as dit toi-même, il n'y a plus aucune protection sur mes souvenirs... que ce soit de cette vie ou celles d'avant.

– Ma chérie, je suis désolé… dit Malachai. Mais je te dis la vérité…

– Pourquoi faudrait-il que cela soit vrai ? m'emballé-je. Hein ? Ma grand-mère était et restera quelqu'un de bien, cela ne t'a pas effleuré l'esprit qu'elle pourrait avoir fait semblant de rejoindre la secte pour atteindre les sbires de Shadow directement ? Elle…

– Calme-toi… dit Malachai. J'comprends que tu ais peur, mais… il ne faut pas. Avec elle à la tête de la secte, Shadow ne pourra pas t'atteindre… sauf s'il met la main sur l'Orbe, qui se trouve dans le miroir !

– Comment ça ? dis-je.

– Tu as raison, elle a rejoint la secte pour non pas aider Shadow mais pour déjouer ses plans en tant que Gardienne du Secret ! révèle Malachai. Il nous reste peu de temps avant que Rion ne se pointe réellement ici avec les autres membres de cette secte ! Alors écoute-moi, je propose qu'on arrête de se prendre la tête et qu'on mette cette boite dans un lieu sûr ! Maintenant… Par exemple dans la pièce où tu as trouvé Argus… ce n'est pas une bonne idée.

– Et un tableau de Lyra ? demandé-je.

– Tu veux l'impliquer là-dedans ? dit Malachai en souriant.

– Bah… fis-je. Elle est déjà impliquée ! D'une façon ou d'une autre et on doit protéger l'artefact ! Tu en penses quoi ?

– D'accord… dit Malachai. Mais c'est elle qui le cache.

– Elle est trop jeune pour…

– Non, dit Malachai. Il existe une dérogation pour l'enfant indigo…

– Hein ?

– Celui de la prophétie du Reflet ! dit Malachai. Je te rassure, elle ne va pas aller dans les Annales Akashiques maintenant, en vrai en tout cas. Par son tableau, elle pourrait y accéder comme s'il s'agissait d'un rêve. Tu sais, il est courant que les enfants fassent ce genre de rêve ; genre je suis dans une bibliothèque géante et j'ai des informations sur mes vies antérieures d'un coup… le lendemain, tu le dis à tes parents qui y croient bof. Mais en attendant ce n'était pas un simple rêve ! C'était une connexion Divine. Tu comprends ce que je veux dire… n'est-ce pas ?

Je serre la boîte contre moi, son poids est rassurant mais lourd de conséquences. Alors que nous marchons dans les couloirs labyrinthiques de la demeure, je peux sentir l'aura pesante de Malachai à mes côtés. Il est déterminé, et tout comme moi, il sent l'urgence qui plane au-dessus de nos têtes comme une sombre présage. Lyra, encore jeune et innocente, elle est peut-être la clé de ce nouveau plan. La certitude que son innocence pourrait être le meilleur déguisement pour notre artefact est à la fois troublante et rassurante. Alors que nous nous approchons de l'atelier où ses toiles prennent vie, mon pas se fait hésitant. Est-il juste de l'impliquer dans cette guerre qui dépasse tout ce qu'elle pourrait comprendre ? Quoi qu'il en soit, il ne reste plus de temps pour les doutes. Malachai pose doucement sa main sur la porte de l'atelier, et avec une détermination que je ne lui ai jamais connue, il pousse la porte. Lyra, concentrée sur sa toile, ne se retourne pas tout de suite.

– Lyra, nous avons une mission à te confier… dit Malachai, la prenant par surprise.

Lâchant ses pinceaux, elle se tourne vers nous avec ses grands yeux remplis de questionnements naïfs.

– Malachai, Tyllia, que se passe-t-il ? demande-t-elle d'une voix douce. Vous m'avez fait peur tous les deux !

– Nous avons besoin de toi. De ton talent, de ta connexion avec les mondes que tu crées, explique Malachai d'une voix rassurante.

Je sens une pointe de culpabilité en voyant l'ombre d'une inquiétude passer sur son visage. La simplicité de l'enfance se heurte à la complexité de notre monde adultes.

– Aide-nous à protéger quelque chose de très précieux, continue-t-il. Tu vois cette boîte que Tyllia tient dans ses bras ?

Lyra acquiesce lentement, et ses yeux se posent sur l'artefact que je garde fermement contre moi.

– Nous voudrions que tu la caches grâce à ton art, quelque part où personne d'autre que toi ne pourra la trouver. Une toile, peut-être... Quelque chose qui puisse abriter ce trésor et le tenir à l'abri des regards malveillants.

Lyra se lève et s'approche, étudiant la boîte avec une intensité étonnante pour son jeune âge.

– Comme un secret ? On va jouer à cache-cache avec ?

Sa voix est celle d'une enfant, mais ses yeux brillent d'une sagesse ancienne.

Malachai sourit, un sourire plein d'espoir et de fierté.

– Exactement : un secret, Lyra. Tu seras sa gardienne.

Je me baisse et dépose la boîte devant elle. Lyra la touche du bout des doigts, et je vois ses yeux se plisser, comme si elle sondait déjà les profondeurs de son nouveau sanctuaire.

– D'accord, je vais la cacher dans ma plus belle toile, celle de la forêt enchantée. Les gens regardent, mais ils ne voient pas toujours ce qui est vraiment là, dit-elle.

Je me relève et je ne peux m'empêcher de lancer un regard interrogatif à Malachai. Lyra est-elle vraiment consciente de ce qu'on lui demande ?

– Lyra, merci. Tu ne sais pas à quel point ton aide est précieuse pour nous, pour... tout le monde, dis-je, la gorge serrée par l'émotion.

Malachai la remercie à son tour.

– Nous serons toujours là pour te protéger, ma chère Lyra. Maintenant, faisons ce que nous avons à faire. Il est temps que ce secret soit enfoui au plus profond de la toile, avant que l'ombre de notre ennemi ne s'étende plus loin.

Lyra hoche la tête et sans une hésitation, elle se tourne vers ses toiles, prête à donner refuge à l'artefact qui pourrait décider de l'avenir de notre monde.

Malachai se prépare à envoyer Lyra dans la toile… quand tout à coup, nous sommes interrompus par Kaël.

– Ah ! vous voilà, j'étais… pas sûr de vous trouver, lance Kaël. C'était quoi cette boite ?

Nous essayons de la cacher tant bien que mal, mais Kaël l'a vue.

Il poursuit.

– Une longue histoire… dit Malachai. Tu te souviens que je t'ai parlé d'une Orbe convoitée par Shadow ? Eh bien… la voilà, elle appartenait à Séraphina.

– Elara l'a vue… en vision je veux dire. Après, elle a surpris… Rion dans sa chambre, il retournait tout, elle a eu le temps d'alerter Amara… je pense qu'il était en train de vous chercher. Il avait juste l'air bizarre en parlant de la boite, comme si c'était venu d'une autre dimension.

Malachai rit.

– Quoi ? dit Kaël.

– Tu as raison… cela vient d'une autre dimension, et je ne t'en ai pas parlé parce que je n'ai pas eu le temps. Reste ici, avec Tyllia… Cela vient des Annales Akashiques. Je vais vous laisser, je dois affronter Rion, seul.

– Mais… dis-je.

– T'inquiète pas Tyllia ! dit-il confiant. Tout ira bien.

Et il s'en va.

Kaël se gratte les cheveux, puis demande des explications sur cette boîte. Pour finir, Lyra la défend. Et moi… je me tiens à distance après ce que Malachai m'a dit sur lui…

Kaël remarque que quelque chose ne va pas.

– Tu me prends pour une idiote ? dis-je.

– Non… dit Kaël. J'pensais que c'était à cause… tu sais bien ! Tu as fini dans mon lit... puis tu m'as posé un tas de questions insensées auxquelles je n'ai pas répondu. J'ai pensé que tu m'en voulais…

Lyra intervient.

– Ce n'était pas elle ! dit Lyra. Mais Vespera… tu es tombé amoureux de Vespera… la charmeuse envoyée par Shadow… elle est là pour semer le doute dans vos esprits.

– Comment tu sais qu'elle s'appelle Vespera ? demandé-je à Lyra. J'en ai juste parlé à Mal…

– Non, Tyllia, je n'ai pas eu à écouter les conversations. J'en ai eu une vision très brève de ce qu'elle voulait quand tu parlais à Argus dans ton sommeil.

– C'est qui Argus ? demande Kaël.

– Une longue histoire… dit Lyra en même temps que moi pour rester le plus vague possible.

– Ok… fit Kaël. Vous vous liguez toutes contre moi ou quoi ? Amara m'a fait la même réflexion tout à l'heure !

– Parce qu'Amara est au courant aussi ? demande Lyra. Là, je pense que ça devient bizarre… ou alors Malachai… a fait comme papa, et a posé des micros qu'on ne voit pas dans tous les livres de la bibliothèque ! Et ne me dis pas que je suis parano… je sais ce que je dis ! J'en ai fait les frais avant que papa ne disparaisse.

– Bran tenait tant que ça à te surveiller de près ? demande Kaël. Pourtant, il ne savait pas que tu peignais, avant qu'on lui dise.

– Comme il ne savait pas que Sylas est venu ici plusieurs fois en prenant une apparence différence ! dit Lyra. Pourtant, je pensais qu'il avait sécurisé le sanctuaire ! Bah… je me demande bien où… elle est cette protection !

– Tu sais quoi… dit Kaël. Va cacher cet artefact, et ne dis pas à personne où tu le mets… tant qu'il est en sécurité. Tyllia, faut qu'on ait une discussion avec Malachai maintenant... je ne pense pas réellement qu'il va affronter Rion.

Lyra acquiesce.

Cela signe notre accord.

Kaël et moi, nous partons à la recherche de Malachai. Impossible de le trouver tout de suite. J'ai ma respiration qui s'accélère, alors que je ne capte plus rien. Puis, le pendule m'indique que Malachai n'est pas loin.

L'amulette d'Amara que j'ai prise tout à l'heure à Malachai quand il avait le dos tourné, aussi.

– Par ici… dis-je à Kaël tout bas.

Kaël me retient par le bras.

– On n'a pas le droit d'aller là… tu le sais bien.

– Malachai est peut-être en danger, dis-je. Alors le règlement à la con, il saute ! Faut qu'on le retrouve.

– OK ! Et si on a des ennuis, ça sera ta faute… La plupart des pièces à Bran qui sont interdites, renferment des mystères non élucidés et des dangers. Tu veux quand même prendre le risque ?

Je lui fais oui de la tête.

– Alors suivons le pendule… dit Kaël.

Je me concentre sur où est Malachai en fermant les yeux. Tout à coup, je sens une vision venir, je la laisse faire tant que ce n'est pas affreux. J'ne sens pas de danger particulier, et pourtant je devrais peut-être m'inquiéter. Nous avançons une fois que j'ai visualisé la porte derrière laquelle il se cache.

– Il n'est pas seul... dis-je à Kaël en me méfiant. Il y a une énergie que je connais…

– J'la sens aussi ! dit-il. Mais… pourtant… c'est impossible, non ?

Nous poussons la porte.

Malachai est pris en flagrant délit. Il est en train de soigner quelqu'un au lieu de combattre Rion comme il l'avait dit.

Et cette personne n'est autre que…

– Bran ? dis-je étonnée.

– Impossible ! dit Kaël.

Malachai se tourne vers nous.

– J'vais tout vous expliquer, dit Malachai.

# 8

Lyra arrive comme une balle derrière nous.

Malachai essaie de lui cacher que Bran est ici, mais ça rate. Lyra s'en va, en pleurant de colère. Pas qu'elle n'est pas contente de le revoir, au contraire, mais elle ne comprend pas pourquoi il s'est fait passer, pour mort et depuis combien de temps ça dure.

Nous aussi, nous sommes perdus.

Surtout Kaël.

Cela sème la confusion dans son esprit et il préfère ne pas écouter les explications de Malachai pour le moment. Moi de même, je ne suis pas prête à refaire entrer un ennemi dans le sanctuaire, surtout si on ne sait pas si on peut réellement lui faire confiance.

C'est alors que Malachai prend une décision : il va nous réunir à la bibliothèque tous, et nous dire enfin la vérité… enfin, j'espère que cela ne sera pas une tartine de mensonge de plus. J'en ai assez mangé depuis que je suis née.

Même si je suis contre son idée, je n'ai pas le choix que d'y assister. J'espère que mes compagnons ne vont pas le prendre comme une trahison de la part de Malachai. Reste à voir si Bran a de bonnes intentions. Seul lui pourrait nous le dire.

Et d'ailleurs, je pense que c'est pour cela que Kaël voulait à tout prix ouvrir les Annales Akashiques, mais sans l'accord de Bran… c'est perdu d'avance. Nous allons nous faire rejeter directement.

– Tu as une meilleure idée ? me demande Kaël.

– En fait non. Mais Bran ne vaut pas le coup de se faire bloquer l'accès à vie. Tu as envie de l'aider toi, après ce qu'il nous a révélé ? demandé-je à mon tour en guise de réponse. Pense à Lyra… elle pensait son père mort et elle le voit en vie. À ton avis… que doit-elle ressentir ?

– Arrête un peu de jouer les psychologues ! dit Kaël en riant. Tu sais tout aussi bien que moi que Lyra est une hyper-sensible, elle ressent tout mais en version xxl. Du coup, si on lui fait une crasse bah, ça bug chez elle comme les protections que Bran a fait sur ce lieu sacré qu'est le sanctuaire. Tu as entendu ce qu'elle a dit sur Sylas comme moi ?

Je me contente de faire oui de la tête.

J'n'ai pas envie de revenir là-dessus, ni de savoir comment Sylas est entré ici ni si c'est ma faute ou non.

Ce à quoi Kaël ajoute :

– J'me disais bien que son visage me rappelait quelqu'un…

– De qui tu parles ? demandé-je aussitôt.

– Sylas… je l'avais déjà aperçu quelque part avant de le voir avec toi, quand on te surveillait Amara et moi. J'n'pouvais pas t'en parler parce qu'il nous a jeté un sort pour pas qu'on se souvienne de lui. Le laps de temps s'est écoulé maintenant, et… je peux te dire une chose Tyllia. Ne le prend pas mal, c'est Bran qui a entrainé Sylas là-dedans.

– Bran ? dis-je. Comment aurait-il pu faire ça ?

Alors que Kaël hausse les épaules, je me dis qu'en fait ce n'est pas si idiot que ça. Sylas aurait de toute façon trouver un moyen d'entrer.

– La secte ! dis-je d'un coup.

– Quelle secte ? demande Kaël.

– Celle que ma grand-mère a soi-disant rejoint pour faire tomber Shadow… si ça se trouve Sylas était des leurs depuis le début.

– Tu comptes faire quoi exactement avec cette information ? Le dire à ton père ? demande Kaël avec un sourire narquois.

– De toute façon, il ne me dira pas si Bran en fait partie lui aussi donc cela ne sert à rien… dis-je. Il faut que je parle à Léthé Memoria.

– Attends… dit Kaël alors que je saisis la prière aller dans les archives akashiques. Je… j'ai l'impression que cette histoire des sectes n'est pas si récente qu'elle le devrait. Tu as pensé que Séraphina pourrait être la dirigeante de cette secte depuis un moment ?

– Qu'est-ce que tu veux dire ? demandé-je.

– Bah euh… fit Kaël en hésitant. J'n'ai pas le droit d'en parler normalement. J'ai promis à ta grand-mère que je ne dévoilerai jamais son secret… c'était juste avant ta naissance.

– Je ne comprends rien à ce que tu dis… ça fait un peu charabia Kaël. Sois plus clair ! dis-je. Comment déjà aurais-tu pu connaitre ma grand-mère avant ma naissance, puisque tu as le même âge que moi et tu n'étais pas… né… à moins que tu sois... immortel ?

– Je suis en effet, comme Amara et Elara, un être de lumière descendu sur Terre pour t'aider dans ta mission qu'est d'arrêter Shadow. Je ne suis pas… comme les autres humains. J'ai vécu plusieurs vies ici, oui et ma dernière mission est celle-ci. J'dois l'accomplir pour atteindre le Nirvana.

– Le Nirvana ? répété-je. Tu te paies ma tête ou quoi ?

– Non… Dans la religion bouddhiste, le Nirvana ça veut dire que… je suis pur. Mais… il y a un problème avec ça Tyllia. Cela veut aussi dire que c'est ma dernière vie probablement.

– Qu… ta… dernière vie ? dis-je choquée.

– Quand je ne serai plus… de ce monde… je continuerai à veiller sur toi de là-haut… dit Kaël.

– De… fis-je. Euh… rappelle-moi pourquoi on a cette conversation-là maintenant ? Et Amara et Elara… C'est... aussi leur dernière vie ?

– Oui… dit Kaël. Par contre, Malachai… et Bran… ce n'est pas leur cas. Ils ont encore un karma bien prononcé ici.

– C'est vrai… dis-je. Ma grand-mère m'avait dit que tout s'inscrivait dans les Annales Akashiques directement. C'est plus qu'une bibliothèque d'informations en fait… c'est… vraiment une connexion à la Source. Et pour Shadow ?

– Shadow fait partie du mal, il est resté bloqué dans ce qu'on appelle le bas astral. Là où il y a des… esprits pas très commodes et pas seulement. J'pense qu'il est la part d'ombre de quelqu'un. Il réagit ainsi parce que, selon moi bien entendu, il est bloqué là depuis je ne sais combien de temps. Si ça se trouve il n'a pas pu évoluer, il a peut-être même refusé.

– D’accord… dis-je. Et pour Bran ?

– Quoi Bran ? dit-il. J’viens de t’expliquer. Qu’est-ce que tu n'as pas compris ?

– On fait quoi maintenant pour les aider lui et Malachai… dis-je.

– On arrête d’essayer de les comprendre… dit Kaël. J’crois que c’est au-dessus de mes forces.

– Ah ? fis-je.

– Tyllia… il faut que je te dise quelque chose… me lance Kaël.

Il a l’air tellement sérieux d’un coup.

– Qu’est-ce qu… fis-je.

Kaël hésite.

Puis, il voit Amara arriver vers nous.

– Amara ? dit-il. Qu’est-ce que tu fais dans ce couloir ? Pourquoi tu as l’air essoufflée comme si tu venais de courir ?

– Parce que figurez-vous que Malachai vous cherche ! dit-elle. Il m'a envoyé à votre recherche, en m’indiquant que vous étiez ici. Il me semble que c’est un des couloirs interdit, Kaël. On n’a pas le droit d’être ici, n’est-ce pas ?

– Exact ! dit Kaël. Mais nous ne faisions que discuter de tout et de rien…

– J’espère bien ! dit-elle en riant. Vous n'alliez tout de même pas vous envoyer en l'air ici !

Kaël se racle la gorge.

Je m’tourne vers lui.

– Qu’est-ce que… fis-je. NON !

– Eh… dit-elle. Il n'y a pas de quoi angoisser, Tyllia. Je plaisantais… Tu n'es pas obligée de nous le dire si Kaël te plait !

Je fais ma tête des mauvais jours, comme aurait dit ma grand-mère, et je fixe Kaël. Qu'est-ce qu'il a été raconté à Amara ?

J'n'suis pas un objet de convoitise, bon sang… et s'il me veut… il suffit de le dire.

– Bon alors… dit Amara. Vous vous décidez à venir ? On est déjà vachement en retard sur le programme.

– Quel programme ? demande Kaël. A quoi cela rime tout ça ?

– Eh bien… dit Amara. Malachai ne vous a rien dit ?

Je regarde Kaël.

– Non… dit-il. A part qu'il allait expliquer ce que Bran fait ici, vivant, il n'a rien dit ! On dirait que lui aussi aime les mystères autant que Séraphina.

– Tu l'as dit ! murmure Amara.

Je fronce les sourcils.

– Comment ça autant que Séraphina ? Quel est le rapport entre le retour de Bran et ma grand-mère exactement ? dis-je.

– J'vois… dit Amara. Il vous a parlé de la secte mais pas du rôle de Bran…

– La secte ? Comment tu… fis-je.

– Eh… dit-elle. Tyllia, les murs ont des yeux et des oreilles ici, n'oublie pas ! Je n'étais pas en train d'espionner, je vous cherchais et j'ai entendu… à peu près tout ce que Malachai vous a dit, y compris ce qu'il a pensé. Mais je vous jure que ses pensées… c'était sans le vouloir réellement.

– On va tirer ça au clair ! dis-je en colère en démarrant comme une balle avec des fermes intentions vers la bibliothèque.

…

Je me précipite à travers les longs couloirs du sanctuaire, ressentant une telle impulsion dans ma démarche que mon cœur semble tambouriner à l'unisson avec mes pas. Je suis déterminée à confronter Malachai, à tirer au clair chaque mystère qui se cache derrière chaque mur de cette vieille structure. Ma colère est aussi brûlante que l'incertitude qui m'envahit. Enfin, j'arrive à la lourde porte en chêne de la bibliothèque et je pousse sans ménagement. Le vent frais des lieux me frappe le visage alors que mes yeux s'ajustent à la pénombre. Cachée derrière un haut rayonnage, je perçois des murmures. C'est la voix ferme et assurée de Bran qui monte à mes oreilles, avec un autre ton, une voix douce que je reconnais comme celle de Malachai.

– Malachai, tu devrais vraiment considérer ma proposition. Les temps changent, et la secte est notre meilleure chance de redresser les torts du monde. Notre influence peut s'étendre bien plus loin que tu ne l'imagines.

Bran insiste avec une persuasion qui frôle le lyrisme d'un chant de sirène.

– Tes intentions ont toujours été aussi instables et sombres que les marées de la nuit. Je refuse de me joindre à une cause que je ne soutiens pas. Je garde la foi en des actions plus pures, loin de vos conspirations et manipulations. Ça suffit, je ne te suivrai pas sur ce chemin.

La voix de Malachai résonne avec la force de la conviction et du refus.

Je retiens mon souffle, tétanisée par la tension de leur échange. Mon cœur cogne si fort contre ma poitrine que j'ai l'impression qu'il pourrait trahir ma présence. Mais alors que la conversation se poursuit, quelque chose en moi se noue, une sensation pesante qui s'alourdit à chaque parole échangée. Ma tête tourne, le malaise s'insinue.

– Ta naïveté te perdra, Malachai. Si tu ne prends pas de parti, tu seras balayé par le flux de l'histoire, et rien de ce que tu chéris ne survivra.

Avant que Malachai puisse répondre, un voile obscur vient s'abattre sur ma conscience. Je me sens tomber, glisser vers l'obscurité, incapable d'interférer ou d'appeler à l'aide.

Je ne sais pas combien de temps je suis inconsciente, peut-être des minutes, peut-être une éternité tronquée. Mais quand mes yeux s'ouvrent de nouveau, ils découvrent le plafond voûté, orné de fresques fanées par le temps. Mon corps est à plat sur le sol froid de la bibliothèque, mais il n'y a plus trace d'une quelconque présence autre que la mienne. Bran a disparu.

Celui qui me relève avec précaution, avec une douceur presque paternelle, c'est Malachai, ses yeux empreints d'inquiétude. Je m'efforce de me redresser, mon corps encore engourdi à la suite du malaise.

– Tyllia nom d'un chien, tu m'as fait une peur bleue. Que faisais-tu ici, cachée comme une ombre fuyante ? me demande-t-il.

– J'étais venue pour des réponses, Malachai. Mais j'ai trouvé bien plus, et cela m'a dépassée… Je crois que j'ai entendu une partie de la conversation entre toi et Bran, je suis désolée. Ma gorge est pâteuse, mes mots se frottent l'un à l'autre, craintifs.

– Nous discuterons de tout cela, mais pour l'heure, reprenons-nous. Le corps et l'esprit ont leurs limites, n'oublie pas de les respecter. Viens, laisse-moi t'aider à te remettre sur pieds. Nous avons tant à faire, Tyllia, tant à préparer. Sa voix est un baume, et malgré la tourmente dans mon esprit, je le laisse me guider vers un siège confortable.

Je m'efforce de rassembler mes pensées, cherchant à comprendre le rôle que nous tous, dans ce sanctuaire et au-delà, devrons jouer dans les bouleversements à venir. Mais une chose est sûre, affronté à l'incarnation du mal ou à la perfidie des consciences égarées, je dois demeurer forte. Car les réponses que je cherche sont aussi les clés de la survie de ce monde, notre monde.

– Où est passé Bran ? demandé-je.

– J'l'ai… renvoyé de là où il revenait. N't'inquiète pas Tyllia, tu es en sécurité, dit Malachai.

– Qu'est-ce que tu ne me dis pas, Malachai… ? fis-je. J'm'inquiète pour toi. J'n'ai pas rêvé, je l'ai entendu te proposer de rejoindre la secte ! Es-tu du côté de Shadow ?

– Bien sûr que non ! s'écrie-t-il. Tu n'as pas besoin de douter de moi, tu me déçois Tyllia. Maintenant, va te reposer dans ta chambre, ça serait mieux. Elara viendra te faire un soin quand tu seras calmée.

– Mais… dis-je.

– Non… dit Malachai. J'sais à quoi tu penses et c'est non. En tout cas pour le moment. J'ai encore des choses à faire, quelques trucs par-ci par-là à régler. Et avant que tu ne poses la question, ça n'a rien à voir avec Bran !

– Est-ce qu'il me prend pour une quiche ? me demandé-je.

Il continue de parler... dans le vide puisque je suis plongée dans mes pensées.

Elara arrive.

– Tyllia… tu viens ? demande Elara.

Je me lève et la suis.

J'regarde en arrière, Malachai semble un peu inquiet. Même s'il dit le contraire, je pense que c'est à cause de Bran. À moins qu'il nous cache quelque chose d'autres d'aussi terrible qui le perturbe à ce point.

Elara essaie de me rassurer.

Elle me fait m'allonger sur la table de soin.

Elle voit bien que je suis préoccupée.

Elle commence le soin malgré tout alors que d'habitude, elle me parlerait d'abord avant de faire quoi que ce soit.

Très vite, elle est transportée dans une vision, qui la cloue sur place. J'ouvre les yeux, et je vois ce qu'elle voit.

Il s'agit d'un temple.

Assez intriguant.

Je reste immobile, la respiration suspendue, les yeux rivés sur le plafond. Mon cœur bat au rythme des visions qui assaillent Elara, et à travers elle, je les partage. Le temple qui se matérialise devant nos yeux est ancré dans une réalité qui semble à la fois proche et inaccessible, comme si une brume éternelle en dissimulait l'entrée. C'est alors que je la distingue.

Vespera.

Sa silhouette ondule avec l'agilité d'un félin, ses traits percés par des yeux d'un bleu profond qui vous transpercent sans peine. Elle est dans le temple, mais ce n'est pas ma vision ; c'est un souvenir, celui de Kaël. Il est là, lui aussi, les traits tirés par une tension qu'il n'arrive pas à dissimuler.

Vespera, la manipulatrice, l'ensorceleuse, glisse autour de lui, esquisse de ses lèvres un sourire doux et empoisonné. Elle s'approche, laisse ses doigts effleurer le bord de sa manche. Elle murmure, et ses paroles sont comme une mélodie qui berce, qui berce trop bien, car Kaël semble se fondre sous son influence. Qu'a-t-il donné comme information à Vespera dans ce temple, quel secret a-t-il trahi ? C'est la question qui poignarde mon esprit, qui fait battre mon cœur avec rage et inquiétude. Et comme si la trahison potentielle ne suffisait pas à semer le chaos dans mes pensées, je ne peux m'empêcher de me demander comment elle a usé de ses charmes pour obtenir ce qu'elle voulait de lui. Ça me ronge de l'intérieur, l'incertitude, le doute.

Elara prononce doucement des mots de guérison, tirant la clarté de la Source pour nous éclaircir la vision, mais le temple n'apparaît pas plus net pour autant. La silhouette de Vespera, cependant, se fait plus distincte, comme une fleur nocturne qui éclot au clair de lune. Son pouvoir est insidieux, une douceur qui dissimule des épines acérées de manipulation.

Elara cesse brusquement le soin, rompant le lien avec la vision. Elle cligne plusieurs fois des yeux, revient à la réalité de la pièce où nous nous trouvons.

– Tyllia, dit-elle d'une voix grave, quelqu'un a affaibli les défenses de Kaël d'une manière ou d'une autre.

Je me redresse soudain, le visage marqué de gravité. Il faut que je parle à Kaël, maintenant sans attendre. Il doit me dire ce qui s'est passé, ce qu'il a révélé, à quel point nous sommes en danger. Je ne peux laisser ce trouble s'enraciner plus longtemps.

Une résolution ferme s'empare de moi et je quitte la pièce d'un pas décidé, laissant derrière moi Elara et mes incertitudes. Le sanctuaire, avec ses ombres et ses lumières, est soudain plus menaçant, plus mystérieux. Je dois trouver Kaël. Je dois connaître la vérité. Et je dois le faire avant que Vespera ou n'importe quel autre agent de l'ombre ne profitent de cette faille que nous avons peut-être laissée grande ouverte.

– Fais attention à toi, dit Elara. Cela peut être dangereux. Surtout si ça vient d'une vie antérieure, on n'est jamais sûr de ce qui est vrai…

– Tu serais d'accord de nous conduire dans les Annales Akashiques si Kaël est ok bien sûr…

Elle me sourit.

– Bien entendu, si ça te rassure oui je peux… dit Elara.

Je lance un regard insistant à Elara, la curiosité brûlant dans mes yeux.

– Elara, tu as vu autre chose, n'est-ce pas ? Parle-moi de ce temple, s'il te plaît.

Elle me fixe avec une intensité qui trahit sa préoccupation profonde.

– Le temple que nous avons vu... il est enveloppé de mystères. Il n'est pas juste un bâtiment ordinaire ; il abrite des forces anciennes, des connaissances qui remontent à des époques que l'histoire moderne a oubliées. Ce que Kaël a pu y voir ou faire, je ne peux pas l'expliquer avec certitude... mais ce temple est au cœur d'un réseau de pouvoirs cachés.

Mes ongles s'enfoncent légèrement dans la paume de ma main, trahissant mon anxiété.

– Tu crois que c'est là que Vespera a agi sur Kaël ? Qu'elle a altéré avec ses souvenirs ? demandé-je.

Elara hoche la tête lentement.

– Tyllia, il y a des forces à l'œuvre dans cet endroit qui dépassent la simple manipulation mentale. Le temple pourrait être un point de convergence pour plusieurs lignes de force telluriques, ou peut-être même un portail vers des dimensions que nous ne comprenons pas pleinement. Si Vespera a trouvé le moyen d'en exploiter les pouvoirs, alors elle pourrait avoir à sa disposition bien plus que de simples secrets, dit Elara.

Soudain, je me sens dépassée par l'ampleur de ce que cela implique, mais une détermination nouvelle s'installe en moi.

– Alors nous devons faire quelque chose. Nous devons découvrir ce qui se trame, ce qui a été pris à Kaël et comment. Et le moyen le plus sûr d'en apprendre davantage... c'est d'aller directement aux Annales Akashiques.

– Oui, les mémoires pourraient apporter des réponses, consent Elara, mais Tyllia, je t'avertis, plonger dans les archives n'est pas sans risque. On pourrait se retrouver confrontées à des vérités que nous ne sommes peut-être pas prêtes à affronter. Et si c'est lié à une vie antérieure, les choses pourraient se compliquer encore plus.

Je prends une grande inspiration, stabilisant le tumulte de mes émotions.

– Je suis prête à affronter ces vérités, Elara. Nous ne pouvons pas rester dans l'ignorance alors que nos ennemis utilisent nos propres histoires contre nous.

Elara me sourit alors, un sourire teinté d'une sorte de résignation éclairée.

– Dans ce cas, nous le ferons. Nous irons aux Annales Akashiques. Je t'aiderai, nous chercherons ensemble les données dont nous avons besoin. Mais Tyllia, ajoute-t-elle avec une intensité calmée, sache que ce que nous allons découvrir là-bas pourrait changer non seulement notre compréhension du passé, mais également la trajectoire de notre combat. Sois prête à tout.

Je hoche la tête, sans mot dire, mes yeux scellés sur la promesse d'une révélation. Le mystère du temple, les manipulations de Vespera, la secte... tout se condense en un nœud complexe que seul le fil des Annales Akashiques peut dénouer. Il est temps de se lancer dans cette quête de vérité, quelles que soient les conséquences.

– Merci, Elara, murmuré-je, pour ta guidance et ta clarté. Ensemble, nous affronterons ce qui attend…

– Es-tu prête pour cela ? demande-t-elle. J'sens que cela pourrait briser ce qu'il y a entre toi et Kaël à tout jamais.

– Va me le chercher ! dis-je. À moi, il parlera…

– Tu as l'air sûre de toi... dit Elara. C'est déjà ça. Mais as-tu pensé à ce que tu feras s'il refuse ? Cela a l'air d'être assez éprouvant comme souvenir… assez douloureux.

Elle a raison d'un côté. J'ne peux pas prendre de risque ainsi.

– Il faudrait que tu te prépares un minimum... que tu en saches plus sur Vespera, tu sais quoi au juste sur elle à part que c'est une alliée fidèle à Shadow ?

– Bah... dis-je. Rien de plus que ce que Malachai m'a dit.

– Je vois... dit Elara. D'un côté, on n'a pas le temps de jouer au chat et à la souris… ça nous est compté. Donc ok, je vais aller chercher Kaël. J'attends juste Amara... je ne préfère pas que tu restes seule pour le moment. Tu comprends ?

– Oui... dis-je. Tu me préserves !

– Exact ! dit-elle.

– Allez, viens… dis-je en partant devant. Il faut qu'on trouve Kaël.

– Enfin… Tant que je peux… pense Elara.

## 9

Kaël est dans le salon, posé tranquille sur le canapé… il pense être au calme quand nous arrivons en même temps qu'Amara. Elle a vu Vespera dans sa chambre, du coup cela met Kaël en colère, non pas parce qu'elle a vu ce qui se trame, mais parce qu'elle n'a pas à y entrer sans autorisation. Et puisqu'il est de mauvaise humeur pour je ne sais quelle raison, peut-être n'est pas le bon moment pour lancer le sujet du temple de ses vies antérieures.

Si moi, je décide de me taire, Elara aura la solution.

Enfin, je crois.

– Et vous deux ? demande Amara. Vous n'étiez pas censé faire un soin ?

– Si… il est fait, dit Elara. Et c'est justement de cela dont nous devons parler tous les trois…

– Ah ! dit Amara en riant. Si y a un rapport avec Vespera, je suis preneuse de solution. J'aimerai bien savoir pourquoi elle est ici et qui l'a ramenée.

Kaël devient nerveux.

Nous le regardons sans rien dire.

Il est vite mal à l'aise à cause du sujet que nous abordons. Il voudrait se retirer et être seul, mais au dernier moment, Amara l'empoigne contre le mur et lui lance un regard qui veut tout dire.

Kaël jure qu'il ne sait rien et qu'il ne se souvient pas de Vespera ni de comment elle est entrée ici. Si elle y est arrivée, d'autres pourraient aussi.

– C'est pour protéger le sanctuaire des indésirables que Bran a mis des pièges un peu partout, mais si quelqu'un est allé trifouiller dedans, là c'est moins cool ! lance Amara.

– J'n'y suis pour rien ! lance vite Kaël. Et si j'ai connu Vespera, c'est sûrement dans une vie antérieure.
Je… euh… j'ignore pourquoi elle revient maintenant, mais cela peut avoir un rapport avec la secte de la grand-mère de Tyllia.

Amara le relâche.

Elle se tourne vers moi.

– La secte ? C'est quoi encore cette histoire ? dit-elle.

– D'après Malachai, dis-je, ma grand-mère serait à la tête de la secte des sbires de Shadow. Son rôle a protégé un artefact… car s'ils mettent la main dessus, elle ne pourra pas… euh… elle ne pourra plus me protéger d'eux. Ils pourront m'atteindre sans que je puisse me défendre.

– C'est Argus qui a mis cette idée dans la tête de Malachai ! lance Elara.

– Tu le connais cet Argus ? demandé-je. Il a l'air tellement mystérieux… et avant que… il m'a appris un truc.

– Le Shamballa ? dit Elara. Il a dit qu'il me l'apprendrait mais je ne l'ai plus vu depuis quelques années, je ne savais pas qu'il était en vie.

– C'est son fantôme qui m'a tout enseigné, dis-je. Désolée de te décevoir… je pensais que… attends une seconde… c'était ton Maître, c'est ça ?

Elara sourit.

– Ce n’est pas seulement mon Maître spirituel… dit-elle. Argus est… mon père.

Je ris.

– Tyllia, ce n’est pas marrant ! fit Amara. Elle est sérieuse !

Je me calme d’un coup.

– Que faisait-il dans la pièce de Bran, enfermé ? demandé-je. J’aimerai tellement comprendre pour quelles raisons Bran faisait des mystères à propos de ces pièces. Si ça se trouve, il a raison, le retour de l’artefact a réveillé des… fragments du passé.

– Tel père, telle fille ! On croirait entendre Malachai ! dit Kaël.

– Kaël… dis-je. À mon avis ce n’est pas un hasard si Argus t’a confié la clé de cette pièce, cela a sans doute un rapport avec le temple… mais pour ça il faudrait fouiller…

– La pièce ? dit Elara.

– Les souvenirs de Kaël, dit Amara. J’pense plutôt que… ça a un rapport avec une vision qu’Elara a eu et qu’elle ne dit pas. Bon, c’est vrai que cela ne me regarde pas directement, mais s’il faut vous aider, vous savez où me trouver ! Après tout, un souvenir, ça ne peut pas faire du mal… enfin, sauf si tu n’es pas prêt, là… c’est autre chose.

– Kaël, dis-je à mon tour, tu sais très bien que je fais ça pour notre bien à tous. Si ça te dérange, on peut trouver pour y aller autrement ou plus tard même si le temps presse. Est-ce que tu te rappelles au moins le nom de ce temple dont on parle ?

Je fixe Kaël, cherchant dans son regard une étincelle de mémoire, un indice qui pourrait nous guider vers le temple enfoui dans ses souvenirs. Soudain, il ferme les yeux, son front se plisse légèrement. Un moment passe, presque éternel, avant qu'il ne murmure presque inaudible :

– Le Temple d'Étheria…

Un frisson parcourt le dos au son de ces mots. Le Temple d'Étheria, connu dans les légendes comme le sanctuaire des mémoires universelles, une clé des Annales Akashiques où le passé, le présent et le futur se mêlent en un point d'intersection intemporel. Kaël respire profondément et commence à raconter son souvenir :

– Je suis plus jeune, beaucoup plus jeune... Je me tiens devant le temple. Ses murs sont d'un blanc pur et irradient d'une lumière qui ne semble ni solaire ni lunaire. Des colonnes célestes s'élèvent vers un ciel où les étoiles dansent malgré l'éclat du jour.

Son récit prend vie dans mon esprit, je le vois presque à travers ses propres yeux. Le souvenir de Kaël se matérialise sous nos yeux.

« – Autour de moi, il y a des champs d'azurite - la pierre de l'intuition - qui scintillent d'une douce couleur bleutée. C'est paisible... Mais il y a une tension dans l'air, comme un orage qui se prépare loin à l'horizon.

La pièce semble s’évaporer, remplacée par la vision du temple dont les détails émergeaient peu à peu des brumes de l'oubli de Kaël.

– J'entre dans le cœur du temple. Au centre, il y a un autel, et au-dessus, flottant comme défiant la gravité, un manuscrit. Vespera est là - belle et terrifiante. Ses yeux me sondent, cherchant des réponses que je suis venu quérir moi aussi. Elle me parle des annales, comment elles connectent toutes les âmes, et que le temple en est le réceptacle. Ici, on peut accéder aux vies passées, aux trajectoires de l'âme à travers les époques. »

– Vespera... Qui était-elle pour toi ? demandé-je, aussi intriguée que les autres qui écoutent attentivement.

– Elle... Elle était la gardienne du temple. Je devais apprendre d'elle, mais il y avait autre chose, un lien qui dépassait l'apprentissage. Une promesse…

"Une promesse..." Cette notion résonne avec écho à l'intérieur de moi, laissant derrière elle des questions suspendues dans le silence.

Amara se penche en avant, comme pour mieux attraper chaque mot qui s'échappe de Kaël.

– Et cette secte de la grand-mère de Tyllia ? Tu te souviens si…

– Oui, je vois... Il y a des ombres autour du temple. Elles cherchent à s'emparer des annales, à pervertir leur sagesse. L'artefact, il est la clé du temple, il... il doit rester protégé.

Ma grand-mère, une ombre parmi d'autres, aspirant à la connaissance défendue, cherchant à courber le destin à sa volonté obscure. La pièce autour de nous se fait plus pressante, plus réelle à mesure que les souvenirs de Kaël nous enveloppent et laissent entrevoir des éclats de vérité cachée.

– On a caché l'artefact, dis-je doucement. Mais c'est comme si l'on avait ouvert une porte. Une porte qu'on ne peut pas simplement refermer.

Kaël ouvre soudain les yeux. Ils scintillent d'une compréhension mûre et douloureuse. Il sait, tout comme nous le savons maintenant, que la clé du mystère réside dans la balance fragile de nos mémoires et dans la lutte pour protéger ce qui doit l'être de ceux qui convoitent l'interdit.

– Elle est revenue prendre ce qui lui appartient ! dit Kaël. Mais pas pour s'en servir contre Shadow. Quelque chose a changé en elle, je ne sais pas quoi. J'pense que… nous devrions en parler à Malachai avant qu'il nous reproche encore une fois de ne rien lui raconter et par la même occasion d'agir dans son dos.

– Malachai saura à la seconde où tu croiseras son regard… dit Elara. C'est un omnivoyant comme Argus. Et c'était aussi son meilleur ami. Au pire il contactera l'âme d'Argus pour lui demander ce qui se passe là-bas…

– Mais peut-on lui faire confiance ? demande Kaël. J'ne suis pas le seul à avoir des doutes sur lui, hein ! Pas vrai Tyllia ?

J'baisse les yeux et fais comme si je n'étais pas là, comme je n'avais pas entendu ce qu'il vient de dire.

Elara et Amara se tournent vers moi. J'ai l'impression que je ne suis pas la seule à partager ce doute sur Malachai.

– Malachai n'est qu'un détail ! dit Amara. Qu'on lui fasse confiance ou non, ça ne changera rien.

– N'empêche que Tyllia a raison, dit Elara, il faudrait qu'on connaisse ses intentions… et pour ça, j'ai un plan !

– Aïe ! fait Kaël à plusieurs reprises. Dois-je te rappeler que dans notre vie précédente chaque fois que tu disais cela, on s'attirait des emmerdes plus grandes que nous… et que ce sont les adultes qui devaient les régler…

– Eh ! fait Elara. J'vois que la mémoire te revient ! Admettons que ce plan soit aussi foireux que mes autres plans, il faut qu'un de nous reste ici et parle d'Étheria à Malachai… et peut-être que… qu'on se trompe sur son compte en fait ! Il veut sûrement nous aider…

Et là, j'ne sais pas pourquoi, alors que j'ai promis à Malachai de ne jamais rien dire à personne de ce que j'avais entendu de sa discussion avec Bran, je la révèle au grand jour avant de dire : "oups, je n'aurai pas dû".

Je lève les yeux quand j'entends la porte s'ouvrir brusquement. C'est Malachai qui entre, son regard perçant nous balaye un à un. "J'ai tout entendu," annonce-t-il d'une voix qui résonne avec autorité. Il y a dans son attitude une certitude qui fait taire la pièce.

– Merde ! Malachai ! Tu nous espionnes ou quoi ? dis-je à voix haute.

Je me ratatine un peu, comme une enfant surprise en pleine bêtise. À ses côtés, le fantôme d'Argus flotte, presque invisible, presque absent, pourtant son essence est là, imprimée dans la pièce même.

– Peut-être que je devrais puisque j'ai entendu vos théories et vos incertitudes, reprend Malachai en fixant Kaël. Et il est temps de mettre les choses au clair. Vespera t'en veut, Kaël. Pas simplement parce que tu as disparu avec l'artefact, mais parce que tu l'as perdu... Et Argus... Argus détenait cet artefact.

Je fronce les sourcils, cherchant à comprendre comment ces pièces du puzzle s'assemblent. Cela ne cadre pas avec l'image que j'ai d'Argus, enseignant et spirituel. Mais la réalité semble toujours plus complexe que mes souvenirs romantiques.

– Et il a embrouillé Vespera dans ses plans, poursuit Malachai. Il l'a manipulée pour qu'elle en veuille à Kaël à un point... où elle serait prête à le séduire et à rejoindre Shadow.

Un silence lourd s'installe. Elara et Amara échangent des regards chargés de questions, tandis que Kaël pâlit, semblant combattre une réalité trop dure à accepter.

– Et tu serais arrivé à ces conclusions comment ? fis-je mine de demander d'un ton léger pour masquer l'inquiétude qui me gagne.

– Comme Argus, je suis omnivoyant, Tyllia, rétorque-t-il. Et puis, il y a des liens qu'on ne rompt pas si facilement ; Argus a bien tenté de m'éloigner, mais il reste mon ami... ou du moins, il l'était.

Je capte le regard de Malachai qui repose sur moi, accusateur. Mon cœur bat la chamade, je détecte l'approche de la révélation que je crains.

– Tyllia, quelque chose à ajouter ? quelque chose que tu aurais... entendu ? continue-t-il, ses yeux ne me lâchant pas.

Je déglutis, puis, sans comprendre exactement pourquoi, je laisse s'échapper la vérité que j'ai juré de garder secrète.

– Argus a parlé d'influencer les destinées, d'encercler Shadow et d'utiliser Vespera comme un pion.

– Ouais, oups, je n'aurais pas dû, ajouté-je mollement.

Malachai hoche la tête, comme s'il s'attendait à cette confession. Il s'avance, posant une main sur mon épaule. Sa présence est réconfortante malgré tout.

– Nous faisons tous des erreurs, Tyllia, murmure-t-il. Mais nous avons aussi le pouvoir de les réparer. Vespera n'est pas la seule à avoir été manipulée ; nous le sommes tous d'une manière ou d'une autre par nos mémoires, nos espoirs et nos peurs.

Il regarde Kaël, ses yeux capables de voir au-delà des apparences.

– Nous devons faire preuve de compréhension. Et nous devons travailler ensemble si nous voulons déjouer les plans de ceux qui souhaitent nous voir échouer. Kaël, c'est dans ton passé, mais aussi dans ton présent, que réside la clé pour défaire l'emprise de Shadow... et pour apporter la paix à Vespera. Elle mérite de connaître la vérité, tout comme nous méritons de comprendre notre passé. Suis-je clair ?

Kaël acquiesce, ses yeux maintenant résolus. Il y a un feu nouveau en lui, celui de la quête pour la vérité et la rédemption. Étrangement, je me sens plus légère, comme si en partageant ce secret, j'avais libéré une partie du poids que je portais. Nous formons un cercle, unis par notre mission commune et par les secrets révélés. La confrontation avec Vespera est inévitable, et nous devons être prêts. Nous nous regardons, chacun pleinement conscient du rôle qu'il doit jouer.

– Oui, c'est très clair… me dis-je. J'me suis trompée sur Malachai. Il essaie de nous aider. Peut-être est-ce juste à cause de Shadow qu'il a des tensions entre nous.

Je hoche la tête, absorbant les implications de la discussion. Le poids dans ma poitrine s'allège imperceptiblement alors que je m'efforce de mettre de l'ordre dans le flot d'informations qui nous submerge. Tout le monde semble s'accorder sur la gravité de la situation, et mon regard se pose sur Malachai, dont l'autorité vient de se renforcer avec ses révélations. Peut-être est-ce en raison de notre histoire partagée, ou bien est-ce son lien familial avec Argus qui le rend si rigoureux, mais son approche sans concession peut être ce dont nous avons besoin pour avancer.

Nous commençons à faire des plans. Kaël, avec sa mémoire retrouvée, pourrait détenir le chemin vers le Temple d'Étheria, et je me surprends à avoir envie de lui faire confiance, lui qui a tant lutté avec les ombres du passé.

Amara pourrait bien être notre meilleure défense contre les intrusions imprévues.

Et Elara, dont l'intuition navigue au-delà des apparences trompeuses, pourrait nous guider à travers les méandres de l'âme.

Je me retourne vers Malachai, cherchant dans son regard un signe de ce qu'il pense vraiment

– Alors, quel est le plan ? je lui demande. L'heure n'est plus aux secrets, il est temps d'agir de concert.

– Il faut juste être sûr que l'artefact est bien en sécurité, dit-il avec fermeté. Nous ne pouvons pas permettre que Shadow ou ses acolytes mettent la main dessus. Ensuite, nous devons nous rendre au Temple d'Étheria. Les réponses dont nous avons besoin pour défaire ses machinations sont là-bas, j'en suis sûr.

Son assurance est contagieuse, et je sens dans l'air une sorte de détermination renouvelée. C'est comme si nous étions entrés dans la partie la plus sombre de la nuit, juste avant que l'aube ne commence à se pointer.

– Je suis d'accord, déclare Elara, sa voix empreinte de la résolution qui la caractérise. Mais nous devons faire vite. Le temps joue contre nous.

Amara approuve d'un signe de tête et je sais que malgré le danger, nous sommes prêts à prendre ce risque, à affronter les fantômes de notre passé pour garantir notre avenir. La discussion tire à sa fin et nous nous dispersons pour préparer notre prochaine action. Je reste un instant seul, le regard perdu dans l'horizon invisible derrière les murs. Une sensation étrange, comme un écho lointain, me parcourt. C'est plus qu'une impression ; c'est un appel. Nous sommes plus forts ensembles, et pourtant, je sens en moi une pièce manquante, un rôle que je suis la seule à pouvoir jouer. Alors que je me lève pour rejoindre les autres, je fais le serment de faire face à mon héritage et à mes peurs. Qu'il s'agisse de lutter contre Shadow ou de dénouer les fils emmêlés de Vespera, je suis prête. Avec mes compagnons, je vais affronter la tempête qui gronde et tirer du cœur de ce chaos une lueur d'espoir. Je traverse le seuil de la pièce, mon pas résolu. Il n'y a pas de retour en arrière, seulement un chemin tortueux et incertain qui nous attend.

– Allons-y ! dit Elara. Comment allons-nous procéder ? Sait-on où se trouver ce temple exactement ?

– J'pense qu'il est en ruine… dit Malachai.

– En ruine ? répète Kaël. Tu veux vraiment nous envoyer dans un temple en ruine ?

– Non… dit Malachai. Nous n'avons pas le choix, il faut revenir à la source. Comprendre ce qui s'est passé nous aidera à savoir pourquoi Vespera te tourne autour, comprends-tu ?

– Oui, oui… fait Kaël.

Kaël baisse les yeux comme s'il avait honte de quelque chose.

– Qu'est-ce que tu ne dis pas ? demande Malachai. Si tu n'as rien à te reprocher, il ne faut pas t'inquiéter, hein Kaël… arrête d'essayer de nous embrouiller pour qu'on n'y aille pas. On y va, point c'est tout, et par les Annales Akashiques ça sera moins risqué qu'en vrai.

– Ah... dit Kaël. Et si je ne suis pas d'accord... que…

– KAËL ! crient Elara et Amara. Cesse de faire l'enfant…

– Mais je… fit Kaël.

– Pas de mais ! crie Malachai. J'commence à en avoir marre des caprices ! Tu es prête Tyllia ? Ouvre ses archives !

## 10

Prête est un bien grand mot quand je vois dans l'état que Kaël se met pour un rien.

J'aurais voulu dire non à Malachai, mais je n'ose pas. Je lance un regard inquiet à Kaël. C'est là qu'il me donne le feu vert.

– Ne te sens pas obligé de dire oui, fis-je, si tu n'as pas envie je comprendrai…

– Vas-y ! dit Kaël. Ouvre les Annales Akashiques…

– J'vais demander à Lyra d'aller rechercher l'artefact, dit Amara.

Pendant que nous allons dans les archives, Amara va voir Lyra en compagnie de Malachai. Elara reste avec nous, en cas où il y aurait un problème.

Je lis la prière d'entrée.

Nous sommes aussitôt transportés dans une des vies antérieures de Kaël. Une fois arrivé au temple, nous regardons autour de nous. L'endroit semble plein de magie.

Tout à coup, je vois un adolescent, qui doit être Kaël, il entre dans le temple. Je me décide à le suivre avec l'accord de Kaël qui m'accompagne.

Nous arrivons en haut du temple.

– Quelle belle vue ! dis-je. On dirait un temple Egyptiens… vu d'en bas et de l'intérieur. De dehors, c'est autre chose.

Je ne vois plus le Kaël adolescent, pourtant j'aurai juré qu'il était sorti.

J'm'avance au centre, et Kaël me crie :

– Attends Tyllia… ne va pas là.

Je hoche la tête et je regarde au sol.

Il y a une marque étrange avec un texte dans une langue ancienne, que j'arrive à déchiffrer. Alors que je la lis tout bas, je sens un vent froid et quelque chose qui se dresse derrière moi tout à coup.

Avant que je ne dise son nom, je la vois prendre mon apparence de maintenant.

Kaël a l'air… bizarre.

C'est comme si ses yeux reconnaissaient la scène.

– Alors tu es revenu comme prévu avec ton amie… dit-elle. J'pensais pas que ce jour viendrait.

– Kaël ? dis-je. Tu m'expliques ? Qu'est-ce que tout cela veut dire ? Tu avais prévu de revenir ici avec moi ?

– Écoute… je… j'savais que si je te le proposais tu aurais dit non, donc j'ai préféré… bon euh… comment je vais dire ça sans que tu lui en veuilles… j'ai comploté avec Malachai car il y a des choses que… que Vespera a à te dire à propos de l'artefact et de la magie ancienne de ce lieu. C'est elle-même qui me l'a demandé, il y a bien longtemps. Maintenant, elle a changé, elle a rejoint la secte de Séraphina… en tant que sbire de qui tu sais. Mais pas son âme.

– Ok… dis-je. Mais moi, qu'est-ce que j'ai à voir dans tout cela ?

– J'avais prédit ta venue, dit Vespera. Et je ne m'étais pas trompée… je savais que Kaël saurait te mener à moi. Mon but est te faire récupérer la magie ancienne et la faire enfermer dans l'Orbe… l'artefact si tu préfères ! Et grâce à cette magie, une fois le moment venu, tu pourras vaincre Shadow, le réduire à néant !

– Raconte-nous, dit Kaël, comment as-tu rejoint Shadow et pourquoi ?

Je frissonne lorsque Vespera ouvre la bouche pour parler, mais avant qu'elle ne puisse prononcer un mot, la magie du temple semble s'animer, réagissant à sa présence. Des runes anciennes gravées dans la pierre s'illuminent subtilement, projetant des ombres étranges sur les murs sacrés, et je ressens un frémissement dans l'air, comme si nous étions au bord d'une révélation. Vespera lève les yeux vers le sommet du temple, où les étoiles semblent danser juste au-dessus de nous, malgré le jour grandissant à l'extérieur. Elle semble puiser dans l'énergie du lieu, son regard se perdant un instant dans la contemplation des voûtes avant de se poser à nouveau sur nous.

– J'ai rejoint Shadow à contrecœur, avoue-t-elle, sa voix traçant les contours d'un passé pas comme les autres. Sa puissance était irrésistible, et à l'époque, je... je pensais qu'il pourrait m'aider à accomplir ce que je croyais juste. Mais je ne suis pas ici pour parler de mes erreurs. Je suis là pour te préparer, Tyllia, pour te lier à la prophétie du Reflet.

Kaël semble sur ses gardes, son corps tendu comme une corde prête à céder sous la tension. Je tente de cacher ma nervosité grandissante. La prophétie du Reflet… Une ombre plane sur son sens le plus profond, mais je sais que c'est lié à une vision qui l'a hanté durant des millénaires : l'enfant du destin qui apportera soit la destruction, soit le salut.

– Tu n'es pas l'enfant mentionné dans la prophétie, Tyllia, continue Vespera.

Une partie de moi se relâche légèrement soulagée.

– Mais c'est toi qui forgeras le chemin pour lui ou pour elle. C'est ton lien avec l'Orbe et la magie ancienne qui réveillera la vérité. C'est ta lumière qui permettra au Reflet de se révéler. Ne crains pas la magie que tu ne comprends pas encore, car c'est à travers elle que le véritable pouvoir de l'Orbe s'épanouira.

Je déglutis, prenant conscience du poids colossal que ces paroles signifient. Shadow, celui qui menaçait notre réalité même, pouvait être réduit à néant, mais pas par mes mains. Je serais simplement le guide, l'allume-feu d'un destin bien plus grand que le mien.

– Comment suis-je censée faire cela ? demandé-je d'une voix qui, malgré moi, tremble légèrement.

Vespera me sourit, et il y a quelque chose de réconfortant dans ce sourire bienveillant qui semblait traverser les âges.

– Tu n'as pas à « faire », tu as simplement à « être ». Confie-toi à la magie, laisse-la te traverser. Lorsque le moment sera venu, tu sauras. Accorde ta confiance à l'Orbe, et il te montrera la voie.

La pièce semble se charger d'une énergie nouvelle, et je sens la magie ancienne du lieu répondre à ses paroles, comme si le temple lui-même attendait cette révélation depuis la nuit des temps.

Derrière moi, j'entends la respiration mesurée de Kaël, et lorsque je me tourne vers lui, je capte dans son regard un mélange de regret et de détermination. Il semble porter le fardeau de ce complot avec Malachai.

Une nouvelle ère se profile, et je me trouve au centre de son avènement. La peur s'entremêle à l'espoir dans mon cœur. Le chemin est incertain, mais je sais que je ne le parcourrai pas seule. Kaël et l'Orbe seront à mes côtés, et quelque part, dans le reflet des étoiles, l'enfant de la prophétie veillera sur nous.

– Et maintenant, Tyllia, je dois te remettre quelque chose qui apparentait à ta grand-mère… dit Vespera.

– Ah ? fis-je.

– Tu l'as sans doute déjà vu chez toi, mais elle ne voulait pas que tu y touches… lance Kaël. Souviens-toi, avec quel objet ne pouvais-tu pas jouer ?

Plus je me creuse la tête, plus j'ai l'impression que les souvenirs s'enfoncent.

– Réfléchis, Tyllia, insiste Kaël. Quel est l'objet que ta grand-mère gardait toujours hors de ta portée ?

Je ferme les yeux, concentrant toute mon énergie sur les images fragmentées de mon enfance. Les souvenirs se bousculent, créant un tourbillon d'émotions et de sensations.

Soudain, une image se détache nettement. Une petite boîte d'aspect ancien, gravée de symboles mystérieux, posée sur l'étagère la plus haute du salon. Je n'ai jamais pu l'ouvrir, jamais pu toucher à son contenu…

– Ella avait une boîte en bois, avec des lettres argentées, murmure-je les yeux toujours clos. Grand-mère l'appelait "l'Écrin des Prophéties". Elle n'a jamais voulu me dire de quoi il s'agissait et je ne pouvais pas la toucher.

Vespera hoche la tête, satisfaite.

– Justement, c'est ça. À l'intérieur se trouve un oracle, précise-t-elle. Il s'appelle l'Oracle de Destinée. Cet objet appartient à ta lignée et te sera d'une grande aide. Il te permettra de décrypter les énigmes que recèlent l'Orbe et de canaliser la magie ancienne.

Je rouvre les yeux émerveillée et quelque peu effrayée par la révélation.

– Comment l'utiliser ? demandé-je, la voix emplie de curiosité et d'appréhension.

Vespera s'approche et pose ses mains translucides sur la mienne. Ses yeux se fixent dans les miens.

– L'Oracle de Destinée fonctionne grâce à ta connexion intuitive avec la magie. En le tenant entre tes mains, tu dois te concentrer sur les questions que tu souhaites poser. Il te répondra en dévoilant des visions, en susurrant des mots au fond de ton âme, ou parfois en activant l'Orbe pour te montrer le chemin. La clé est de faire confiance à ton instinct, de laisser ta conscience s'ouvrir aux possibilités infinies que cet oracle peut engendrer.

– Cela semble si... abstrait, avoué-je.

– La magie l'est souvent, Tyllia. Mais tu apprendras en chemin, répond Kaël avec un sourire. Ta grand-mère était une ange. Elle savait que ce jour viendrait, et elle t'a préparée pour cela, même si tu ne t'en rends pas compte.

Je regarde Kaël puis Vespera, me demandant si je serai capable d'honorer cet héritage familial si lourd en significations et en attentes. Le futur s'ouvre à moi comme un océan d'étoiles, chaque éclat représentant les mille et unes possibilités de mon destin.

– Il est temps de revenir, Tyllia, annonce Elara. Lyra est de retour avec l'artefact.

Nous quittons le temple pour revenir à une dure réalité.

Les archives des Annales Akashiques se referment autour de nous, et nous voilà de retour au milieu des piles de livres et de manuscrits. Je respire profondément, le cœur battant au rythme de la découverte.

– Tu es prête à utiliser l'Oracle de Destinée ? me demande Kaël, son regard plein d'espoir.

– Je ne sais pas si je ne serais jamais réellement « prête », mais je suis disposée à apprendre, lui réponds-je avec toute la conviction dont je suis capable.

Kaël m'offre un hochement de tête approbateur qui me remplit d'une force nouvelle. Ensemble, nous nous préparons à affronter le péril représenté par Shadow et à dévoiler les secrets de l'Orbe. Et quelque part, L'Oracle de Destinée m'attend, prêt à révéler ses mystères et à guider mes pas sur cette voie prophétique.

– La dernière fois que tu l'as vu, il était chez ma grand-mère… dis-je. J'ne sais pas trop comment on va faire pour le récupérer là-bas.

– Surtout avec Shadow à l'affût ! dit Kaël. Il surveille la maison comme si tu allais y revenir.

– Ah… oui, j'oubliais, il traine là-bas depuis son décès ! dit Vespera. C'est comme si c'était son quartier général. Pourtant il faudra bien que vous y alliez… pas le choix, il faut à tout prix récupérer l'oracle.

Cela me tourne dans la tête pendant quelques longues minutes.

Même si Vespera me dit de ne pas me tracasser, je ne suis pas rassurée pour la cause.

– Qu'est-ce qui te tracasse ? demande Kaël. N'oublie pas qui tu es et pourquoi tu es là. Shadow ne peut rien contre toi, tant que tu as tout le monde à tes côtés. Par contre, tu devrais faire un peu plus attention à Malachai. C'n'est pas qu'il n'est pas net, mais… je sens qui a un truc qui cloche en lui, comme s'il allait finir par écouter ce que lui a dit Bran pour finalement… rejoindre Shadow…

– Cela me rend tellement nerveuse de ne pas être prête et de devoir être confrontée aux forces du Mal comme ça d'un coup, dis-je.

– T'en fais pas, dit Kaël. Tout ira bien. Il est temps pour vous d'y aller.

Malachai ne trouve pas Lyra dans la pièce où elle peint. Elle n'est pas non plus à la toilette ni dans une autre pièce et comme il pleut, il doute qu'elle soit dans le jardin.

– Et si elle était dans son tableau, celui où elle a caché l'Orbe ?

Malachai a vérifié tout, il en manque un. Celui où était caché l'Orbe.

– Mince, dit Amara. J'l'ai pas trouvé dehors, je crois qu'elle a emprunté celui de la maison de Séraphina qu'elle a peint avant de…

J'ne la laisse pas finir et déboule comme une balle dans le hall.

– Tu as mis où les clés de la voiture de Bran ? demandé-je à Malachai.

Je ne m'énerve en ne les trouvant pas.

– J'ai une meilleure idée ! s'écrie Elara. Seulement ça risque de ne pas plaire à Malachai car on pourrait perdre l'un de nous… en faisant cela si ce n'est pas assez rapide.

– Non Elara… dit Malachai d'un coup. Pas question ! Un plan B reste un plan B… et ce n'est pas pour maintenant… Au pire il y a ma voiture… mais je préviens, ce n'est pas une simple voiture comme vous avez déjà vu. C'est un peu plus… voyant !

– Un peu ? dit Amara. Non mais tu rigoles ! Elle en jette ! On va juste se faire repérer si on se gare devant…

– Plan A, venez tous ici… dit Malachai. Prenez-vous les mains et Tyllia va au milieu du cercle.

J'obéis pendant qu'ils récitent des phrases dans une autre langue, on dirait que ça vient d'une secte.

– Tu auras très peu de temps, me partage Malachai à travers une pensée. Trouve l'oracle, Lyra l'a entre ses mains, elle est en sécurité dans la chambre de ta grand-mère. Et quand tu les as, tu dis « hamburger ».

– Tu vas me donner faim ! dis-je.

– Concentre-toi Tyllia ! dit Malachai.

…

Malachai m'envoie chez ma grand-mère, dans sa chambre où elle a fini sa vie.

J'trouve vite Lyra comme il l'a dit, seulement elle est allongée sur le sol.

Je mets l'oracle en sécurité dans mon grand sac.

Au moment où je m'apprête à dire le mot de passe, je sens qu'on nous observe.

Je retiens mon souffle, les palpitations de mon cœur résonnant dans la pièce silencieuse. Une présence lourde et menaçante emplit l'espace tandis que l'air se charge d'une électricité maussade. Je ne vois pas Shadow, mais je sens son regard peser sur moi comme un voile de braise. Lentement, je me retourne, mes mains crispées sur l'oracle dans mon sac. Mes yeux fouillent les recoins sombres, cherchant à capter une silhouette, un mouvement, mais rien. Un silence oppressant s'installe, un calme avant la tempête qui ne manque pas de me glacer le sang.

Soudain, un cri déchire la torpeur, aigu et terrifiant. Il me transperce jusqu'à l'âme, me poussant à me précipiter vers sa source. C'est là que je le vois - Obscurcis, un être de l'ombre presque aussi redouté que Shadow lui-même, qui tient Lyra entre ses doigts crochus. La scène me paralyse un court instant, mes yeux s'écarquillent sous l'effet de la peur. À côté de lui, une silhouette familière se dessine, mais quelque chose cloche. Cette silhouette, c'est celle de Kaël, ou plutôt ce qu'elle semble être, car je reconnais dans son regard cet éclat surnaturel propre à Vespera. Elle a pris son apparence, créant une illusion trompeuse. Je suis seule, coincée entre un monstre de l'ombre et une entité magique dont la loyauté me paraît soudain douteuse. Je n'ai pas le temps de tergiverser, de me replier dans la peur, car si je suis ici aujourd'hui, c'est pour faire la différence. C'est pour affronter ce que ma grand-mère et les prophéties ont prédéterminé. L'Oracle de Destinée bourdonne contre mon moi, émettant une chaleur réconfortante en contraste avec la froideur environnante.

Je plonge une main dans mon sac, saisissant l'oracle avec une détermination nouvelle. Mes lèvres murmurent des incantations oubliées, des mots d'un langage ancien et puissant. La magie que j'invoque n'est pas celle des sorts ordinaires, elle est plus ancienne, plus sauvage.

Autour de moi, l'air semble vibrer, réagir à ma volonté. Les symboles ancestraux gravés dans ma mémoire s'éveillent, déployant un torrent d'énergie qui contourne les limites de la réalité. Obscurcis pousse un grognement surpris et recule, sa prise sur Lyra s'affaiblit. La magie ancienne, contrairement à toute forme de magie qu'il connaît, altère son étreinte. Je saisis l'opportunité, me projetant en avant pour libérer Lyra, la tirant hors des griffes d'Obscurcis. Vespera, encore sous les traits de Kaël, semble perturbée, son illusion vacille, révélant sa véritable nature. Dans la confusion qui s'ensuit, je m'empare pleinement de l'Orbe, le tenant près de mon cœur comme une ultime protection. Les chants de l'oracle me guident, m'insufflant le courage d'affronter l'adversité.

– Maintenant, Tyllia, me souffle une voix, c'est le moment.

Je ferme les yeux, un mélange de crainte et de volonté ferme se mêlant en moi. Avec une voix claire et déterminée, je brise le silence qui a succédé au chaos.

– Hamburger, murmuré-je, le mot actif déclenchant le portail magique.

Une lumière éblouissante enveloppe Lyra et moi, et alors que l'éclat s'intensifie, la réalité autour de nous se distord, se plie. Le monde de Shadow, de Vespera, de malveillance, se dissipe comme de la brume au soleil levant. Nous sommes propulsées loin de cette ombre, loin de cette maison devenue arène, de retour parmi nos alliés, de retour à la sécurité. Mes jambes cèdent sous l'effet du soulagement, et je m'effondre, à bout, Lyra à mes côtés, saine et sauve. Les visages familiers de mes compagnons se brouillent alors que les larmes de tension libérée se forment dans mes yeux. Malachai s'agenouille près de nous, son regard s'illumine tout à coup.

– Vous avez réussi ! dit-il.

Mais à présent, nous sommes faibles, il faut qu'on se repose.

– Elara ! crie Malachai. Prépare-moi quelque chose de puissant, il faut régénérer Tyllia et Lyra en même temps.

Elara a soudain une idée.

Elle la soumet à Malachai.

– Le protocole de guérison des Annales Akashiques serait assez fort pour Tyllia, plus que… ce que je fais d'habitude. Pour Lyra… euh… faut voir ce qui est le mieux.

– D’accord... dit-il. Mais ça risque de faire remonter des souvenirs interdits à Tyllia.

– C’est le seul moyen que nous ayons pour… fit Elara.

– J'avais compris… dit Malachai.

– Et si j’accompagne Tyllia ? demande Kaël. Pour qu'elle ait au moins un visage connu dans les archives.

– Ok ! dit Malachai. On va faire ça. Elara, tu lui fais un soin et Kaël, je te charge d’ouvrir les passages pour les énergies. Quant à moi, je m’occupe de Lyra…

# 11

Malachai porte Lyra dans ses bras jusqu'à sa chambre. Je sais déjà dans quel but il le fait ; il veut s'assurer tout va bien, qu'elle n'a rien vu de spécial chez ma grand-mère en dehors de Shadow et ses compagnons. Je suis dans le doute sur la façon de procéder alors que je me laisse envahir par les énergies d'Elara.

C'est là qu'une voix intérieure me dit ceci : Malachai te cache quelque chose d'important au sujet de Lyra.

Je m'efforce de contenir le tourbillon d'émotions qui m'envahit en assistant à la scène. Malachai porte Lyra avec une telle précaution que cela en dit long sur ses sentiments cachés. Mon cœur s'affole pour une raison qui m'échappe, comme si, quelque part dans les méandres de mon intuition, se cachait la clé de ce mystère. Je frissonne quand une rafale s'engouffre à travers la fenêtre ouverte, charriant avec elle le parfum lointain de la forêt, mon sanctuaire d'autrefois.

Soudain, je me surprends à plonger dans un souvenir enfoui, un moment si ancien que je me demande un instant s'il est réel ou le fruit de mon imagination.

Kaël et moi, nous sommes adolescents, nos rires s'élèvent dans l'air frais du soir alors que nous courrons à perdre haleine à travers la forêt.

Nous sommes complices, unis par l'excitation de la découverte, car cet endroit est notre secret, notre échappatoire.

Kaël avait toujours eu cette faculté de me faire échapper au réel, même si, à l'époque, je ne comprenais pas pleinement la nature profonde de notre lien. Il avait ce sourire qui pouvait dissiper toute ombre, cette étincelle dans le regard qui promettait l'aventure et la découverte. Ce souvenir, c'était l'époque de notre innocente complicité, avant que les chemins de la vie nous emmènent dans des directions différentes, avant que le sérieux de la situation actuelle ne nous enserre dans ses griffes.

Je suis ici et maintenant, perdue entre ce passé révolu et un présent incertain, tiraillée par un impact qui me dépasse. Ce souvenir avec Kaël n'est pas seulement un fragment de nostalgie, c'est une pièce maîtresse du puzzle de mon existence. C'est dans ces moments de connexion profonde que j'ai compris, sans savoir, l'intensité de ce qui nous liait. Kaël, de son côté, observe la situation avec une gravité qui tranche avec l'insouciance de nos souvenirs partagés. Il peut penser à cette même scène, à cet instant volé à l'enfance où tout semblait possible. Même si ses yeux suivent les formes de Lyra et Malachai, je devine son esprit errant à travers les années, peut-être même caressant l'idée de ce que nous aurions pu être si… Mais il ne faut pas que je m'aventure trop loin dans ces méandres. Kaël garde le silence sur ses pensées, et moi, je dois résister à l'envie de plonger dans le véritable sens de notre relation.

La priorité reste de démêler cette situation, de comprendre le secret qui pèse sur Malachai et Lyra, de saisir les énergies qui m'envahissent depuis Elara. Car chaque souffle, chaque battement de cœur me rappelle que mon destin est ici, à négocier avec les forces qui animent ce monde, et peut-être, à découvrir ma flamme jumelle quand l'heure sera venue.

Je respire profondément, tentant de stabiliser les vagues d'énergie qui secouent mon être. Mon esprit vacille entre le présent et les fissures du passé, mais je dois me recentrer. Je ne peux me permettre de me laisser happer par les ombres de souvenirs qui ne serviront qu'à troubler ma vision. Je ressens le besoin de suivre Malachai, de veiller sur Lyra moi-même, car le doute s'est immiscé dans mon esprit à l'annonce de cette voix intérieure. Pourquoi Malachai me cacherait-il quelque chose à propos de Lyra ? Et surtout, quel secret peut être si lourd qu'il faille le dissimuler avec tant de soin ?

Je m'avance discrètement, me fondant dans les courants d'air qui dansent dans le couloir, jusqu'à me trouver à portée de leur porte entrouverte. Je tends l'oreille, espérant saisir quelques bribes de conversation qui pourraient m'éclairer. Mais rien, juste le silence qui semble presque assourdissant. Ils doivent chuchoter, ou pire, partager un moment d'intense communication silencieuse à l'abri de mon entendement.

C'est à ce moment précis que les énergies d'Elara me submergent à nouveau, mais cette fois, je ne les repousse pas. Je laisse la sagesse de la forêt m'infiltrer, me guider. Je réalise soudain que mes pieds n'ont plus besoin d'ordre pour avancer, ils me mènent déjà vers la bibliothèque, où se trouvent les archives de ma famille. S'il y a une réponse, je la trouverai là, parmi les grimoires et les manuscrits de mes ancêtres. Je feuillette les pages jaunies par le temps, absorbée par le grésillement de la magie qui les imprègne. Les mots me parlent, les images se forment dans mon esprit, et je sens une clarté émerger du brouillard de ma confusion. Il y est question de destins entrelacés, de promesses anciennes, et d'un serment si profond qu'il traverse les âges. Lyra n'est pas qu'une simple enfant conçue par hasard ; elle est le dernier maillon d'une chaîne, et Malachai le gardien de ce secret.

Quant à moi, j'y suis liée... comment ? Les mots dansent devant mes yeux, esquivant la vérité.

Je lève les yeux de mes lectures, désemparée, lorsque Kaël entre à son tour dans la bibliothèque. Nos regards se croisent, et l'effluve de nos souvenirs semble prendre vie autour de nous. Il y a dans son expression, une gravité nouvelle qui me pousse à croire qu'il détient lui aussi des pièces de notre puzzle. Il s'approche et pose sa main sur l'un des livres ouverts devant moi.

– Tu sens aussi l'appel, n'est-ce pas ? me demande-t-il doucement.

J'acquiesce, incapable de traduire en mots ce bouillonnement au fond de moi. Il est temps de parler ouvertement, de partager nos ressentis, nos doutes, et surtout de chercher ensemble la vérité qui se dérobe à nos questions. Kaël peut être ce compagnon de route dont j'ai besoin pour affronter les ombres du passé et les lumières incertaines de l'avenir.

– Nous devons parler à Malachai. Ensemble, je murmure avec résolution. C'est l'heure de dénouer les fils de cette histoire.

Elara fait une drôle de tête. Et je comprends très rapidement qu'elle a eu une vision dont elle n'est pas certaine de la signification, en rapport avec Malachai.

– Et si Bran n'était pas simplement venu le chercher pour rejoindre Shadow… commence-t-elle.

– Que veux-tu dire ? demande Kaël.

Elara hésite.

– Qu'as-tu vu ? demandé-je à mon tour.

– Je… ne sais pas trop comment expliquer ça, dit Elara. C'est une sensation que j'ai… et en même temps c'est presque une certitude qui me fait peur. En tout cas, il ne faut pas qu'il rende l'amulette à Amara.

– Pourquoi ? demande Kaël. J'ai comme l'impression que tu as eu d'autres informations et que tu ne dis pas tout Elara ? Est-ce que je me trompe ?

Et à cet instant de doutes, sans que je ne m'y attende, les Annales Akashiques me livrent un message énigmatique et très interpelant digne d'une prédiction de Nostradamus.

– Pourquoi ? Qu'est-ce que ça peut bien signifier ? j'insiste, mon regard fixé sur Elara, cherchant à percer les ombres qui se sont emparées de son visage.

Elle hésite, jouant nerveusement avec la manche de sa robe, un geste qui trahit son inquiétude croissante. Kaël et moi, nous partageons un regard entendu, conscients tous les deux qu'il s'agit de bien plus qu'une simple précaution.

– Je ne suis pas sûre... commence-t-elle à voix basse. Mais j'ai le sentiment que quelque chose de plus grand est en jeu.

Que Malachai n'est pas seulement un allié ou un obstacle dans notre quête.

Le silence qui suit pèse lourdement sur nos épaules, et mon intuition me souffle que nous sommes à l'aube de révélations qui pourraient bouleverser notre perception de toute cette situation. L'air semble vibré d'une attente sourde, comme si même la bibliothèque retenait son souffle.

– Que devons-nous faire alors ? Est-ce que Malachai représente une menace ? demande Kaël, sa voix teintée d'une angoisse à peine dissimulée.

– Je l'ignore, Kaël... Et c'est exactement ce qui me terrifie, répond Elara. Nous avons du mal à lire dans ses intentions, à anticiper ses actions.

La sensation d'urgence bourdonne dans mes oreilles. Je me sens comme un marin qui doit naviguer sans boussole dans une mer déchaînée. C'est alors que les Annales Akashiques déversent en moi leur sagesse énigmatique.

– Le gardien détient la clé, mais la porte qu'il protège mène à la lumière autant qu'à l'obscurité. Que le choix soit fait en connaissance, car une fois le pas franchi, il ne saura être défait, murmuré-je.

Les mots s’écoulent de mes lèvres comme s'ils étaient dictés par une force qui me dépasse.

Kaël et Elara fixent leurs yeux sur moi, intrigués et craintifs sous le poids des paroles qui résonnent avec l'autorité d'une ancienne prophétie. Une tension mêlée d'excitation et de peur s'installe entre nous.

– Cela veut dire que Malachai, sans le savoir peut-être, détient la solution... ou le chaos pour notre monde, reprend Elara, le regard soudain illuminé par une compréhension naissante.

– On a besoin de plus de réponses. On ne peut agir sur des suppositions, j'ajoute, consciente que la précipitation pourrait nous mener à notre perte.

Nous nous regardons, tous déterminés à affronter ce qui nous attend. Nous avons besoin de faire face à Malachai, d'arracher les voiles qui recouvrent ses véritables intentions. C'est une décision qui pourrait nous unir ou nous détruire, mais le temps des vérités cachées est révolu.

– Alors allons chercher ses vérités, ensemble, déclaré-je avec force.

Nous quittons la bibliothèque en un cortège silencieux, nos pas résonnant dans les couloirs anciens du sanctuaire, sous l'œil vigilant des portraits de nos ancêtres.

Tout à coup, je ris.

J'ne voulais pas, l'autre fois, faire la réflexion devant Bran, mais ça fiche les jetons et me rend nerveuse.

C'est comme si on nous observe du coin de l'œil partout où nous allons, en tout cas quand nous sommes dans ce couloir. Bien vite qu'on le quitte !

J'pense à voix haute.

Kaël m'interrompt.

– Eh ! dit Kaël. Tu ne pourrais pas arrêter de penser trop vite au futur alors que ce qui doit se passer n'est pas encore arrivé ?

J'm'arrête net.

– Tu sais quelque chose ? demandé-je alors que Kaël court le plus vite qu'il peut afin d'atteindre la chambre de Lyra.

Kaël baisse les yeux.

– Qu'est-ce que tu me caches ? dis-je avec insistance.

Kaël essaie de me calmer.

– Tais-toi ! Malachai pourrait nous entendre ! dit-il.

Elara revient sur ses pas.

– Tyllia ! dit-elle. Tu n'as pas fermé les archives !

– Tu essaies de me distraire ? demandé-je.

– Non… dit Elara. Je… je viens encore d'avoir une vision. Cette fois-ci elle concerne… Lyra ! Elle… est peut-être en danger. Mais je sens que les dangers n'est pas imminent pour le moment.

– Ah bon ! m'étonné-je. Pourquoi est-ce que Lyra serait…

Malachai sort de la chambre de Lyra.

Il nous a sans doute entendus encore une fois parler sur lui.

Il se fâche, une énième fois sur nous.

Je m'immobilise, un frisson de panique me parcourant l'échine en croisant le regard furieux de Malachai. L'atmosphère se charge d'une tension presque palpable, et je m'efforce de garder mon calme alors que mille questions tourbillonnent dans ma tête. Ses yeux sombres sondent les miens avec une intensité qui ferait reculer la plus courageuse des âmes, mais je soutiens son regard.

– Tu as quelque chose à nous dire, Malachai ? dis-je en essayant de cacher mon inquiétude.

Il fait un pas en avant, la colère clairement lisible sur son visage alors que ses mots tranchent l'air comme des flèches affûtées.

– Oui, j'en ai assez de ce manque de confiance, de ces chuchotements dans mon dos !

Je me raidis, sentant le poids du silence qui succède à sa déclaration. Kaël et Elara joignent leurs présences à la mienne, formant un front uni face à l'accusation implicite qu'il nous adresse.

– Nous cherchons simplement à comprendre, Malachai, intervient doucement Kaël, essayant de désamorcer la situation. Il y a des choses que tu sais concernant Lyra et que tu ne partages pas. Ça nous concerne tous.

Je sens l'air ; il est chargé des énergies mystiques d'Elara. Cette confrontation est inévitable, elle est le dénouement de trop d'incertitudes et de secrets trop longtemps gardés.

– Il y a quelque chose à propos de Lyra, n'est-ce pas ? insiste Elara, le regard perçant. Un secret qui pèse trop lourd pour toi seul.

Pour la première fois, je vois une hésitation dans le regard de Malachai. Comme s'il calculait les conséquences de chaque mot qu'il pourrait prononcer. Le silence s'étire, une pause délicate où le destin semble suspendre son cours.

– Lyra est spéciale, plus que vous ne pourriez l'imaginer, confie-t-il enfin, sa voix baisse d'un ton, presque brisée par le poids de ses aveux. Elle est la clé de…

Il marque une pause, comme s'il venait de réaliser qu'il se trouve sur le point de révéler trop. Je le regarde, impatiente, réalisant que les pièces du puzzle commencent à se mettre en place.

– La clé de quoi, Malachai ? insisté-je, sentant que nous sommes à deux doigts d'une vérité fortement gardée.

Malachai ferme les yeux, inspire profondément, et lorsqu'il les rouvre, je sens une détermination nouvelle. Une force née de la résolution ou peut-être du désespoir.

– Lyra porte en elle un héritage oublié, le genre d'héritage qui pourrait libérer ou détruire tout ce que nous chérissons dans ce monde, admet-il d'un ton sombre. J'ai juré de la protéger, contre toute menace, apparente ou cachée.

Je frémis, chaque parole de Malachai résonnant avec une gravité qui ne laisse aucun doute quant à la sincérité de ses paroles. Et soudain, c'est comme si un voile est levé. Les pièces éparpillées du puzzle commencent à s'assembler dans mon esprit, dessinant une image plus claire, bien que trouble sur les bords.

– Nous devons savoir, Malachai. Nous te faisons face non comme des adversaires, mais comme des alliés. Nous méritons la vérité, pour Lyra, pour nous tous, déclaré-je, la conviction renforçant chaque syllabe.

Malachai nous considère longuement, l'évaluation dans son regard. Puis, comme s'il prenait une décision qui pourrait bien changer le cours de notre destinée, il se détourne et nous invite d'un geste de la main à le suivre.

– Venez, il est temps que vous voyiez par vous-mêmes.

Nous entrons dans la chambre.

Tout de suite, je vois que Lyra est encerclée par une aura indigo. Alors que je pense comprendre, les Annales Akashiques de Kaël me montrent quelque chose d'inattendu.

*"Kaël plus jeune tient Lyra dans ses bras. L'atmosphère est chargée d'une émotion brutale, une ambiance troublante qui contraste avec l'innocence du sommeil de l'enfant. Tout à coup, un grésillement rompt le silence, suivi par des voix étouffées. Kaël tend l'oreille, reconnaissant la voix de Bran au téléphone, parlant sur haut-parleur.*

*– Je refuse de croire que Lyra est... spéciale, insiste Bran, la tension dans sa voix indiquant son déni.*

*L'autre interlocuteur, Malachai, semble lutter pour garder son calme, avec cet air patient qui lui est si caractéristique lorsqu'il doit faire face à des esprits fermés.*

*– Bran, je t'en prie, ouvre les yeux. Elle possède des capacités que nous ne pouvons ignorer. Ce n'est pas une question de croyance, mais une réalité que nous devons accepter et comprendre, réplique Malachai avec fermeté.*

*La conversation franchit les murs et les années, s'imprimant dans ma mémoire alors que j'écoute, fascinée par cette révélation du passé. La pièce semble emplie d'échos, de murmures de secrets longtemps tus, et je sens mes mains se crisper sur les rebords de la porte, ma curiosité se mêlant à une sorte de révérence pour le moment présent.*

*Soudain, la porte grince et une nouvelle voix se joint à celles des hommes. Maëlle, les traits illuminés d'une conviction qui ne laisse aucune place au doute, son regard est bienveillant et rempli d'une assurance imperturbable.*

*– C'est une enfant indigo, Bran. Elle n'est pas comme les autres.*

*Sa voix est douce mais impérieuse, portant le poids d'une certitude qui ne demande pas d'approbation mais d'acceptation.*

*Bran semble près de protester, sa bouche s'ouvre puis se referme sans émettre un son. L'évidence lui assène un coup dont il a du mal à se relever. Kaël, encore un enfant lui-même, observe la scène, l'innocence dans ses yeux s'érodant face à la gravité de la situation. Lyra, inconsciente de l'infinité des possibles enfermés dans son être, dort paisiblement dans les bras de son protecteur improvisé.*

*L'impact de ce souvenir se propage dans mes veines comme une encre indélébile. Des questions s'élèvent en moi, des remous provoqués par la révélation. Comment une telle information a-t-elle pu rester cachée tout ce temps ? Qu'implique cette nature spéciale de Lyra pour notre présent ?*

*Je sens un poids dans ma poitrine, le fardeau de la responsabilité s'intensifiant à mesure que les pièces du puzzle se rassemblent devant mes yeux."*

Alors que je réfléchis, observant Lyra enveloppée dans son aura indigo, j'absorbe le changement d'atmosphère dans la pièce. C'est à ce moment précis que les Annales Akashiques de Kaël m'offrent une vision supplémentaire, une image qui va bien au-delà de mes attentes, avec la voix de Léthé Memoria.

– Ils arrivent ! Protégez-là ! dit la voix avant de se dissiper.

J'peux pas y croire, en tout cas c'est vraiment incompréhensible : tout à coup, je vois des ombres, nous sommes encerclés. Malachai est à côté de Lyra… c'est une attaque de la secte… et ma grand-mère est de la partie… avec Bran !

## 12

Elles apparaissent telle une armée de combattant corrompu. Malachai est sur les nerfs, c'n'est pas le moment de dire quoi que ce soit, il va encore s'énerver et ça je ne veux pas. Qu'on ne lui fasse pas confiance est une chose, qu'il soit potentiellement un traitre en est une autre. Or, nous n'avons toujours aujourd'hui aucune preuve alors que les Annales Akashiques elles-mêmes nous mettent en garde contre un ennemi à l'intérieur.

Je retiens mon souffle alors que Rion et Bran surgissent de l'ombre, leurs traits marqués par l'épuisement et la détermination. Malachai, au centre de la pièce, pivote sur ses talons, les yeux écarquillés par la surprise et une ombre de colère. L'atmosphère se charge d'une tension électrique, annonçant une confrontation imminente. Sans un mot, le combat s'engage. Je vois Rion se jeter en avant pour frapper Malachai. Leurs lames d'épée s'entrechoquent avec un bruit métallique violent. Bran, quant à lui, se concentre sur Kaël et Amara, dont les visages se tordent de fureur sous l'assaut inattendu. Ils répliquent avec une brutale efficacité, leurs mouvements précis et meurtriers. Je reste en retrait, mon cœur battant la chamade, conscient que mon rôle est autrement plus délicat. Soudain, à la périphérie de mon champ de vision, j'aperçois la silhouette ma grand-mère qui me fait de discrets signes pour me faire venir. Je comprends que c'est le moment de faire ce que j'ai à faire. Je m'éclipse discrètement, profitant du vacarme de la bataille, et me dirige vers une porte que j'ai toujours été sommé d'ignorer.

Elle m'attend, sa main fantôme serrant quelque chose qui ressemble à une clé ancienne. Son regard interdit transmet l'urgence de la situation, sans qu'elle ait besoin de prononcer un seul mot. Je hoche la tête, acceptant le risque de trahir les règles pour une raison que j'ignore encore. Mon cœur palpite à la pensée de transgresser l'interdit, mais ma grand-mère n'a pas l'air inquiète.

Elle insère la clé dans la serrure avec une main tremblante, et la porte s'ouvre avec un grincement sinistre. M'engouffrant à l'intérieur de la pièce interdite, j'entame une nouvelle quête qui pourrait bien changer le cours de la guerre qui se déchaîne au-dehors. Je m'avance, prêt à découvrir les secrets que ce lieu a gardés cachés, conscient que ces révélations pourraient être l'arme la plus puissante ou la plus destructrice dont nous pourrions rêver.

– Tyllia, le temps est venu de te révéler ce que j'ai gardé secret tout ce temps, commence ma grand-mère.

Je sens mon pouls s'accélérer, tandis que le parfum poussiéreux et ancien de la pièce interdite m'enveloppe. C'est un monde à part, où chaque objet semble chargé d'histoires et de mystères.

– Tu as toujours su que notre famille était différente, poursuit-elle, ses yeux scrutant les miens avec une intensité brûlante. Les pouvoirs que nous possédons, cette... connexion que nous avons avec les Annales Akashiques, c'est bien plus que tu ne l'imagines.

– Je... je l'ai toujours pressenti, grand-mère, réponds-je, la gorge serrée. Mais je n'ai jamais compris pourquoi nous sommes les seules à... pouvoir arrêter Shadow !

Ma grand-mère m'interrompt par un geste de la main.

– Ce n'est pas le moment pour les questions, ma chère. Regarde autour de toi ; tout objet, tout livre ici détient une parcelle de vérité sur notre lignage et sur le rôle que nous avons à jouer dans le conflit qui déchire notre monde.

J'acquiesce silencieusement, mon regard balayant l'étrange collection d'artefacts et de manuscrits anciens. Puis, je reviens vers ma grand-mère, soucieuse.

– Tout cela était à Bran... Mais pourquoi cela m'appartient maintenant ? Pourquoi tout ce mystère autour de cette salle ? Qu'est-ce qu'on a à craindre au juste ?

La vieille femme baisse les yeux un instant, comme si elle rassemble ses pensées. Puis, elle me fixe de nouveau, transperçant l'air d'un regard d'acier.

– Ce que je m'apprête à te montrer pourrait aussi bien sauver que détruire. Nous avons été les gardiennes de cet équilibre délicat, et maintenant, c'est à toi de prendre le relais. Tu dois comprendre la gravité de notre tâche. Ça va bien au-delà de la guerre ; c'est la survie même de notre essence.

– Je suis prête, grand-mère. Dis-moi ce que je dois savoir ! Montre-moi ce que je dois voir, insiste-je, ma détermination se renforçant malgré le vertige de l'inconnu.

Ma grand-mère prend une profonde inspiration et, avec un soupir qui trahit des années de fardeau, elle se dirige vers un tiroir caché sous une table de bois massif. Elle en sort un objet enveloppé de tissu ancien et me le donne.

– Tout commence avec cela. Mais une fois le voile levé, il n'y aura plus de retour en arrière...

Le tissu glisse lentement des doigts de ma grand-mère, révélant un… cristal qu'elle me donne.

Je le sens pulser dans ma main, éclairé d'une lumière interne qui semble danser au rythme de mon propre cœur. Je frémis à la vue de cette pierre, sentant en elle un pouvoir qui me dépasse.

– Il s'agit de la Clé des Origines, me confie ma grand-mère, sa voix n'étant plus qu'un murmure chargé de révérence. Elle a été créée à l'aube de notre histoire, quand les Annales Akashiques ont été scellées pour la première fois.

Je contemple l'objet, hypnotisée. Des symboles étranges y sont gravés, leur signification m'échappe.

– Grâce à elle, nous pouvons accéder à une sagesse ancienne, un savoir interdit aux autres. C'est un privilège et un fardeau, m'avertit-elle, ses mains tremblantes posées sur mes épaules. Mais si les ténèbres gagnent du terrain, seul ce cristal peut rétablir l'équilibre, car il contient la clé pour déverrouiller nos pleines capacités.

Ma tête se remplit de questions, mais le temps presse. J'ose en poser une qui me brûle les lèvres.

– Comment l'utilise-t-on, grand-mère ? La guerre est à nos portes, et je sens que je pourrais... que je devrais…

Elle me coupe d'un geste solennel.

– Ce pouvoir doit être éveillé par la véritable héritière, dans le lieu de naissance des archives. Là où le voile entre les mondes est le plus fin. Toi seule doit l'accomplir. Je peux t'instruire sur le chemin, mais le pas final t'appartient.

Mon esprit tourbillonne sous le poids de la révélation. Je dois partir, trouver ce lieu sacré. Je suis partagée entre l'excitation de l'aventure et la peur de l'inconnu. Mais une détermination farouche m'habite ; je ne reculerai pas.

– Je suis prête. Enseigne-moi, grand-mère. Ensemble, nous préserverons l'équilibre. C'est le destin de notre famille, n'est-ce pas ?

Elle acquiesce doucement, son visage se détendant en un sourire qui se veut rassurant.

– Pas seulement Tyllia, dit ma grand-mère. Tu ferais bien de retourner au combat près de tes alliés, et ne dit rien de ce que je t'ai dit ! Cette attaque, entre guillemets, ne sera pas la dernière. Mais elle est pour moi le seul moyen de te contacter. Ne perds surtout pas le cristal, il doit être en lieu sûr tout comme mon oracle. J'sais que tu es allée le chercher à la maison. Tu m'as désobéi… certes, mais je comprends pourquoi ! Oh… et ne te tracasse pas trop pour ton père, il est un peu borné, je sais… tout cela est à cause de son frère Bran… attention, Tyllia, cela ne veut pas dire qu'il a de mauvaises intentions envers toi. J'sens que quelqu'un ici est prêt à trahir…

– Qui ça ? demandé-je rapidement.

– Hélas, je n’ai pas le droit de t’en parler... tout ce que j’ai à dire c'est : protège bien Lyra… et ne la laisse pas faire tout ce qu’elle veut comme elle veut. Ni accéder aux archives akashiques sans autorisation ! Cela peut être dangereux pour elle…

– Parce qu’elle risque de se faire bloquer l’accès ? demandé-je.

– Non… dit-elle directement. J’veux plutôt parler de la magie puissante qu'elle essaie de manipuler en secret. Elle est douée, mais ça pourrait se retourner contre elle si elle ne fait pas attention.

Je regarde grand-mère, sentant en moi une lancinante appréhension monter.

– Je comprends, grand-mère. Je ferai en sorte de garder Lyra loin des dangers de la magie.

Elle hoche la tête, puis son regard devient lointain.

– Il est temps pour toi de partir. Je m'occuperai de la sécurité de la clé après ton départ. Maintenant, va.

Je saisis fermement le cristal, son éclat rassurant dans la paume de ma main, et je quitte la pièce. Derrière moi, la porte se referme avec un écho qui semble sceller notre secret. Je retrace mes pas.

Le combat n'a pas fléchi et je sais que je dois y retourner, soutenir les miens. Je cours à travers les couloirs tortueux du manoir, les cris et les bruits d'armes pour guide. Au détour d'un couloir, je manque de renverser un jeune page paniqué qui, me voyant, s'arrête brusquement.

– Tu dois fuir, Tyllia ! Les ennemis ! crie Malachai.

– Je ne peux pas. Je dois combattre à leurs côtés. C'est mon devoir, dis-je en regardant ma grand-mère s'en aller.

Malachai acquiesce, une lueur de respect dans les yeux, et repart prévenir les autres. Avançant avec prudence, j'atteins l'entrée de la salle principale, centre de l'affrontement. Mon cœur s'embrase devant ce chaos : Malachai tient tête à trois opposants, tandis que Bran, haletant, parvient à désarmer Kaël. Amara gît, vaincue après un combat acharné.

Je respire profondément avant de m'élancer, concentrée et prête. Mon épée à la main, la lumière du cristal palpite encore dans mon autre main fermée. Rion m'aperçoit et me lance un encouragement à travers ses feintes.

– À ton signal, Tyllia ! crie Malachai.

– Hamburger ! crié-je pour déclencher un moment d'incertitude et les perturber.

Je me jette alors dans la mêlée, ma lame frôlant dangereusement les visages adverses. Chaque mouvement est précaire, chaque esquive un soulagement éphémère. Nous sommes un ouragan de force et de détermination, repoussant sans cesse l'invasion. Soudain, un cri perçant s'élève. Lyra se précipite vers la bagarre, les yeux écarquillés d'effroi. Je lui lance un regard rapide, saisissant ses intentions avant qu'elle ne rejoigne les Archives.

– Non, Lyra ! Reste là ! crié-je.

– T'inquiète Tyllia, je gère... dit-elle.

– Elle est beaucoup plus puissante que ce que tu crois… souffle ma grand-mère en pensée à Malachai. Fais attention à elle !

Je dois combattre tout en veillant sur Lyra, m'assurant qu'elle ne dépasse pas ses limites. Je réalise alors combien ma tâche est difficile : protéger notre héritage, prévenir notre chute potentielle. Car si nous échouons, ce n'est pas seulement une bataille que nous perdrons, mais notre essence même.

Animée d'une nouvelle fureur, je redouble d'efforts dans l'affrontement, consciente du poids du destin dans chaque coup que je porte, dans chaque parade. Nous sortirons de cette lutte renforcée, ou nous n'en sortirons pas. Mais dissimulée à tous, je tiens en main la clé qui pourrait bien altérer notre avenir.

Je mène le combat avec mes camarades, raffermissant ma prise sur l'épée de ma main droite, la Clé des Origines dans l'autre, cachée à tous les regards. Chacun de mes coups cherche à harmoniser la force et la grâce que ma grand-mère a su m'instiller depuis mon plus jeune âge. Les visages de mes adversaires ne sont plus que des masques de concentration et de peur, reflétant l'enjeu immense de cette bataille.

Malachai, tout en luttant avec acharnement, me lance des regards en coin, veillant également sur moi. Un sentiment de connexion profonde me lie à mes compagnons d'armes – une alchimie de confiance et de bravoure. Le chaos autour de moi semble diminuer en intensité alors que je me focalise sur les objectifs à atteindre : combattre et survivre. Soudain, une puissante détonation retentit à l'extérieur de la salle, faisant trembler les murs du sanctuaire. Un souffle de terreur traverse la pièce, et une fraction de seconde, le combat se fige avant de reprendre avec encore plus de fureur. Les ennemis semblent galvanisés par le bruit, nous contraignant à redoubler d'efforts pour les contenir. Une partie de moi sait que chaque épreuve est une clé de plus dans l'énigme qui nous entoure.

– Tyllia, tu dois utiliser le cristal, maintenant ! Il doit être testé durant le combat pour révéler sa vraie puissance ! la voix de ma grand-mère résonne dans ma tête, urgente et impérieuse.

Je presse le cristal contre mon cœur, sentant son énergie pulser à l'unisson avec mes battements. L'énergie du cristal s'étend sur mon corps, rendant mes mouvements plus fluides et rapides, comme si j'avais toujours eu cette force en moi. Les adversaires semblent ralentis, presque maladroits, en comparaison de ma nouvelle agilité. Je deviens un tourbillon, une force de la nature qui ne peut être contenue.

– Puissance des anciens, guide mon arme ! je crie intérieurement, et une vague d'énergie émane du cristal, enveloppant ma lame d'une aura éblouissante.

Elle scintille avec une lumière bleutée qui tranche les ténèbres, découpant un chemin de lumière à travers l'obscurité de la bataille. Malachai comprend. Notre alliance est plus forte que nous l'avions réalisé. Il me rejoint, ses propres coups gagnant en force au contact de la lumière émise par le cristal. Nous devenons les leaders silencieux de cette mêlée, insufflant espoir et courage à nos alliés. Les ennemis flanchent, leur certitude vacille face à notre soudaine vigueur. Il ne leur faut pas longtemps pour reconnaître qu'ils se battent contre une force qu'ils n'avaient pas prévue. Leur détermination s'effrite et certains reculent, échangeant des regards paniqués. Ils ne sont pas venus pour affronter des légendes. Alors que le combat s'intensifie, je sens ma fatigue croître. Mais je ne me laisse pas abattre. Chaque mouvement est une promesse, chaque attaque un serment que je tiens à ma lignée et à l'équilibre que nous chérissons. Je mords ma lèvre, la douleur aiguise ma concentration, et je susurre une demande silencieuse à la Clé des Origines, une supplique pour la force d'endurer, de protéger, d'émerger victorieuse. Je me bats non seulement pour ma survie mais pour l'essence de notre existence, pour les secrets qui reposent dans mon sang, pour les réponses cachées dans le scintillement du cristal. La victoire est notre seul chemin ; le destin que nous avons embrassé se joue ici et maintenant. Et je sais que, quels que soient les sombres marées qui nous attendent, je suis prête à faire face à la tempête, avec le pouvoir antique coulant dans mes veines et l'éclat de la Clé des Origines guidant ma voie.

– Punaise… crie Rion à Bran, je ne savais pas que ta gamine était si puissante !

– Ma… oh… fit Bran en remarquant que c'est maintenant Lyra qui les attaque.

Cela donne une idée à Bran qui en prend le contrôle pour le tourner contre nous.

Je parviens à peine à contenir ma surprise. Lyra, la fille de Bran, de notre côté un instant plus tôt, se rue maintenant sur nous, les yeux flamboyants d'une fureur inattendue. Je fais volte-face, évitant de justesse son épée qui siffle dangereusement près de mon visage. La trahison de Lyra ajoute de la confusion au chaos ambiant. Je ne comprends pas, mon esprit s'embrouille. Comment peut-elle nous attaquer ?

– Lyra, arrête ça ! Qu'est-ce qui te prend ? crié-je, essayant de capter son regard, de trouver derrière cette rage le reflet de la camarade que je connaissais.

Mais elle est comme possédée, et aucun mot ne semble l'atteindre. Les larmes inondent les yeux de Bran, à la fois père et adversaire malgré lui, réticent à combattre sa propre fille.

– Je dois faire quelque chose, pensé-je, alors que j'esquive une nouvelle attaque. Je me concentre, sentant la puissance du cristal vibrer contre ma peau.

La lumière bleutée qui l'enveloppe se renforce, comme répondant à mon appel désespéré.

– Lyra, c'est moi Akasha ! Reprends-toi ! je plaide encore, espérant que ma voix traverse le voile de sa colère.

Malachai, non loin, continue d'affronter ses propres adversaires, mais je le sens inquiet pour moi, laissant percer une attention qui transcende le combat.

La jeune guerrière semble un instant hésiter, son épée vacille tandis que je m'avance, m'efforçant de l'atteindre non pas avec mon arme, mais avec les mots et l'énergie palpable que m'offre le cristal. Les symboles gravés dessus scintillent, projetant des éclats de lumière qui captent l'attention de Lyra. Son regard, jadis sombre, s'éclaire d'une étincelle de conscience.

– Je... Tyllia ? Que se passe-t-il ?

Sa voix est tremblante, et son épée tombe au sol avec un son métallique retentissant. Elle semble se réveiller d'un sombre rêve, perdue et vulnérable.

– Lyra, tu étais sous une emprise, tu nous as attaqués, lui expliqué-je rapidement, le soulagement teinté d'urgence dans ma voix. Ce sont eux les ennemis !

J'les montre du doigt.

Bran s'approche, la mine défaite mais soulagé de retrouver sa fille éveillée. Le combat autour de nous n'est pas terminé, mais le moment est décisif. Je tiens toujours le cristal, et je sens la charge qu'il contient prête à exploser.

– Nous avons besoin de votre aide, Malachai et moi. Lyra, tu dois contrôler ta force ; en toi brûle un pouvoir que même toi tu ne soupçonnes pas, lui dis-je, la priant de canaliser sa puissance pour nous soutenir au lieu de nous affaiblir.

Lyra, encore troublée mais déterminée à se racheter, hoche la tête. Elle se redresse, côte à côte avec Malachai, et ensemble, ils se tournent vers les traces de combat, prêts à rejoindre les rangs. Bran pose sa main sur son épaule, lui offrant un regard qui mêle fierté et avertissement. Nous formons alors un front uni, recentré et renouvelé dans notre combat, face à l'adversité. Je tourne mon attention vers Malachai, qui continue de lutter avec une intensité infaillible.

– Nous sommes presque là, tiens bon ! lui lancé-je comme encouragement.

Forcés de déclarés leur défaite, Bran et Rion disparaissent comme ils sont venus avec les autres ombres de la secte. Je remarque qu'ils ont emporté l'oracle. Mais ils n'ont pas encore gagné la guerre...

# 13

Avant que je ne le dise, Lyra signale que l'oracle n'est plus à sa place, là où elle l'avait mis. Malachai se fâche.

– Comment ça l'oracle a disparu ? crie Malachai après avoir repris des forces. Tu étais censée le surveiller, Lyra ! Comment as-tu pu le laisser partir entre les mains de l'ennemi ? Espèce d'idiote ! J'n'aurai jamais dû te faire confiance.

Lyra se fait toute petite, et quand je vois qu'elle a les larmes aux yeux, je prends sa défense.

– C'n'est pas sa faute ! m'écrié-je tout à coup. Malachai, tu ne te rends pas compte que tu lui dis des mots blessants, ça suffit maintenant !

Il s'emporte, cette fois contre moi. Mais avec moi, ça ne passe pas.

Et puis, je commence à lui faire des reproches à cause des Archives Akashiques qu'il n'apprécie évidemment pas. Peut-être que j'exagère, mais ça devait sortir.

J'suis en colère contre lui, parce qu'il parlait à Lyra quand les ombres sont intervenues. Peut-être que s'il nous avait laissé douter de lui, ça ne se serait pas passé ainsi.

– Tu ne comprends pas, n'est-ce pas ? Les Archives Akashiques sont notre seule chance de rétablir l'équilibre et toi, tu les négliges !

Les mots sortent d'entre mes dents serrées, mon regard fixé sur lui avec une intensité qui le ferait presque reculer.

Malachai secoue la tête avec véhémence. Les veines de son cou se gonflent, témoignage de sa colère grandissante.

– Tu crois que je n'ai pas conscience de l'importance des Archives ? C'est justement parce que je les respecte que je suis enragé par la disparition de l'oracle !

Lyra, entre-temps, reste silencieuse, recroquevillée sur elle-même, clairement affectée par notre dispute.

– Alors, si tu sais, pourquoi n'étais-tu pas là pour les protéger ? Pourquoi laisses-tu toujours ceux que tu es censé guider dans l'obscurité ?

Ma voix monte d'un cran, et je sens une chaleur me monter aux joues, signe de mon irritation croissante. Malachai se rapproche, son visage s'assombrit et sa mâchoire est serrée.

– Sans moi, ces sagesses anciennes se seraient perdues dans l'oubli ! Je ne peux pas être en deux lieux à la fois, je ne suis pas un dieu, je suis...

Il s'interrompt soudain, une lueur de douleur passe brièvement dans ses yeux. Je pousse un soupir, essayant de calmer le chaos en moi. Ce n'est ni le moment ni le lieu pour nos querelles personnelles.

– Écoute, je... je suis désolé. J'ai peur aussi, Malachai. Peur de perdre non seulement les archives, mais tout ce pour quoi nous avons lutté.

J'admets mon inquiétude, baissant quelque peu ma garde. Il répond par un signe de tête, visiblement surpris par mon changement de ton.

– Et je suis désolé de m'être emporté sur Lyra. Elle ne méritait pas ça, ajoute-t-il, tournant son regard vers notre compagne.

Lyra lève les yeux vers lui, un faible sourire se dessine finalement sur ses lèvres, soulageant un peu la tension de la pièce. Je me sens légèrement mieux, voyant que nous trouvons le chemin vers un terrain d'entente. Nous devons retrouver l'oracle. Ensemble. C'est le seul moyen d'avancer. Je m'éclaircis la gorge avant de parler, cherchant à instaurer une dynamique plus productive.

– Alors, faisons un plan. Comment l'oracle pourrait-il être retracé ? Sais-tu s'il y a des sortilèges ou des indices qui pourraient nous mener à lui ? demandé-je, mon regard balayant de Lyra à Malachai, prêt à laisser la discorde derrière nous pour le bien de notre mission.

– C'est un bien grand mot… Sortilège ! dit Malachai. Ton pendule se suffirait à lui-même, mais je ne pense pas que cela soit une bonne idée de le retrouver maintenant. Quelque chose me dit qu'il va revenir de lui-même…

Il rit.

– HEIN ? Mais tu te fous de moi ou quoi ? crié-je en réalisant ce qu'il venait de dire.

– Tyllia… dit Malachai. Garde ton calme ! N'est-ce donc pas ce qu'Argus t'a enseigné ?

– Qu'est-ce qu'Argus vient fait là-dedans ? dis-je. Et comment tu sais qu'il m'a… transmit quelque chose d'important ?

– Le Shamballa… J'n'en étais pas sûr, tu viens de confirmer ! dit Malachai.

– Super… dis-je. Qu'y a-t-il d'autres que je ne dis pas que tu devrais savoir ?

Je m'énerve parce qu'il ne répond pas.

Je plisse les yeux, exaspérée par sa manière de retourner la situation à son avantage. Son sourire narquois m'irrite d'autant plus. Je prends une profonde inspiration, tentant de retrouver un semblant de calme avant de répondre.

– D'accord, Malachai. Je vais garder mon calme, comme l'a préconisé Argus. Mais je refuse de rester les bras croisés à attendre que l'oracle revienne comme par magie. Nous avons besoin d'un plan solide.

– Inutile de me le rappeler ! s'écrie Malachai.

Il hoche la tête, son sourire s'effaçant pour laisser place à une expression plus sérieuse.

– Tyllia, ta détermination est admirable, mais parfois, la patience peut s'avérer plus stratégique que l'action précipitée. Il y a une raison pour laquelle l'oracle a été enlevé à ce moment précis, quelque chose que nous ignorons encore.

Je secoue la tête, frustrée.

– La patience n'a jamais été ma vertu première. Il doit y avoir une piste que nous pouvons suivre, Argus m'a appris à sentir les énergies, à suivre mon intuition. Peut-être que je peux…

Je m'interromps un instant, un éclair d'intuition traversant mon esprit. Je ferme les yeux, concentrant mon attention sur cette sensation intérieure, sur cette force subtile qui m'a souvent guidée dans des moments difficiles.

– Essayons de résoudre le problème, suggéré-je en ouvrant les yeux. Peut-être que nous recevrons un signe, une vision, quelque chose qui nous orientera.

Lyra intervient timidement, sa voix n'est plus qu'un murmure.

– On pourrait... utiliser le cercle de sels. J'ai entendu dire qu'il amplifie les visions et pourrait nous connecter plus directement avec les énergies des archives…

– Le cercle de quoi ? dis-je.

– Cercle de sels, répète Malachai. Dis donc Lyra, tu ne serais pas encore allée farfouiller dans la bibliothèque ?

– Si… dit-elle.

– Et je pensais que je te l'avais interdit… qu'est-ce que je t'ai dit la dernière fois…

– J'veux juste aider comme je peux ! se défend-elle. J'suis désolée Mal… s'il te plait… Tu ne vas pas me punir… hein ? Pas pour ça !

Malachai soupire.

Lyra a juste besoin d'être rassurée.

– T'inquiète pas, dit-il. J'n'en avais pas l'intention… Mais ne recommence pas…

– DAC ! dit-elle. Promis.

– Mais ce que tu as dit est vrai, le cercle de sels est une magie ancienne, cela pourrait nous aider… Cependant, c'est assez risqué et je n'ai pas envie de faire un sacrifice qui coûterait la vie de l'un de nous !

Lyra ne sait plus où se mettre.

Elle baisse les yeux.

– Eh… Lyra, rends-toi utile, continue Malachai. Va me chercher Elara… Elle est dans la pièce où Bran t'interdisait toujours d'aller quand tu étais enfant, tu vois de laquelle je parle, n'est-ce pas ?

Je hoche la tête, poursuivant le fil de nos réflexions à voix haute.

– Le risque fait partie de toute quête, mais je suis d'accord, pas question de jouer avec nos vies. Nous trouverons un autre moyen moins dangereux.

Lyra acquiesce avec soulagement, ses yeux encore humides de larmes passées.

– Je vais chercher Elara tout de suite, annonce-t-elle d'une voix qui se veut fermer, mais qui trahit encore une pointe de nervosité.

Une fois Lyra partie, je me tourne vers Malachai, un pli soucieux barre mon front.

– Tu crois vraiment que cette histoire de cercle de sels pourrait nous aider sans nous mettre tous en péril ?

Malachai soupire et s'assoit sur le bord d'une table en bois massif, ses doigts jouant inconsciemment avec le pendentif qui oscille autour de son cou.

– C'est une option, Tyllia. Nous avons peu d'alternatives et, parfois, la nécessité l'emporte sur la prudence. Mais ne t'inquiètes pas, je ne te laisserai pas faire quelque chose de stupide.

Je m'assieds en face de lui, capturant son regard avec le mien.

– Nous sommes une équipe, Malachai. Nous prendrons les décisions ensemble, et nous assumerons les risques ensemble. À voir les événements récents, nous n'avons plus de temps à perdre.

Il incline la tête, une ombre de respect et peut-être une once de gratitude dans son regard.

– Je sais. Et merci, dit-il enfin, cette fois son ton s'est adouci.

Le silence remplit l'espace entre nous, non pas lourd, mais chargé d'une tension contemplative. Nous sommes deux esprits unis par un but commun, que ce soit par les liens d'une ancienne amitié ou d'une destinée partagée. La porte s'ouvre à la volée, et Lyra fait son retour, accompagnée d'Elara.

– Vous avez demandé à me voir ?

Sa voix est douce, mais elle porte.

Malachai se lève pour l'accueillir, un respect évident dans sa façon de s'incliner légèrement.

– Elara, nous avons besoin de tes conseils. L'oracle a disparu, et nous cherchons la meilleure façon de le retracer sans compromettre notre sécurité. Lyra a suggéré un cercle de sels, quelle est ton avis ?

Elara m'observe un moment en silence, puis se tourne vers Lyra avec un petit sourire entendu.

– Le cercle de sels est puissant, mais comme toute magie, il comporte des risques. Je peux vous aider à le préparer, et vous guider à travers la cérémonie. Mais vous devrez tous être prêts à affronter ce qui pourrait en émerger.

Je me lève d'un bond, les yeux brillants d'une détermination nouvelle.

– Alors préparons-nous. Nous n'avons plus de temps à perdre. L'oracle nous attend, dit Elara

– J'n'suis pas certaine d'avoir ce qu'il faut ici… dit Lyra. Y a que Bran qui savait préparer le sel… Il ne m'a jamais appris à faire le rituel… et personnellement... ce n'est pas pour le vanter, mais il le faisait si bien que j'avais l'impression que ce n'était pas lui dans son corps.

– Ah bon ? dit Malachai. On devrait faire quoi maintenant ?

Il s'énerve à nouveau contre Lyra.

Je sens une veine pulser au bord de mon front alors que Malachai explose de nouveau, laissant échapper toute sa frustration en criant sur Lyra. Je le vois, aveuglé par sa colère, ses mots tranchants comme des éclats de glace. Lyra se ratatine, comme si chaque parole lui arrache un peu de sa force, et ses yeux, miroirs de son âme meurtrie, se remplissent d'une nouvelle douleur. Je la comprends instantanément et un sentiment d'urgence s'empare de moi. Sans un mot, Lyra se détourne brusquement et claque la porte derrière elle. Elle part, nous laissant dans un silence lourd, seulement brisé par les échos lointains de ses pas qui s'éloignent. Je m'avance vers Malachai, ma colère s'accentuant à chaque pas.

– Ça suffit, dis-je avec force. Tu n'as pas le droit de la traiter ainsi, elle essaie juste d'aider ! Cesse un peu de rejeter la faute sur elle. Lyra n'est pas responsable de la perte de l'oracle ! J'te rappelle que tu lui as ordonné d'aller le rechercher.

Il me regarde, sa rage se transformant en consternation devant mon reproche. Mais je ne lui laisse pas le temps de répondre.

– Je vais la rejoindre, il faut qu'on parle. Et toi, tu ferais bien de réfléchir à comment parler aux gens qui se dévouent corps et âme à notre cause.

Je quitte la pièce avant qu'il ne puisse s'opposer à mon départ. Mon esprit est en ébullition, chaque pas résonne avec les remous de mon cœur agité. Lyra ne mérite pas de porter le poids des erreurs de Malachai ou des nôtres. Nous devons nous soutenir, pas nous détruire de l'intérieur.

Je la trouve rapidement, assise sur les marches de l'escalier extérieur, la tête entre les mains. L'air frais de la nuit ne semble pas suffire à apaiser la tempête en elle. Je m'assois doucement à ses côtés, en essayant de ne pas l'effrayer.

– Lyra, je suis désolé. Pour tout ce que Malachai a dit. Pour l'atmosphère étouffante que nous avons laissée s'installer entre nous.

Elle lève la tête, me regarde avec ses grands yeux empreints de douleur. Et dans ce regard, je vois non seulement sa tristesse, mais aussi son courage, sa volonté. Savoir qu'elle est toujours prête à se battre malgré la tempête me pousse à m'ouvrir davantage.

– Nous sommes plus que de simples compagnons de route, remarqué-je. Nous sommes une famille, et c'est dans ces moments difficiles que nous devons le prouver. Malachai… Il a ses torts, mais je crois qu'il se laisse submerger par la peur et l'incertitude. Nous devons l'aider, et il doit en faire autant pour nous.

Lyra, après un moment de silence, hoche la tête. Un léger sourire en coin semble assouplir les traits crispés de son visage.

– Il dirige tout ceci depuis le début. J'essaie de me montrer digne de cette quête, du moins autant que je le peux.

– Tu es plus que digne, Lyra, et je vais m'assurer que Malachai le reconnaisse, promets-je.

Elle se tourne vers moi, un scintillement dans le regard qui me dit qu'elle est prête à dépasser ces tensions. Ensemble, on va dépasser ce conflit et retrouver l'oracle, une fois le moment venu... enfin je l'espère.

Je me relève, écartant délicatement la main de Lyra avant de me retourner vers la porte que nous venons de franchir. Mon pas est décidé, mes pensées s'organisent avec rapidité. Il n'y a pas de temps à perdre en hésitation ou en rancœur.

– Viens, lui dis-je en la tirant doucement par le bras. On a un oracle à retrouver et une équipe à rassembler. Nous allons fixer les choses, une bonne fois pour toutes.

En repassant le seuil de la porte, j'aperçois Malachai, qui fixe le sol, semblant perdu dans ses pensées. Il relève la tête à notre approche et son regard croise le mien. Je prends une profonde inspiration et m'avance vers lui, Lyra toujours à mes côtés.

– Malachai, commençai-je, c'est le moment de nous unir, pas de nous diviser. Nous avons tous le même objectif, nous devons tous faire preuve de soutien mutuel. Lyra est précieuse pour cette quête, autant que toi ou moi.

Il hoche la tête, admettant tacitement son erreur. Son expression trahit un mélange complexe de remords et de détermination. Je sens que quelque chose a changé chez lui, peut-être grâce à la sincérité de mes paroles.

– D'accord, Tyllia. Es-tu prête à travailler ensemble pour construire ce plan et retrouver l'oracle ? demande-t-il avec une nouvelle humilité.

– Absolument, je réponds en croisant son regard, affirmant ainsi notre solidarité.

Nous formons un cercle, Lyra, Malachai, Elara et moi, chacun apportant sa pierre à l'édifice de notre stratégie. Les idées fusent, parfois contradictoires, mais toujours dans un esprit de collaboration. Finalement, nous décidons d'utiliser les compétences uniques que chacun possède. La force brute et les connaissances de Malachai, l'intuition et la sensibilité de Lyra, les talents de guérisseuse et de médiumnité d'Elara, et ma propre détermination alliée à mes capacités pour sentir les énergies et suivre mon intuition.

– Nous allons entamer une méditation guidée, propose Elara. Une façon de plonger dans nos esprits et d'explorer les connexions psychiques que nous pourrions avoir avec l'oracle.

Je regarde Lyra, qui opine silencieusement. Les tensions semblent s'être évaporées sous l'urgence de notre situation.

Je m'assieds, ferme les yeux et nous commençons tous ensemble. La voix d'Elara nous enveloppe, nous plongeant peu à peu dans un état de conscience élargi. Elle nous demande d'imaginer un fil doré partant de notre plexus solaire et s'étendant à travers les dimensions, à la recherche de l'oracle perdu. Je ressens le fil qui vibre, un frémissement qui me guide. Mon esprit suit le chemin lumineux, traversant des paysages mentaux aux teintes changeantes, jusqu'à ce qu'une image prenne forme. Une vision, brouillée d'abord, puis de plus en plus nette. C'est un lieu, je le reconnaîtrai entre mille, avec ses arbres tordus et son sol constellé de cristaux. L'oracle y est caché, je le sens, pas par un adversaire, mais plutôt comme s'il attendait d'être découvert au bon moment, par les bonnes personnes. Je rouvre les yeux, les autres font de même, et je sais. Je sais que nous avons reçu l'indice tant espéré. Nous échangeons des regards et je lance enfin :

– Je sais où il est, la certitude emplissant ma voix. Nous devons aller aux Jardins de Cristal. C'est là-bas. Je l'ai vu.

Lyra semble fascinée, Malachai est surpris quant à Elara, elle nous offre un sourire serein, comme si elle s'attendait à cette révélation.

– Rassemblons-nous ! dit Elara. J'vais chercher Amara et Kaël. Ils se reposent dans leur chambre.

Elara s'en va.

Malachai a l'air inquiet tout à coup. Il se souvient avoir vu Kaël combattre, puis Amara l'emmener dans sa chambre, mais pour lui, elle en est ressortie directement en direction du jardin.

Dans le doute, nous nous dirigeons vers sa chambre.

Malachai frappe à la porte.

– AMARA ? crie-t-il alors que Kaël vient de se réveiller.

Il insiste.

Mais pas de réponse.

Kaël sort de la sienne.

– Elle est peut-être encore dans le jardin ! dit-il. Elle a dit qu'elle allait prendre l'air.

– Cela ne lui ressemble pas de ne pas revenir, dit Elara.

Nous fouillons tout le sanctuaire à sa recherche, Malachai s'occupe des pièces qui nous sont interdites d'accès et du jardin.

Je me retrouve sur le parking, quand tout à coup, je vois ma grand-mère et j'ai un flash.

J'ne me sens pas très bien, Elara me trouve allongée sur le sol, elle crie à l'aide. Et Malachai et Kaël reviennent encore plus inquiet.

– Vous ne l'avez pas trouvée non plus ? demande Elara.

Malachai fait non de la tête.

– Tyllia ! crie soudainement Malachai.

On dirait que je sors hors de mon corps quand Elara prête attention à moi, ce que je dis sur le moment n'a aucun sens.

Quand ça s'arrête enfin, Malachai me demande si ça va.

C'est là que je lui réponds que j'ai eu une vision, Amara est partie, mais pas pour les raisons que l'on s'imagine.

– J'peux pas y croire ! dit Kaël. Amara est notre amie, elle ne nous aurait jamais trahis comme ça.

– Je ne sais pas… dit Elara. Elle avait l'air bizarre tout à l'heure. Au moment où l'oracle a disparu, et Kaël l'a entendue parler à Bran, dans une autre langue. Dis-lui ce que tu as compris !

– C’était une langue ancienne, celle qu’on parle au temple où se trouve Vespera... dit-il. Mais je ne sais pas dire si ça a un lien ou non...

– Et qu'est-ce qu'on fait maintenant ? se demande Malachai tout haut. Sans l'oracle, on est fichu…

– Pas exactement, intervient Lyra. Tu ne vas juste pas aimer ce que je vais dire…

– Pourquoi je sens que je vais le regretter ? dit Malachai. S’il s'agit encore de la bibliothèque Lyra… tu sais bien que… tu ne peux pas fouiller dans les affaires de ton père !

Lyra hoche la tête.

– Mais qui a dit que moi j’allais fouiller ? dit-elle.

## 14

Lyra nous conduit à ce qu'elle a vu à la bibliothèque. Très vite je comprends que ça a un lien avec les Jardins de Cristal quand elle nous fait passer une porte. À l'extérieur, tout semble connecté directement aux Jardins de Cristal.

– Cette fois-ci, dis-je, on ne va pas se contenter d'aller dans les Annales Akashiques… on va se rendre aux Jardins de Cristal pour découvrir quel est le lien avec le temple et Vespera quitte à y ouvrir les archives là-bas.

J'suis déterminée quand je le dis, ça se sent même.

Malachai n'a pas l'air emballé, mais quand je lui dis qu'on ne risque rien, il accepte. Et puis, si l'ennemi nous trouve là-bas, on n'aura qu'à combattre.

Alors que nous suivons Lyra, je me sens envahie par une excitation fébrile. Les Jardins de Cristal sont une légende parmi les gardiens de la mémoire - un lieu où les secrets du monde se cristallisent dans un spectacle de splendeur et de lumière.

– Les Jardins de Cristal ne sont pas simplement un décor de rêve ; ils sont animés d'un étrange pouvoir, murmure Lyra, d'une voix basse, presque respectueuse.

Nos pas résonnent dans le silence de la bibliothèque désormais déserte à cette heure tardive. Dès que nous atteignons le coin le plus reculé, une odeur sucrée de jasmin emplit l'air, et je sais que nous sommes sur le bon chemin. Je mène la marche, frôlant du bout des doigts les colonnes de livres anciens à l'entrée des Jardins.

C'est un lieu hors du temps et de l'espace, où chaque pétale et chaque feuille est une archive vivante de l'histoire universelle. Ils contiennent la mémoire des éons, conservée dans une myriade de structures cristallines, scintillantes.

– C'est ici, dit Lyra en s'arrêtant devant une étagère qui semble n'avoir rien d'exceptionnel.

Je me concentre et en inspirant profondément, je prononce le chant d'ouverture. Les mots anciens réveillent un frémissement dans l'air. La surface des ouvrages commence à vibrer, réfractant la lumière des bougies alentour en un kaléidoscope de couleurs.

Nous avançons.

Je pose un pied sur la passerelle, et c'est comme si chaque cristal sous nos pieds cataloguait nos présences, gravant ce moment dans les archives éternelles du monde.

Malachai suit, une expression partagée entre la crainte et la fascination dessinée sur son visage. Nous avançons prudemment le long de la voie de lumière, nos yeux éblouis par le scintillement qui nous entoure. La légende dit que ceux qui cherchent la vérité dans les Jardins de Cristal seront récompensés par des visions de leur propre passé, présent et futur, mais également par les souvenirs collectifs de l'univers. Après une marche qui semble à la fois éternelle et fugace, nous parvenons à une clairière encerclée de hautes herbes de cristal qui tintent comme des clochettes au gré d'un vent silencieux. Il y a là, au milieu de la clairière, un bassin d'eau claire entouré d'iris multicolores aux reflets changeants. Je m'avance et, me penchant sur le bord, je plonge mes mains dans l'eau. C'est plus une sensation d'énergie que de fraîcheur qui me saisit, comme si chaque goutte d'eau portait en elle la sagesse des âges. Des images émergent, des visions d'un autre temps, d'un autre lieu - le temple de Vespera, éclatant de mille lumières, ses portes s'ouvrant pour nous dévoiler les secrets qu'il détient.

Je sais maintenant que nous devons trouver le chemin du temple à partir des Jardins. Et je sens une certitude inébranlable que les réponses que nous cherchons depuis si longtemps sont à portée de main.

À cet instant, je vois une créature sortir de l'ombre nous menacer avec un arc à flèche. Je suis tellement étonnée que je ne sais plus bouger.

La créature n'est pas seule…

Il y en a une armée.

– J'crois que nous avons pénétré des terres sacrées ! lance Malachai.

– Qui êtes-vous ? Que venez-vous faire ici ? dit l'une des étranges créatures.

Nous nous regardons sans rien dire, paralysés par la magie.

– Peut-être que si tu leur enlevais le sortilège, ils parleraient ? Idiot… va… dit une autre.

– Un instant… dit la créature.

Ces petits êtres aussi bizarres ont l'air tellement inoffensif et en même temps on s'en méfierait…

La créature frappe le sol avec un coup de sceptre.

– Parlez maintenant ! dit la créature.

– Qui êtes-vous et que nous voulez-vous ? Nous sommes un peuple qui habite ici depuis des millénaires… si vous ne répondez pas, nous devrons vous emmener voir la Reine ! dit l'autre créature.

– Oh… dit la créature. J'suis sûr que la Reine sera ravie… de voir que nous avons de la visite !

Je regarde Malachai et soudain j'ai une idée.

– Nous sommes justement ici venus pour voir votre Reine ! dis-je.

– Qu'est-ce que tu fais ? demande Malachai.

– J'improvise, dis-je tout bas.

– Dans ce cas… crie la créature. Réveillons la Reine ! Mais sachez que vous ne pourrez lui parler que si vous arrivez à la vaincre !

– Un combat ? dit Lyra.

– Oui… tu as très bien compris gamine ! dit la créature.

– Vous n'êtes pas sérieux ? demande Elara.

La créature, celle qui détient le sceptre, fait trois coups sur le sol.

C'est là que je réalise que j'ai peut-être fait une grosse bêtise en les provocant ainsi…

Alors que je veux les arrêter, il y a comme un tremblement de terre.

– Qu'est-ce qui se passe ? s'écrie Kaël.

– Je n'en sais rien, dis-je. Mais vu leur tête, je dirai que la Reine arrive !

– Woooooh ! fit Malachai. Ils étaient vraiment sérieux ?

Le sol continue de trembler. Puis tout à coup, ça s'arrête.

Les créatures se mettent en rang et se prosternent.

Je fais de même.

– Qu'est-ce que tu fais ? dit Malachai. Tu improvises encore ?

– Faites-moi confiance… dis-je tout bas. Vous allez voir…

La Reine arrive lentement, comme si nous avions perturbé son sommeil. Alors que Kaël et Malachai pensent qu'on va avoir à faire à une créature de l'ombre, c'est tout le contraire. On dirait… une humaine normale… mais puissante, car je sens comme une énergie planer en elle.

Et cette énergie est… positive !

– Toi… dit Kaël.

Il semble connaitre notre ennemi.

– Euh… font les créatures. On a raté un épisode Reine Vespera ?

– J'savais que vous viendriez... dit-elle. Venez, le temps nous est compté avant que la magie ne s'éteigne… et que je redevienne celle que je suis, envoûtée par Shadow…

– Mais… proteste les créatures. Vous n'allez pas les faire entrer quand même ?

– Silence ! crie-t-elle. Vous allez laisser les invités tranquilles. On baisse les armes, hein, Murphy !

La créature est désarmée par Vespera pendant que nous entrons.

– Tu sais ce que tu as à faire Murphy ! dit-elle avec un rire diabolique en s’enfonçant dans son antre. Ils seront pris au piège, les abrutis…

Elle nous rejoint et s’assied sur ce qui reste d'un trône.

– Waw… dit Kaël. J’ne pensais pas que tes créatures étaient si fidèles.

– Ceux-là ? dit-elle. Faut pas y faire attention… Dites-moi donc ce qui vous amène ici ? Mon cher Kaël… il n’y pas si longtemps que ça, je t’ai interdit de venir ici en ces lieux sacrés, après ce qui s’est passé.

Kaël semble bien connaitre Vespera, c’est pire que ce que je craignais.

Alors qu’elle semble honnête, Malachai sent l’amulette d’Amara chauffer dans sa poche, et moi, mon pendule s’illumine. J’essaie de le cacher comme je peux. Il est tellement chaud, voir brûlant…

Je sens qu'il y a quelque chose de louche à propos de cette Reine Vespera. Alors que Kaël reste visiblement troublé par la familiarité avec laquelle elle s'adresse à lui, je fronce les sourcils, essayant de joindre les pièces du puzzle. J’essaie de cacher la lumière qui émane de mon pendule tout à coup.

– Kaël, murmure Malachai, tu la connais ? C’est elle, Vespera ? La Vespera dont tu ne voulais pas que je parle… l’acolyte de Sha…

Kaël détourne les yeux, son habituelle confiance semble avoir fondu comme neige au soleil. C'est évident maintenant qu'il y a un lien entre eux, quelque chose de profond, de sombre, peut-être même d'ancien. Tout en nous observant avec une curiosité non dissimulée, Vespera a ce demi-sourire sur les lèvres qui laisse présager qu'elle sait bien plus qu'elle ne veut l'admettre.

– Nous sommes venus chercher des réponses, dis-je d'une voix ferme pour reprendre le contrôle de la situation. Nous croyons que les Jardins de Cristal et le temple sont liés, et nous avons besoin de savoir pourquoi.

Je fais une pause, reprenant mon souffle. Je n'ai pas besoin de dire à quel point c'est crucial pour nous, son regard perçant me dit qu'elle est consciente de l'enjeu. Vespera se redresse, son regard passe de Kaël à moi. Son expression change subtilement, et je me demande s'il s'agit d'un jeu pour nous sonder, nous mettre à l'épreuve.

– Tu as de l'audace, pour une étrangère, constate-t-elle en tapotant du bout des doigts le bras de son trône.

Je lui réponds rapidement.

– C'est peut-être ce qu'il nous fallait.

Elle rit, un son cristallin qui, étrangement, ne semble pas en accord avec l'énergie obscure que je sens émaner d'elle.

– Très bien, finalement. J'admire votre détermination. Venez avec moi.

Nous échangeons des regards incertains, mais aucun de nous n'ose objecter. Nous la suivons alors qu'elle nous mène à travers son domaine, qui se révèle être une série de couloirs et de salles encore plus impressionnants que tout ce que nous avons vu jusqu'à présent. Soudain, une douleur aiguë me brûle la paume et je ne peux refréner un cri étouffé. L'intensité du pendule devient insoutenable, forçant ma main à s'ouvrir. La lumière qui en émane est aveuglante, et elle attire l'attention de Vespera, qui se retourne avec une rapidité surprenante.

– Donc c'est vrai, murmure-t-elle en fixant le pendule. Tu es l'héritière… Akasha !

Avant que je puisse demander ce qu'elle sous-entend, elle se précipite sur moi. Une force inattendue émane de sa silhouette délicate, et elle arrache le pendule de ma main. Je suis désemparée à l'idée de perdre cet objet qui est tant lié à mon destin, mais je réalise avec effroi qu'elle le connaît, qu'elle sait exactement ce qu'il représente.

– Héritière ou pas, tu n'aurais jamais dû venir ici, dit Vespera, le regard dur.

J'aperçois alors, dans ses yeux, une lueur qui n'était pas là auparavant. Un éclat qui ressemble à celui de l'espoir, mais teinté d'une nuance fausse, inquiétante. Je pressens que nous venons d'entrer dans un jeu dangereux, que ce soit avec la Reine ou avec une force plus grande encore. Je dois réagir, et vite. Je regarde Malachai, espérant qu'il ressent la même urgence que moi. Il hoche la tête légèrement, prêt à intervenir, son regard fixé sur l'amulette d'Amara qui s'intensifie elle aussi, créant un réseau de contre-énergies qui enveloppe la pièce. C'est notre moment, nous devons agir maintenant.

– J'crois que.. dit Lyra. Elle nous a piégé !

– MURPHY ! crie Vespera.

Les créatures arrivent.

Il faut qu'on fasse quelque chose et vite.

– Vespera... écoute-moi, tente de raisonner Kaël. Tu… tu peux encore choisir ton camp. Tu n'es pas obligée de lui obéir…

Elle rit.

– Non, mais... que crois-tu misérable petit ? dit Vespera. Tu penses vraiment que tes paroles vont me faire changer ?

Elle envoie des armes à ses créatures.

– Attaquez-les ! ordonne-t-elle.

Je tousse.

J'ai du mal à respirer.

Qu'est-ce qui nous arrive ?

On dirait que les créatures ne sont pas seules…

– Silencer ! dit-elle. Ils sont à toi !

Et elle se retire.

Je cherche désespérément à reprendre mon souffle, sentant un poids invisible comprimer ma poitrine. Les créatures s'avancent, armées et déterminées, mais tout autour de nous, l'air semble se densifier, devenir palpable, un mur invisible qui étouffe les sons et écrase nos poumons. C'est alors que je comprends à qui appartient la voix qui a prononcé le mot "Silencer". Nous sommes face à plus qu'une horde de gardes : c'est une créature spécialisée dans les entraves et les sorts liés au silence qui nous fait face, une créatrice d'obstacles invisibles que l'on doit affronter. Kaël, toujours en pleine tentative de communication avec Vespera, semble atterré face à son refus catégorique d'écouter quoi que ce soit. Vespera, impérieuse et sûre d'elle, semble nager en plein délice, baignant dans le pouvoir qu'elle impose à ses sujets et désormais à nous. Je tente de réagir, de bouger, mais ma gorge est serrée par la contraction de l'air, si bien que mes paroles ne peuvent franchir le barrage invisible qui nous entoure. C'est alors que j'entends Malachai grogner de frustration, son visage se teintant d'une détermination fiévreuse. Il fouille dans sa poche, en tire l'amulette d'Amara et la serre dans sa main, essayant de se concentrer pour libérer la magie contenue en elle. Soudain, il murmure des mots anciens qui résonnent étrangement dans l'écrasement du silence. Les contours de l'amulette se mettent à luire, diffusant une vague de chaleur qui repousse la barrière invisible et permet à nos poumons de se gonfler d'air frais. Je prends une profonde inspiration et, avec un regain de force, je récupère le pendule que Vespera vient de m'arracher, profitant du trouble causé par la contre-attaque de Malachai. Tout semble se passer au ralenti alors que les créatures, visiblement déstabilisées, se tournent vers leur maîtresse en quête d'instruction. Vespera, prise au dépourvu, balance des ordres confus, sa voix normalement autoritaire perdant de son assurance. Une faille s'ouvre dans leur disposition, une opportunité que nous ne pouvons ignorer. Je regarde autour de moi, cherchant Lyra du regard. Elle est introuvable, disparue dans le chaos de l'affrontement. Je tente de crier son nom, mais le son s'étouffe aussitôt dans ma gorge. Mon cœur bondit dans ma poitrine, l'inquiétude pour Lyra s'ajoute à l'urgence de la situation. Elle a dû suivre Vespera, seule, poussée par la même détermination qui nous a tous conduits ici, mais son impulsion pourrait la mettre en danger face à la Reine et son arsenal de maléfices. Malachai semble percevoir mon inquiétude, car il se penche vers moi, ses yeux brillent d'une compréhension mutuelle.

– Lyra, elle est… elle poursuit Vespera, articule-t-il sans son, sa bouche formant les mots que mes oreilles ne peuvent capter.

Il n'y a pas de temps à perdre, nos alliés affrontent déjà les créatures et Silencer, mais nous devons aussi protéger Lyra. Malachai hoche la tête, prêt à agir, lorsque soudain une éruption de lumière brise l'obscurité. C'est un signal, une balise, la preuve que Lyra tente de nous dire quelque chose. Instinctivement, je mets un pied devant l'autre, avançant vers l'origine de la lumière, guidée par le faible éclat du pendule dans ma main. Avec Malachai à mes côtés, nous nous frayons un chemin à travers la mêlée, déterminés à rejoindre Lyra avant qu'il ne soit trop tard.

Je regarde Elara, elle a une idée, mais pas l'habitude de manier le pendule. Je lui tends le Cube de Métatron, pour qu'il la protège. Au moment où Silencer s'y attend le moins, Elara s'en va. Et nous entamons un combat épique.

Je suis là, le cœur battant à tout rompre alors que nos épées s'entrechoquent dans un ballet d'étincelles. Malgré la force grandissante qui pulse en moi grâce à la magie distante de Vespera, je sais que nous sommes dans une situation désespérée. La lutte est intense, et chaque geste s'appuie sur une détermination farouche. Je peux sentir la puissance que Vespera canalise vers moi, un flux constant qui me fait craindre une surcharge autant que je m'en réjouis. Si seulement je parviens à la maîtriser suffisamment pour éliminer l'ennemi sans me consumer moi-même… Dans le feu de l'affrontement, je perçois à peine Elara quitter le combat, glissant comme une ombre entre les affrontements pour grimper les marches qui mènent au sommet où Lyra nous a avertis de la présence de Bran. Je ressens un pincement d'angoisse pour ma compagne d'armes, espérant qu'elle dénouera cette énigme sans tomber dans un piège mortel. Pendant ce temps, j'exploite l'énergie que Vespera me prête, laissant les formules magiques s'échapper de mes lèvres, les mots anciens augmentant la force de mes attaques jusqu'à ce que chacune de mes estocades devienne un coup dévastateur. Les créatures chutent les unes après les autres, maîtrisées par cette puissance presque divine. Mais, comme je le craignais, l'afflux de magie est si intense qu'il commence à m'effrayer. Mes veines semblent brûler de l'intérieur, et je sais que je dois trouver un équilibre avant que la magie ne me consume.

Alors que la bataille fait rage autour de moi, une explosion de lumière attire mon regard vers le sommet. Je devine que c'est Elara, ayant atteint sa destination. J'espère qu'elle a trouvé Lyra saine et sauve. Cependant, la situation prend une tournure inattendue. Soudain, la magie qui afflue en moi se dissipe ; c'est comme si le lien qui me reliait à la véritable Vespera a été rompu. Bran avait réussi à neutraliser la source de mon pouvoir. Je sens ma force décliner brusquement, mais la combativité ne me quitte pas. Je rassemble chaque miette d'énergie qui me reste et poursuis le combat avec une ferveur renouvelée. Malachai s'élance à mes côtés, son propre combat à l'unisson avec le mien. Ensemble, et avec l'aide de nos compagnons, nous parvenons à mettre en déroute la dernière des créatures hostiles. Finalement, le silence nous englobe, un silence dû non plus à des sorts, mais à la victoire. Essoufflée, blessée mais vivante, je me permets un moment de répit. Elara réapparaît à l'entrée des Jardins, soutenant une Lyra éplorée. La jeune femme a le visage marqué par les larmes et la douleur. Bran avait tenté de la piéger, voulant se servir de ses sentiments pour nous mener à notre perte. Mais Elara est arrivée juste à temps pour la tirer de ce mauvais pas. La vérité sur Vespera les avait menées à elle. Elle était, comme Lyra l'avait soupçonné, au temple, et c'est là qu'elle a dirigé la magie qui avait alimenté notre combat, en s'appuyant sur la prophétie qui parlait d'une héritière capable d'éveiller les pouvoirs ancestraux du temple.

Je me relève, le corps meurtri mais l'esprit en éveil. La révélation de Lyra sur Bran remet en question bien des certitudes, mais elle offre aussi un nouvel espoir : si Vespera, la véritable Reine des Jardins de Cristal, est de notre côté, alors nous avons un atout puissant contre l'ombre qui menace.

– Il faut qu'on aide Vespera avant que Bran ne la tue ! dit Elara à Lyra. On va devoir y retourner.

Le chemin est encore long, parsemé d'incertitudes et de dangers, mais l'espoir renaît en nous, aussi tranchant que l'acier de nos épées, aussi résilient que les cristaux qui témoignent de notre passage.

– Vite… dit Elara à Lyra. Il faut qu'on aide Vespera, avec la magie ancienne pour Tyllia !

Et elles s'en vont à une de ces vitesses, que même si nous les suivons, nous ne pourrions pas les rattraper.

# 15

Vespera se trouve au centre du cercle qui anime le temple. Elle y mêle la magie puissante et sacrée de ce lieu à la mienne afin que je puisse vaincre Silencer. Ce dernier a réussi à nous faire perdre la parole, alors nous nous regardons avec nos yeux… pour le moment tout va bien, mais je m'épuise rapidement. Et ça, Malachai ne manque pas de le remarquer.

Silencer m'attrape.

Malachai tente comme il peut de m'en libérer. Il peut à nouveau parler, et moi j'ai la gorge nouée avec une sensation d'étranglement intense.

J'ne suis pas préparée contre un tel ennemi. Kaël profite de l'occasion pour s'isoler et ouvrir les Annales Akashiques. Si j'utilise l'énergie de l'Univers, cela ira mieux… enfin je l'espère.

Tout à coup, je me sens détendue. Et autour de moi, c'est comme si le temps ne s'écoule plus. Tout est figé.

J'retrouve peu à peu mes esprits, Kaël lui-même ne bouge pas. Mais que se passe-t-il enfin ? Est-ce que la magie de Vespera aurait des limites ?

Alors que je me pose des questions, je vois des choses défiler sous mes yeux, comme des sensations de déjà-vu, comme si ce combat avait déjà existé, sans pour autant être réel.

C'est là que je la vois… elle est cachée dans l'ombre.

Ce n’est pas une simple ombre, c’est celle de ma grand-mère !

– Tyllia… me dit-elle. J’ai très peu de temps, il faut que tu m’écoutes attentivement.

– Grand-mère… que fais-tu ici ? demandé-je. J’pensais que… toi… et la secte… euh... et…

– La secte n’est qu'un leurre ! dit-elle. Une fois dissoute, elle ne pourra plus rien te faire de mal et Shadow perdra tous ses alliés… mais cela n’est pas pour ça que je suis ici. Il fallait que je vienne te voir, mais comme ton père surveille tes rêves, c’est un peu compliqué en ce moment. J’sais qu’il veut juste te préserver. Malgré cela, il aurait pu empêcher ce qui s’est passé.

– Tu parles de l'oracle ? demandé-je.

Elle acquiesce.

– C’était une erreur, poursuit-elle. Tu n’aurais pas dû prendre l'oracle et le ramener au sanctuaire. Certes, c’est cet artefact qu’il faut protéger, mais pas seulement. Il y a l’Orbe...

– L’Orbe ? dis-je.

– J’t’en prie Tyllia, fais attention, elle continue de produire sa magie là où elle est cachée. Et Shadow essaiera à coup sûr de s’en emparer. C’est elle et l’oracle qui contiennent le secret de la clé.

– La clé ? dis-je. Mais la clé de quoi grand-mère ?

– Tu le sauras en temps voulu… Tyllia ma chérie, ne sois pas déçue. Tout va s’arranger. J’suis sûre que tout a une explication, idem pour le départ de ton amie Amara…

– D’après Malachai, elle aurait disparu après que la secte a envahi le sanctuaire… dis-je.

– J’le reconnais bien là ton père, toujours à vouloir cacher la Vérité pour te préserver. Tu veux vraiment connaitre les intentions d’Amara ? D’accord, mais cela va te faire un choc. Elle n’a jamais perdu le contact avec Bran, c’est même elle qui l’a sauvé. C’est pourquoi elle a dit qu’elle le rejoindrait lui et Shadow… pour essayer de m’éliminer de la tête de la secte…

– Qu’est-ce que tu racontes… est-ce que… dis-je. C’est vrai tout ça ?

– Malheureusement, j’en ai bien peur… dit-elle.

Je ressens un mélange de choc et de refus face à ces révélations. Le poids de chaque mot retentit en moi comme le battement sourd d’un tambour de guerre. Est-il possible que ma fidèle amie Amara soit une traîtresse ? Ou pire, qu'elle soit le pion du jeu le plus vaste et le plus obscur que je ne saurais comprendre ?

– Comment pourrait-on lui parler ? Elle est avec eux maintenant, je lui fais confiance, mais... si elle a choisi ce chemin, est-ce que notre voie aura encore la moindre portée pour elle ? je murmure, espérant contre toute attente un fil d'espoir à saisir.

Ma grand-mère me regarde avec une profondeur insondable dans ses yeux.

– Le cœur humain est complexe, Tyllia, cadre-t-elle d'une voix douce. Parfois, les plus grands détours sont nécessaires pour retrouver notre chemin. Converser avec elle... ce ne sera pas facile. Mais il y a toujours une chance. Cherche-la dans les entre de la lumière et les ombres, c’est là qu'elle se trouve.

Je hoche la tête, à la fois rassurée et terrifiée. Malgré l'urgence pressante qui gronde autour de nous, cette rencontre clandestine avec grand-mère m'apporte les fragments d'un plan. Il faut que je réunisse le courage et la force nécessaires pour parler à Amara. Pour inverser le cours des choses.

– Grand-mère, avant que tu ne disparaisses, dis-moi quelque chose de réconfortant. Une certitude, quoi que ce soit, imploré-je. Comment puis-je être sûr de réussir ?

Elle s'approche de moi et pose sa main fantôme sur ma joue, un geste d'une infinie tendresse qui franchit les barrières entre la mort et la vie.

– L'amour triomphe toujours. Même le cœur le plus égaré sous l'emprise des ombres peut être ramené à la lumière par l'amour véritable. Tiens bon à ça.

Puis elle ajoute :

– Et dans la bataille qui s'annonce, n'oublie jamais que tes propres pouvoirs sont bien plus vastes que ce que tu as imaginé jusqu'à présent.

Je hoche la tête, fortifiée par ses paroles. L'image de grand-mère commence à estomper, et je sens que je suis en train de revenir dans le temple. La réalité s'infiltre autour de moi, les sons de la bataille s'intensifient et je sens de nouveau l'air frais pénétrer mes poumons.

– Grand-mère, attend ! crié-je.

– Utilise toute ta magie… Tyllia… dit-elle de loin.

Sa phrase résonne alors qu'elle s'en va complètement.

Le temps s'écoule à nouveau, je suis un peu perturbée, mais au moins je sais quoi faire.

Silencer me tient toujours entre ses griffes.

J'espère qu'Elara et Lyra vont vite arriver au sommet du temple.

Grâce à la magie ancienne, Kaël trouve le moyen de les observer à travers un miroir, elles ne sont plus très loin. Il leur souffle de se grouiller.

Malachai essaie de raisonner Silencer.

Puis d'un coup, la créature que la fausse Vespera appelait Murphy arrive droit sur nous. J'pense qu'elle va nous attaquer, elle aussi.

– Oh… se dit Malachai. C'est bizarre que cette créature ne m'ait pas déjà sauté dessus…

– J'vais vous aider ! dit la créature.

Elle cogne trois coups au sol avec le sceptre.

Cela se fait ressentir jusqu'au temple.

– Ils arrivent ! dit la créature.

– Qui ça ? demande Malachai. Qui arrive ?

– Les autres, dit la créature. Elles ne sont plus très loin… Tenez bon !

L'air vibre autour de nous à mesure que la créature frappe le sol de son sceptre. Malachai me lance un regard à la fois perplexe et empli d'espoir - peut-être les créatures pourront-elles nous venir en aide et tourner le combat en notre faveur.

Je lutte pour me dégager de l'emprise de Silencer, mais ses griffes semblent avoir la force de l'acier lui-même. L'instinct me pousse à puiser dans les réserves de magie dont ma grand-mère a parlé - une force intérieure que je n'ai jamais pleinement explorée. C'est alors que je sens dans chaque fibre de mon être la puissance ancienne du temple. Je ferme les yeux, concentre mon esprit, et je me laisse imprégner par cette énergie qui me traverse soudainement comme un éclair vivant. J'espère que le souvenir des mots de ma grand-mère sera un guide suffisant pour m'aider à maîtriser ce nouveau pouvoir.

Je pousse un cri de guerre je perçois les griffes de Silencer se desserrer légèrement. J'en profite pour me libérer avec un mouvement brusque, et je sens que mon corps s'illumine d'une lueur bleutée. Elle enveloppe mes proches, Malachai, et même la créature, les protégeant d'un bouclier invisible. Autour de nous, la situation semble se renverser. Les créatures convoquées par Murphy approchent, leurs silhouettes éthérées et puissantes apparaissent entre les colonnes du temple, créant une armée de lumières face à l'obscurité envahissante. Elles se joignent à nous avec une synchronisation presque divine, leurs cris s'harmonisant avec les nôtres, unissant leurs forces aux nôtres pour repousser les ténèbres.

Elara et Lyra arrivent au sommet du temple.

Sans perdre une seconde, elles se joignent au cercle magique de Vespera, leurs mains se joignant aux siennes, formant un lien indestructible. Leurs présences renforcent le fil de la magie qui circule entre nous, et je sens le pouvoir s'intensifier.

Je m'élance vers Silencer, l'énergie de l'univers canalisée par le biais de mes ancêtres coule dans mes veines, prête à se déchaîner. Les mots de ma grand-mère m'inspirent, et je lève ma main, projetant une vague d'énergie pure qui l'englobe.

– Tu ne triompheras pas, Silencer, je ne te laisserai pas réduire notre monde au silence, je déclare avec une fermeté que je ne me connaissais pas.

Silencer hurle, secouée par des spasmes alors qu'il lutte contre la puissance que je lui inflige. Il essaie de me contrer, de me plier à sa volonté, mais le lien de ma lignée et les forces alliées qui nous soutiennent me rendent implacable. La bataille fait rage, chaque coup porté est un tribut aux peurs que nous surmontons, chaque défense est un hymne à l'espoir qui nous soutient. Nous combattons, non seulement avec nos armes et nos sorts, mais avec le cœur même de ce qui nous rend humains : la persévérance, le courage et l'amour inconditionnel. Au milieu du chaos, je trouve la paix. Je sais que rien n'est encore gagné, que chaque moment peut basculer dans l'abîme, mais je suis résolue à affronter mon destin, à défendre notre héritage à tout prix.

– Eh ! dit la créature. Profitez-en ! Allez au centre du temple, j'aurai besoin de plus de magie. J'vous couvre !

Je regarde Malachai.

– Viens… dit-il.

Kaël nous suit.

Grâce à ses indications et aux souvenirs, nous nous retrouvons très rapidement au sommet du temple. Kaël cherche Vespera.

Malachai et moi, nous trouvons Lyra, au sol, sans aucunes traces d'Elara.

Je me concentre sur elle, avec mon pendule.

Malachai ressent aussi que le Cube de Métatron n'est pas loin.

– Elara ? m'écrié-je.

Pas de réponse.

– C'est bizarre ! dit Malachai. J'sens son énergie, mais…

Je demande alors aux Annales Akashiques de m'aider.

Très rapidement, j'ai une vision de ce qui s'est passé ici.

Bran était là.

Il a attaqué sa propre fille, et une fois qu'elle a été hors service, Elara s'est lancée face à lui.

Je m'accroupis à ses côtés, mes doigts fouillent avec précaution à la recherche d'un pouls, d'une chaleur, de la vie. Elle est froide mais pas sans vie. Un soulagement tenu s'empare de moi ; il y a encore espoir. Je lève les yeux vers l'endroit où ma grand-mère spectrale m'avait parlé, cherchant une force, peut-être une présence, mais il ne reste rien, que l'écho de ses paroles consolatrices et les murmures ancestraux qui se sont fondus dans les pierres sacrées du temple.

Je me retourne ensuite vers Malachai, qui scrute les environs, visiblement troublé. Je sens que quelque chose le déroute, quelque chose lié à Elara. Il est certain qu'elle est ici, quelque part, mais pourquoi ne répond-elle pas à nos appels ? Kaël, quant à lui, a disparu dans sa quête de Vespera, et je me demande s'il trouvera ce qu'il cherche, ou si ce qu'il va trouver altérera la courbe de notre destinée déjà précaire. Je fouille mes souvenirs, mes expériences passées avec les Annales Akashiques, cherchant un moyen de percevoir le fil du passé qui pourrait me révéler ce qui s'est exactement produit ici. Je ferme les yeux, centrant mon attention sur le pendule qui oscille comme le battement de mon cœur accéléré. En moi, je sens les vagues d'énergie converger, les connaissances cachées de l'Univers commencer à affluer à travers mon esprit.

Les images m'assaillent : je vois Elara confrontée à Bran, bravant celui qui lui a donné la vie. Le combat est intense, électrique ; il transperce les âmes autant que les corps. Elle est vaillante, féroce, mais son père détient des millénaires de ruse et de pouvoir. Elle prend un coup, puis un autre, mais ne flanche pas. Puis, dans un élan de colère ou désespoir, elle pousse Bran à reculer.

Je ressens la détresse, son cœur battant comme un tambour de guerre, mais aussi son courage indomptable. Elle utilise une stratégie périlleuse, une diversion qui lui coûte cher, car soudain, elle disparaît dans l'ombre pour mieux frapper. C'est son silence que nous interprétons comme une absence - mais Elara agit, quelque part, cachée dans les replis du présent. Mon instinct me dit qu'elle mène son propre combat secret. Il faut absolument que je la retrouve. Revenant à la réalité avec un sursaut, je sens la certitude m'emplir. Malachai me regarde, attendant les nouvelles, une lueur d'espoir encore présente dans ses yeux. Je secoue la tête, déterminée.

– Elle est ici, dis-je. Elle lutte toujours. Bran était là, et c'est un piège, elle tente de le contrer.

Malachai hoche la tête, mais avant qu'il puisse répondre, le Cube de Métatron vibre dans ma poche, comme s'il était connecté à la situation actuelle. Kaël réapparaît soudain, pressé, son regard fixé sur nous.

– Il faut qu'on trouve Elara… et vite ! dit Malachai.

– Trop tard... le temple s'éveille, murmure-t-il. C'est l'heure.

Nous échangeons un regard, puis, comme gouvernés par la même force, nous nous relevons et nous dirigeons vers le centre du temple.

Le sol tremble sous nos pieds.

– Merde ! crie Malachai. Encore un tremblement de terre !

– Venez ! dit Kaël en montrant un passage. Cela doit être par là qu'elle se trouve. Mais nous ne passerons pas tous les trois !

Nous entrons à peine dans la fissure qui s'est fait sur le mur. Malachai reste dehors avec Lyra.

– Soyez prudents ! dit-il.

Je tourne le dos, entends un bruit sourd. Je lui fais un signe de la main pour qu'il arrête de se tracasser et aussi de nous dire comment agir.

– Kaël… dis-je. Tu es sûr qu'Elara est par là ?

– Non, dit-il. Mais il faut bien tenter quelque chose !

– Tu as raison... dis-je. Mais tu as pensé… si c'était un piège ?

La voix de Kaël change.

Je comprends tout à coup de ce qui se passe lorsqu'on arrive dans une salle du temple.

Kaël est étendu sur le sol, et devant moi… c'est Bran !

Je tente de faire demi-tour.

Mais Bran m'attrape par la ceinture de mon pantalon.

C'est là que je vois Vespera.

– Nom d'un chien, mais qu’est-ce qui se passe ici ? me dis-je.

Je lutte pour me libérer de la poigne de Bran, sentant sa force qui dépasse de loin la mienne. Il m'est impossible de le vaincre par la seule force physique, j'en ai parfaitement conscience. Alors que ma respiration s'accélère sous l'effet de la panique, je me rappelle soudainement les paroles de ma grand-mère : utiliser toute ma magie. Je dois canaliser l'énergie ancienne que ma lignée maîtrise depuis des générations. Fermer les yeux, me concentrer sur mes pouvoirs, qui semblent maintenant palpiter en moi avec impatience. Du coin de l'œil, je vois Vespera immobile, comme si le temps s'était arrêté pour elle ou qu'elle hésite sur la conduite à tenir. Je ressens une vague d'énergie prête à jaillir de moi, et je me laisse guider par cet instinct ancestral.

– Bran, lâche-moi ! lui ordonné-je, en rassemblant toute la fermeté que je possède. Ta présence ici ne fait qu'empirer les choses, et je ne laisserai pas le chaos que tu veux semer m'atteindre !

J’utilise le ton de commande que j'ai rarement employé, celui qui puise dans l'essence même de mon être, comme si je défendais non seulement ma vie mais aussi l'ordre de l'univers lui-même. À ma surprise, il semble ébranlé, son appréhension se relâche suffisamment pour que je puisse me glisser hors de son emprise. J'attrape Vespera par le bras, espérant qu'elle revienne à elle, tandis que je sens le temple vibrer sous nos pieds.

– Vespera, sors de ta transe ! Nous avons besoin de toi maintenant, pas d'une statue !

Elle cligne enfin des paupières, secouée, comme si elle était revenue d'un long voyage.

– Tyllia, je... Qu'est-ce qui se passe ? articule-t-elle, désorientée.

Je n'ai pas le temps de lui expliquer. Kaël gisant toujours au sol, je vérifie s'il respire encore. Je ressens un soulagement passager en voyant sa poitrine se soulever doucement. Il n'est pas mort, mais nous sommes loin d'être sauvés.

– Kaël a… essayé. Toi et moi, nous devons agir, expliqué-je rapidement à Vespera. Bran veut prendre le contrôle, il veut l'Orbe pour des raisons qui dépassent notre entente. Il faut l'en empêcher !

Sachant que nous avons peu de temps, je me concentre sur l'énergie du Cube de Métatron. Je le sors de ma poche et il pulvérise une lumière d'un bleu éblouissant. Le Cube de Métatron s'élève, virevoltant entre mes mains tandis que je le guide par la force de ma volonté.

– Bran, tu ne peux pas gagner ! C'est à nous de forger l'avenir, non aux vestiges du passé, déclarai-je avec une conviction nouvelle.

Finalement, la créature que nous avions rencontrée plus tôt et que Malachai avait prise pour Murphy fait irruption dans la salle. Sa présence me surprend autant qu'elle me conforte.

– Vous avez besoin d'aide, je présume ? dit-elle avec un ton enjoué malgré la gravité de la situation.

– Toujours, répondis-je avec un sourire nerveux. Toute aide est la bienvenue.

La créature, se révélant être un allié improbable, se met à danser autour de nous, et chaque pas semble stimuler le flux magique qui nous entoure. Elle s'arrête soudainement et frappe le sol de son sceptre, et une onde de choc magique émane de sa position, purifiant l'air avec des filaments d'énergie pure. Je sens le pouvoir du collier se mélanger à cette énergie, et je comprends que la magie de la créature est essentielle pour déverrouiller tout le potentiel du Cube de Métatron. Ensemble, nous créons une symphonie de lumière qui commence à se tordre autour de Bran, contraignant ses mouvements et le forçant à abandonner tout espoir de victoire.

– Vous ne savez pas ce que vous faites, avertit Bran d'une voix rauque, essayant en vain de briser les liens d'énergie.

– Oh, je crois que oui, nous forgeons notre chemin, réponds-je avec assurance.

Malachai et Lyra réapparaissent à l'entrée, me donnant la force de pousser encore plus loin mes capacités. Ils nous rejoignent, ajoutant leur propre magie à la nôtre. Nous sommes une alliance unie par un destin commun et une volonté de triompher du mal. La pression monte alors que le temple semble réagir à notre convergence : les murs vibrent, les symboles gravés sur les pierres s'illuminent, redessinant d'anciens sceaux de protection et de pouvoir. Un vertige m'envahit en sentant la puissance magique affluer, mais je reste ancrée dans mon but : protéger l'Orbe, dévoiler la clé, réaliser la prophétie que grand-mère m'avait soufflée lors de notre rencontre spirituelle.

– Bran, c'est terminé, affirme-je d'une voix qui porte à travers les voûtes du temple. Nous sommes les gardiens de cet univers, et nous ne permettrons pas que sa lumière s'éteigne.

Bran grogne.

– Hors de question ! dit Bran. Les OMBRES doivent être les vainqueurs cette fois-ci ! Je veux exaucer le désire de Shadow… et par la même occasion, lui fournir ce qu'il faut pour plonger les Annales Akashiques et donc le Monde dans l'oubli le plus total ! Ainsi sont ses ordres.

C'est là que Lyra entre.

Elle est faible, mais s'est réveillée.

– Papa… dit-elle. Tu n'es pas sérieux quand même ? Tu n'as pas le droit de faire ça ! C'est moi, Lyra… ta fille !

Bran se tourne vers elle.

Il rit.

Les ombres font leurs ascensions. Cela recommence…

– Tais-toi la gosse ! crie Bran. J'n'ai jamais voulu de toi de toute façon… et à ce propos… je ne suis pas ton vrai père.

De rage, Lyra l'attaque.

Il l'esquive.

– Lyra ! crié-je. Cesse maintenant…

– Elle a raison pour une fois, dit Bran. Tu devrais l'écouter. Et par la même occasion, demandez à mon frère ce qu'il s'est passé, après la naissance de Tyllia… quand il a appris un peu trop tard, que sa chère ex-femme était encore enceinte d'un enfant indigo !

Malachai entre en scène.

– Bran ! dit Malachai. Laisse-la en dehors de cette histoire, cela n'a rien à voir !

– Qu’est-ce que ça veut dire ? demande Lyra les larmes aux yeux.

– On avait dit qu’on ne t’en parlerait… jamais, commence Bran. Mais là, je crois que nous n'avons pas le choix. Tu es puissante Lyra ; tu es l'enfant de la prophétie du Reflet !

Tous les sbires de Shadow sont là, la bataille s’annonce épique et je pense qu'elle entrera dans l'Histoire.

Alors que des deux côtés nous attaquons, une voix sort de nulle part et crie :

– Cessez immédiatement le combat ! Ordre de Shadow… je répète ! Cessez immédiatement le combat.

Les forces maléfiques se retirent toutes une à une.

Le temple tremble.

– Venez ! crie Bran dans un vent de panique. Il faut sortir d’ici, ça va s’effondrer !

Autour de nous, les murs anciens commencent à craquer, projetant de la poussière et des petits éclats de pierre.

Nos ennemis se précipitent vers la sortie, leurs pas résonnant lourdement sur le sol sacré. Malgré la peur qui s'impose dans le cœur de chacun, ils maintiennent une parfaite cohésion, unis par le péril commun. Au dehors, le ciel se teinte d'une lueur d'espoir, les nuages noirs se dissipent lentement, laissant place à la lumière bienveillante des étoiles. Ils sont presque à l'entrée, sur le point d'atteindre la sécurité relative du monde extérieur. Mais soudain, alors qu'ils s'approchent de la liberté, une puissante secousse les déséquilibre. Le sol se dérobe sous leur pieds, menaçant de les engloutir dans les profondeurs de la terre. Bran leur tend la main pour sortir.

– Courage ! Ne regardez pas en arrière ! crie Bran.

Pour nous, la sortie est à quelques mètres encore. Lyra a soudain une idée… étrange.

– Prenez-vous et dites hamburger ! dit-elle à voix haute.

Malachai se tourne vers elle.

– Fais-moi confiance ! dit-elle.

Malachai attrape sa main, moi aussi. Kaël me tient.

– Et Elara ? dit Kaël. On ne peut pas partir sans elle ?

– On prendra Elara plus tard... dit Lyra. Prêts ? Tu veux mourir ou quoi, elle s'est mise en sécurité !

– HAMBURGER ! dit-on tous en même temps.

À cet instant où nous disparaissons, les secousses s'arrêtent et le temple croule, j'ignore si nos ennemis ont réussi à s'en sortir ou non, et ça m'est égal !

# 16

Il fait si sombre et si froid, je n'ai aucune idée d'où nous sommes.

– Lyra… dit Malachai. Est-ce que nous avons atterri là où je pense ?

– C'est un tableau, dit-elle. La cabane du jardin… on est en sécurité ici. Même Bran ne saura pas nous y trouver.

Elle allume quand elle trouve enfin l'interrupteur.

– Comment as-tu su que nous allions arriver ici ? demande Kaël.

Lyra baisse les yeux.

– Elle ne le savait pas, dit Malachai. C'était soit ici, soit directement dans la forêt de Murmures à la merci de Shadow !

– Eh ! dit Lyra. Arrête de lire dans mes pensées ! J'crois que tu me dois des explications sur ce que mon… euh… Bran a dit !

Malachai essaie de fuir la discussion comme il peut, mais Lyra revient souvent à charge.

Au bout d'un moment, il en a marre et commence à lui raconter toute l'histoire sous forme de souvenirs.

– Je ne voulais pas que tu l'apprennes comme ça… dit Malachai à Lyra. Et toi non plus Tyllia. Lyra et toi, vous êtes bien sœurs, c'est vrai ce que Bran disait tout à l'heure. Nous avions juré de ne plus en parler. Parce que ça nous faisait mal l'un à l'autre et aussi à Maëlle. Elle nous a vu nous déchirer pour elle, et franchement, cette nouvelle d'un enfant ne nous réjouissait pas plus que ça. Nous devions déjà gérer les deux grands, Tyllia et Vincent… qui voyaient Shadow. Et quand tu es né, Lyra… Séraphina a fait jurer de n'en parler à personne. J'sais pas si… Séraphina a toujours eu des doutes sur Bran. Elle le surveille donc comme elle peut à travers la secte. Mais… le temps ne dure pas éternellement, viendra le moment où elle s'épuisera et où… elle sera... enfin son âme sera, confrontée à Shadow. J'comprends qu'elle veuille assumer son rôle de Gardienne du Secret, mais sa place n'est plus ici. Elle le sait… elle refuse simplement de s'en aller maintenant.

– Pourquoi ? demandé-je.

– C'est parce qu'elle veut te protéger… dit Malachai. Mais pas seulement toi, y a aussi Lyra. Si vous associez vos forces, vous pourriez faire de grandes choses ensemble. Dis-moi Lyra… est-ce vraiment Sylas qui t'a donné les crayons et les pinceaux ?

Je la fixe.

Elle baisse les yeux.

– Non… dit-elle. J'ai juste voulu faire croire à papa que… parce que je me suis dit que… et comme ils devaient aller chercher Tyllia, je me disais que ça expliquerait ce que je peins…

– J'vois ça ! dit Malachai. Tu sais que c'n'est pas bien de mentir, jeune fille !

– Je sais… dit-elle les larmes aux yeux.

Il y a un silence.

– Lyra… dit Kaël. Personne ne t'en veut ici. Tu n'as pas besoin de culpabiliser pour quoi que ce soit.

– J'suis vraiment désolée, dis-je. Je… je ne sais pas ce qui m'a pris… de dire ça à Bran !

– L'amour… lance Malachai.

– Hein ? dis-je. Ne me dis pas que tu étais aussi amoureuse de Sylas !

Je m'emporte un peu.

– Calme-toi ! me dit Kaël en me prenant la main. J'sais que Sylas est ton premier amour, mais… qui te dit que tu étais le sien ?

– Quoi ? dis-je. Pourquoi fais-tu des sous-entendus ?

C'est là que Malachai rajoute une couche.

– Ils avaient tous un œil sur Sylas. Avant d'être avec toi, il a communiqué avec Lyra… Elle l'a rencontré une fois, en se faisant passer pour toi, sous le nom d'Akasha… mais il a vite compris que ce n'était pas elle qu'il cherchait.

– Comment peux-tu insinuer une seule seconde que Sylas soit un des sbires de Shadow ? Malachai… tu ne le connais pas.

– Et toi non plus visiblement ! s'écrie Lyra.

Sur le coup de colère, j'empoigne Lyra pour sa remarque. Elle me met un poing dans la figure, je la gifle.

Elle décide alors de s'en aller et crie :

– Démerdez-vous seuls pour sortir du tableau !

– Lyra… non ! crie Malachai. Attends !

Trop tard, elle est partie et nous sommes pris au piège dans le tableau.

Kaël essaie de l’appeler sur son portable.

Pas de réponse.

– C’est malin ça ! crie Malachai. Tyllia, tu aurais pu au moins mesurer tes paroles…

– Ah… fis-je.  Parce que c’est moi la fautive ?

– Tu as déclenché la bagarre ! dit Kaël. Donc oui… Mais si y a un point d’entrée… y a forcément une sortie… autre que celle que Lyra connait.

Kaël observe le mur.

Il trouve des inscriptions étranges en dessous d’un cadre.

– Malachai… dit Kaël. Viens voir ça. On dirait que cet endroit est comme… toujours connecté au temple où nous avons oublié Elara !

– Tyllia… dit Malachai. Répète après moi ce que je vais dire… j’viens d’avoir une idée : Ô toi bien aimée présence JE SUIS, entoure-moi de ta protection la plus puissante des flammes sacrées et transporte-nous au temple.

Je hoche la tête et répète.

– Fermez les yeux à présent ! dit Malachai. Et continuez…

Kaël fait la même chose.

Trois fois.

Je ne sais pas si c'est la magie ou la puissance des flammes sacrées mais je me sens transportée vers un autre endroit.

Et quand nous ouvrons les yeux, nous ne sommes plus dans la cabane.

– Lyra a dû rentrer… dit Malachai. Cela ne fait rien, on va récupérer Elara… et puis on rentre au sanctuaire avant que Lyra ne fasse une bêtise.

Il dit ça en me regardant comme si j'étais responsable de ce qu'elle fait ou ne fait pas.

– Concentrons-nous… dit Malachai. Tyllia, prépare le pendule… je sens qu'elle est proche et que quelqu'un nous observe !

Kaël crie.

Malachai l'arrête.

– Qu'est-ce que tu essaies de faire ? dit Malachai tout bas.

– Bah… je montre qu'on est là... dit Kaël.

Une ombre apparait.

Elle s'avance vers nous.

– Ah bien ! fit Malachai. J'crois que on va avoir des ennuis…

Mon pendule oscille.

Je remarque qu'il ne chauffe pas, donc le soi-disant ennemi est quelqu'un de notre côté.

– Murphy ? dit Kaël.

– Oh... dit une voix. Du calme ! La fille m'a expliqué tout ce qui se passe.

Je regarde derrière lui.

Elara est là, elle aussi.

Je suis soulagée de la voir saine et sauve malgré la blessure qui marque son bras. La tension dans l'air diminue d'un coup, et je m'autorise enfin à respirer plus calmement. Malachai me jette un regard méfiant, comme pour me rappeler que nous n'avons pas encore tout réglé, que Lyra est encore là-dehors, probablement seule et en colère.

Murphy s'approche, son expression grave trahissant l'importance de ce qu'il s'apprête à dire.

– On n'a pas de temps à perdre, dit-il. Les sbires de Shadow sont à nos trousses. Elara ici présente a risqué sa vie pour nous obtenir des informations cruciales.

Elara, le visage pâle mais résolu, soulève son bras blessé comme pour nous montrer l'enjeu de sa mission.

– Et qu'est-ce que t'as trouvé ? demande Kaël, son inquiétude évidente dans la lueur de ses yeux.

Elara inspire brièvement avant de nous expliquer.

– J'ai trouvé le moyen de briser le sortilège qui tient Lyra liée à ses tableaux, mais pour ça, on doit récupérer trois pierres d'étoile cachées dans le sanctuaire. Sans Lyra, nos chances sont minces, mais on doit essayer.

Malachai hoche la tête et se tourne vers moi.

– Tyllia, dit-il en posant sa main sur mon épaule, j'ai été dur, mais sache que dans ce combat, chaque émotion compte. Tu dois apprendre à maîtriser les tiennes si tu veux protéger ceux que tu aimes, y compris Lyra.

Je baisse les yeux, consciente de la justesse de ses mots.

– Je sais, je réponds simplement. Et je ferai tout pour réparer mes erreurs.

Soudain, Kaël s'écrie.

– Attendez, on ne peut pas partir sans se préparer, on sait à peine ce qui nous attend là-bas !

Je lance un regard entendu à Murphy, me demandant s'il détient d'autres précisions.

– Les pierres sont protégées, ajoute-t-il, non seulement par la magie de Shadow, mais aussi par des gardiens spectraux. Sans compter les pièges…

Malachai prend les devants.

– Alors on se prépare pour la guerre, dit-il résolument. Chaque seconde compte maintenant. À moins que… qu'il n'y ait un autre moyen de l'aider… n'est-ce pas Murphy ?

Je fixe Murphy, une lueur d'espoir dansant dans mon regard. Le poids des précédentes accusations pèse toujours sur mes épaules, mais la perspective d'un autre plan adoucit la tension qui m'enserre la poitrine.

– Il y a bien quelque chose, murmure-t-il presque à contrecœur. L'ancien rituel du Lien des Âmes... Si nous réussissons à le réaliser, ça peut non seulement briser le sortilège de Lyra mais aussi renforcer notre lien et notre force collective contre Shadow. Cependant, c'est une entreprise risquée qui nécessite un équilibre parfait de toutes nos intentions et émotions.

Murphy nous scrute tous du regard, cherchant une quelconque trace de doute ou de peur. Malachai fronce les sourcils, semblant peser les risques et les bénéfices.

– Et comment ce rituel se déroule-t-il ? demande Kaël, sa voix trahissant une note d'inquiétude.

Murphy s'avance lentement, comme s'il foulait un sol sacré.

– Il nous faut un lieu sacré imprégné d'ancienne magie. Un endroit où les voiles entre les mondes sont fins. Là, un cercle doit être tracé et nous devons tous y entrer avec une intention pure. L'incantation est délicate et il faut que chacun de nous soit complètement accordé aux autres. La moindre dissonance entre nos âmes et le rituel pourrait se retourner contre nous.

Le silence qui suit est lourd, chacun de nous absorber par l'ampleur de la tâche qui nous attend.

– Je suis prête à tenter, je laisse échapper, rompant le silence. Je dois m'efforcer de corriger mes erreurs, et si ce rituel peut nous aider, alors faisons-le.

Malachai pose de nouveau sa main sur mon épaule, un geste qui me rassure.

– Bien, dit-il, alors préparons-nous. Elara, tu es celle qui en sait le plus sur nos anciennes traditions. Peux-tu guider Murphy et moi dans l'établissement du cercle sacré ?

Elara acquiesce avec une gravité qui me confirme l'importance de notre entreprise.

– Je vous guiderai, nous devrons y mettre toute notre âme si nous voulons réussir.

Kaël, quant à lui, récupère son sac à dos qu'il avait posé à terre. Il l'ouvre et commence à fouiller à l'intérieur.

– J'ai apporté les herbes sacrées et les cristaux de quartz. Je pensais qu'ils pourraient nous être utiles pour le combat à venir, mais ils peuvent aussi servir pour le rituel du Lien des Âmes.

Je me penche pour l'aider.

Murphy regarde vers l'horizon invisible, perdu dans ses pensées, puis se tourne vers nous.

– Le lieu sacré le plus proche est le Temple d'Ombrelune, non loin d'ici. C'est un endroit puissant qui a résisté à l'épreuve du temps et des magies noires. Nous allons y installer notre cercle et commencer le rituel dès que possible. Chaque minute perdue est une minute gagnée par Shadow et ses sbires.

– Il est quand même à une bonne heure de route, dit Kaël. Si nous voulons vite arriver avant la nuit, il faut partir à pied maintenant.

Nous hochons tous la tête en signe d'accord, conscient de l'urgence. Il n'y a plus de place pour la peur ou les disputes passées. C'est ensemble, en tant que force unie, que nous devons avancer. Je ramasse mon propre sac, décide d'enfouir mes doutes et concentrer toute mon énergie sur la protection des miens, sur Lyra, sur notre mission.

Sur le chemin du Temple d'Ombrelune, je repasse mentalement chaque instruction de Murphy. Je suis résolue à me montrer digne de cette quête, à prouver que je suis plus que mes erreurs, que je suis une combattante capable d'harmoniser ses émotions pour le bien de tous.

L'air est chargé de tension et d'anticipation alors que nous nous dirigeons vers le Temple d'Ombrelune. Je marche en tête, guidant le groupe à travers le paysage qui devient de plus en plus sauvage et imprégné de magie ancienne à mesure que nous nous rapprochons de notre destination. La lumière du jour commence à faiblir, et je peux sentir la force de la nuit qui s'étend autour de nous, comme une invitation à accueillir nos actes de magie et de courage. Murphy, juste à mes côtés, jette parfois des coups d'œil inquiets sur les ombres qui dansent entre les arbres, veillant à d'éventuelles présences indésirables. Malachai, avec sa démarche déterminée, vérifie que nos arrières sont sécurisés, tandis qu'Elara échange quelques murmures avec Kaël, qui porte le sac à dos rempli de nos outils rituels. À chaque bruissement de feuille, chaque craquement de branche, je sursaute, prête à combattre ou à fuir, mais je me contrains à rester calme. La réussite du rituel dépend de notre harmonie et de notre capacité à maintenir équilibre et concentration. Je me rappelle les mots de Malachai, son avertissement sur l'importance de maîtriser mes émotions.

Enfin, le Temple d'Ombrelune émerge des ténèbres, impressionnant et ancien, ses pierres gravées de symboles énigmatiques qui semblent murmurer des secrets d'un autre temps. Le lieu est parfait pour notre rituel : un sanctuaire silencieux loin des regards indiscrets, baigné d'un pouvoir pur qui se fait palpable sur ma peau.

Elara mène la préparation du cercle, tracé avec un mélange d'herbes et de poussières d'étoiles que Kaël a consciencieusement préparées. Je m'agenouille pour l'aider, alignant minutieusement les cristaux de quartz sur le contour, installant chacun avec un soin particulier, en alignant mes intentions avec l'objectif qui nous unit tous. Peu à peu, le cercle prend forme, et l'énergie en son sein commence à vibrer, suggérant que le voile entre les mondes commence effectivement à s'amincir. Les autres se joignent à nous dans le cercle, chacun tenant dans ses mains un des artefacts choisis pour le rituel. Nous fermons les yeux, respirons profondément pour trouver l'harmonie parfaite parmi nos âmes.

La voix de Murphy s'élève alors, douce mais ferme, entonnant l'ancienne incantation du Lien des Âmes. Ses mots sonnent étrangement familiers à mes oreilles, comme si une part de moi les avait toujours connus. Nous reprenons chacun le chant, un à un, nos voix s'entremêlant, se soulevant et descendant avec une cadence qui défie le temps. La magie commence à prendre effet, formant des fils scintillants qui nous connectent les uns aux autres, puis qui s'étendent au-delà, en quête de l'esprit de Lyra, où qu'elle soit, lui offrant un chemin de retour vers nous, vers la sécurité et la force de notre lien uni.

Et soudain, il y a une présence nouvellement forgée entre nous, un lien plus fort que jamais, tissant sa toile d'espoir et de détermination. Nous relâchons l'incantation, lentement, et lorsque j'ouvre les yeux, je vois que nous ne sommes plus seuls. Lyra est là, debout parmi nous, les yeux écarquillés et le souffle court, comme si elle avait traversé des mers et des montagnes pour nous rejoindre. Sans un mot, je me lève et m'avance vers elle, ouvrant mes bras pour l'accueillir. Une larme échappe à ses yeux, et alors que nos bras s'enlacent, je sais que notre histoire n'est pas encore achevée, mais nous sommes désormais armés de quelque chose de puissant : un lien indestructible qui pourra, je le jure, tenir tête à l'ombre menaçante de Shadow, quelle que soit la forme qu'elle pourrait prendre.

– Qu'est-ce qui se passe ? dit Lyra, un pinceau à la main. J'étais au sanctuaire, je peignais quand tout à coup j'ai été transportée ici.

Je regarde Lyra, encore stupéfaite de sa soudaine apparition parmi nous. Elle semble désorientée, un pinceau encore pendu entre ses doigts fins, son regard balayant le cercle de visages familiers. Malachai s'approche d'elle avec une douceur qui ne lui ressemble pas, ses yeux traduisant sa culpabilité.

– Lyra, commence-t-il, sa voix s'effilochant un instant avant de se raffermir. Je suis désolé pour tout. J'aurais dû te parler avec plus de respect, avec plus de... compassion. J'étais inquiet pour toi, pour nous tous et je n'ai pas su trouver les mots.

Lyra cligne des yeux, assimilant ses excuses, un début de sourire faisant fléchir la sévérité de ses lèvres. Je prends une profonde inspiration, sachant que mon tour est venu. Je m'avance vers elle, sentant chaque paire d'yeux du cercle sur nous.

– Lyra, je... je te demande aussi pardon, dis-je, la gorge serrée. Les mots se déversent de moi comme un flot trop longtemps retenu. J'aurais dû te parler autrement, t'écouter... Je veux que tu saches que tu comptes pour moi, bien plus que je ne l'ai jamais exprimé. Que nous soyons sœurs ou non, cela ne change rien à l'affection que je te porte.

Je vois quelque chose s'allumer dans son regard, et je me permets d'espérer qu'elle accepte ma sincérité. Elle hoche la tête, les larmes refusant de tomber, son expression se radoucissant. Mais alors que nous pensons avoir surmonté la crise immédiate, Murphy brise le récit.

– Il y a plus urgent maintenant, dit-il avec une gravité que je n'avais jamais entendue auparavant. Lyra, tu as peint Vincent, n'est-ce pas ?

Lyra hoche la tête, sa confusion visible.

– Oui, je l'ai fait, admet-elle. Mais comment…

– Montre-nous, Lyra, dit Malachai avec une urgence contenue.

Elle ouvre son sac d'un geste qui manque d'assurance, et en sort un morceau de toile qu'elle déroule devant nous. La peinture est si vivante que Vincent semble sur le point de s'extirper du tableau. Les détails sont d'une précision telle que l'on pourrait entendre le murmure de sa respiration.

– Superbe... murmuré-je, admirative malgré le nœud de crainte qui se forme dans mon estomac.

– Vincent a disparu ce matin de l'endroit où Shadow le gardait enfermé, explique Murphy.

– Alors Vincent est peut-être coincé dans ce tableau, conclut Malachai. Lyra, tu as déjà réussi à faire sortir quelqu'un de tes tableaux ?

Lyra secoue la tête, le visage soudainement pâle. Elle se tourne vers moi, cherchant peut-être un soutien.

– Non, je... je n'ai jamais essayé. Je ne savais même pas que c'était possible jusqu'à ce que j'arrive à me sortir du tableau moi-même.

Je sens la pression monter. Le temps presse et nous devons trouver une solution. Je me place à côté de Lyra, scrutant la peinture à la recherche d'un indice, d'une astuce qui nous permettrait de sauver Vincent.

Kaël s'approche également, étudiant la peinture avec une concentration intense.

– Comment as-tu fait pour nous sortir du tableau, Lyra ? demande-t-il. Peut-être que tu pourrais faire la même chose pour Vincent.

Lyra semble réfléchir, ses yeux ne quittant pas la toile.

– Je... J'ai juste pensé à vous, dit-elle doucement. J'ai senti que je devais vous retrouver, et je me suis cramponnée à cette pensée jusqu'à ce que…

– Jusqu'à ce que la magie opère, termine Elara, qui rejoint le groupe, sa main bandée rappelant le danger auquel elle s'est exposée pour nous.

– Ne vous en faites pas… dit Murphy. La troupe des créatures est libre à présent de se joindre à vous pour des nouvelles aventures !

Kaël rit.

– J'suis sérieux Kaël ! rappelle Murphy. Il n'y a rien de drôle ! Si nous trouvons Vincent et que nous le ramenons à la raison… peut-être qu'il nous aidera à en finir avec Shadow une bonne fois pour toute.

Murphy a l'air assez optimiste pour créature.

Le poids de la situation et l'urgence de trouver Vincent pèsent lourd sur mes épaules. Je sens les regards de mes compagnons qui se posent sur moi, tout autant que sur Lyra. Malgré ses talents incroyables, elle n'a jamais sorti quelqu'un de l'un de ses propres tableaux, mis à part notre récente évasion du jardin. Le silence s'installe, lourd et épais comme une chape de plomb, alors que tous semblent attendre que je prenne une initiative. Je m'approche davantage de la toile, fixant les yeux de Vincent peints sur la toile, cherchant un quelconque signe de sa conscience piégée. À côté de moi, Lyra observe, guettant chacun de mes gestes, comme si ma proximité pouvait lui insuffler l'inspiration dont elle avait besoin pour sauver Vincent.

– On ne le retrouvera pas tout de suite, murmure-t-elle comme pour elle-même, d'une voix que seule la proximité me permet d'entendre. Mais peut-être que…

Sa voix s'estompe alors que notre attention est détournée par un bruit sourd se faisant entendre au loin. Nous sortons précipitamment du temple, guidés par ce son inhabituel qui semble venir des profondeurs de la forêt. Nous savons qu'il n'est pas judicieux de se laisser mener par des bruits étranges dans un tel environnement, mais quelque chose nous pousse à le suivre, comme si une main invisible nous guidait. À travers buissons et sous-bois, nous arrivons devant une clairière baignée d'une lumière éthérée. Un amas de pierres brille en son centre, émanant un éclat qui ne semble pas naturel. C'est là que nous le trouvons, l'oracle corrompu, son corps tordu par une force sombre, ses yeux injectés de sang lançant des éclairs de malveillance.

– Vous osez pénétrer le domaine de l'oracle corrompu, gronde-t-il d'une voix qui semble faire trembler le sol sous nos pieds.

Je retiens mon souffle, me rappelant des mises en garde sur les dangers que représente une telle créature. Malachai fait un pas en avant, le visage ferme et résolu.

– Nous cherchons Vincent, lui dit-il. Nous savons que tu détiens des informations qui peuvent nous aider.

L'oracle ricane, un son qui gèle le sang dans mes veines.

– Pourquoi devrais-je vous aider, de simples mortels insignifiants ? souffle-t-il d'une voix qui résonne. Pourquoi cherchez-vous Vaelus ? Il n'est pas ici…

Je sens la frustration monter en moi, mais je me force à garder le contrôle. Je ne dois pas laisser mes émotions me submerger, pas maintenant. Regardant Murphy, je cherche son approbation silencieuse avant de parler.

– Parce que nous sommes prêts à te désenvoûter, dis-je avec autant de conviction que je peux rassembler. Libère-toi de cette emprise et aide-nous en retour.

L'oracle se tient immobile, comme perdu dans ses pensées, puis sa silhouette commence à trembler. Son visage autrefois cruel semble s'adoucir, comme si un voile venait de se lever.

– Votre proposition m'intéresse, murmure-t-il finalement. Mais il vous faudra résoudre une énigme que même le plus sage des mortels n'a pu déchiffrer.

Le défi planté dans ses mots fait monter l'adrénaline. Je jette un regard à mes amis et vois dans leurs yeux la même détermination qui m'anime. Nous acquiesçons d'un geste de tête, prêts à accepter son énigme.

– Écoutez bien, commence l'oracle de sa voix éraillée par le temps et la corruption. "Je suis la clé de l'unité perdue, je transforme le plomb en or et révèle la lumière dans les ténèbres. Seuls ceux qui respectent l'équilibre entre la lumière et l'ombre peuvent me maîtriser. Qui suis-je ?"

Nous restons là, silencieux, la complexité de l'énigme nous forçant à plonger dans les recoins de nos connaissances. Un sentiment étrange m'envahit, comme si la réponse se trouvait juste hors de portée, attendant que je fasse le lien nécessaire pour la saisir. Mes compagnons échangent des regards, chacun perdu dans une réflexion intense, jusqu'à ce que Kaël murmure une possibilité.

– L'alchimie ? propose-t-il incertain.

Je me raccroche à ce mot, sentant qu'il est proche de la réponse. Je réfléchis à haute voix, pesant chaque mot de l'énigme.

– L'alchimie était connue comme la quête de transformer le plomb en or, mais elle a également été vue symboliquement comme un moyen de transformer l'âme, dit l'oracle. Mais ce n'est pas ça.

L'oracle observe, impassible, tandis que les pièces du puzzle commencent à s'imbriquer dans mon esprit.

– La pierre philosophale ! dis-je d'une voix soudainement confiante. C'est elle la clé de l'unité perdue, celui qui transforme le plomb en or et qui peut maintenir l'équilibre entre la lumière et l'ombre.

Un silence s'étend autour de nous, tandis que l'oracle évalue ma réponse. Après ce qui semble être une éternité, un sourire se dessine de travers sur son visage tordu.

– Bien, murmure-t-il. Vous avez percé l'énigme de l'oracle corrompu. En récompense pour votre ingéniosité, je vous accorde ce que vous cherchez. Vincent est là…

D'un geste théâtral, il tend la main vers une partie obscure de la clairière. Nous suivons sa direction et là, au pied d'un vieil arbre noueux, nous découvrons un corps... sans vie. Ce n'est pas Vincent…

L'oracle rit de plus belle. Il nous a roulé dans une belle farine.

– Il s’est foutu de nous ! dit Murphy en colère.

Il déploie sa magie.

– Je vais lui apprendre le respect ! lance Murphy.

Malachai essaie de calmer la créature en se mettant devant l'oracle.

– Attends ! dit Malachai. Même s'il est corrompu… il peut être utile, non ?

Je fronce les sourcils, déconcertée par l'atmosphère qui règne autour de nous. La trahison de l'oracle corrompu, son éclat de rire sinistre qui résonne encore à mes oreilles, me fait bouillonner d'indignation. Mais je dois garder mon calme, même si le sang bout dans mes veines. La frustration est palpable chez chacun d'entre nous, mais surtout chez Murphy, qui se prépare à déchaîner sa colère.

Malachai, toutefois, montre la sagesse d'un vrai leader en faisant barrage de son corps devant l'oracle. J'ai toujours su qu'il avait un instinct protecteur indomptable, mais à cet instant précis, je le vois comme le gardien de notre équilibre précaire. Sa main, levée en signe de paix, nous rappelle que nous devons être mieux que nos ennemis.

– Même s’il appartient toujours à Shadow, nous avons encore besoin de lui, insiste-t-il avec une autorité calme, mais persuasive.

Je prends une profonde inspiration pour atténuer la tempête intérieure qui me tourmente. Je dois être calme, réfléchie, et puiser dans la sagesse plutôt que dans la colère.

– Malachai a raison, Murphy, je dis, posant une main sur son épaule pour le calmer. Nous ne sommes pas ici pour nous abaisser à leur niveau. Nous devons rester concentrés sur notre but et utiliser tous les moyens à notre disposition, y compris l'oracle.

L'oracle, encore arrogant, nous regarde mesurer nos options. On dirait qu'il se délecte de la tension qu'il a créée parmi nous. J'observe Lyra, qui semble intriguée par cette dynamique complexe. À ses yeux, je peux lire un mélange d'anxiété et de courage.

Soudain, un éclat d'intuition illumine mon esprit.

– L'oracle aime les énigmes, je réfléchis à voix haute. Peut-être pouvons-nous l'utiliser à notre avantage. Si nous lui proposons une énigme qu'il ne peut résoudre, nous pouvons peut-être le pousser à un marché.

Murphy relâche lentement son pouvoir magique en une cascade de lumière qui disparaît dans l'air autour de lui. J'ai capté son attention.

– Quelle genre d'énigme envisages-tu, Tyllia ? me demande Kaël, des étincelles de curiosité dans ses yeux.

Les rouages de mon cerveau tournent à plein, et je vois Lyra s'approcher, son pinceau toujours à la main.

– Peut-être que la clé n'est pas une qui se résout par la logique, mais par la créativité, je dis, en songeant que les talents uniques de Lyra pourraient être notre atout.

Je me tourne vers l'oracle avec un demi-sourire narquois.

– Oracle, je vais te proposer une énigme visuelle, je déclare avec assurance. Une création de Lyra qui ne pourra être interprétée par une intelligence corrompue. Si tu échoues à la décrypter, tu nous diras la vraie cachette de Vincent. L'oracle nous teste, méfiant mais intrigué. Je sens que je tiens peut-être la bonne stratégie. Les sbires de Shadow jouent souvent avec les énigmes pour confondre et frustrer, alors pourquoi ne pas retourner cet artifice contre eux ?

Lyra hoche la tête, signifiant qu'elle est prête à relever le défi. D'un geste fluide, elle soulève le pinceau, et sous nos yeux émerveillés, elle commence à peindre dans l'air. Les couleurs flottent en formant des motifs, des symboles que seul un esprit libre et non corrompu pourrait interpréter. L'oracle fixe l'œuvre qui se crée, sa confiance initiale se transformant lentement en incertitude. Alors que Lyra termine son incantation artistique, nous attendons tous en silence. L'oracle tente de percer le mystère, mais il est palpable qu'il est dépassé.

– Je... Je ne comprends pas, admets l'oracle finalement.

Un sourire de victoire se dessine sur nos visages. Avant qu'il ne puisse changer d'avis ou trouver une échappatoire, je presse l'oracle pour sa promesse.

– Tu as échoué à l'épreuve. Maintenant, tiens ta parole. Où est Vincent ?

La créature retient un grognement de frustration et pointe en direction d'une vieille cabane effondrée en bordure de la clairière.

– Là-bas, crache-t-il, sa rancœur évidente. Vous y trouverez ce que vous cherchez.

Malachai nous fait signe d'approcher, nous incitant à rester vigilants.

– Il n'y a rien ! dit Kaël.

L'oracle disparait en criant : « j'vous ai bien eu chers ennemis de Shadow. »

– Bon sang… dis-je. Il nous a roulé encore une fois !

– Rentrons au sanctuaire… suggère Lyra. J'dois… peindre quelque chose.

– J'croyais qu'on avait réussi à la désenvoûter ! dit Malachai à Murphy.

– Si elle peint ce tableau... dit Murphy, c'est parce qu'elle a eu une vision…

– Allez ! Venez ! dit Lyra en insistant. C'est très important !

## 17

À notre arrivée au sanctuaire, nous remarquons immédiatement que tout a été saccagé et ce n'est pas normal. Quelqu'un ou plutôt quelque chose est entré et a brisé quasi toutes les protections de Bran.

Je cours instinctivement vers ma chambre. Je sens, grâce au pendule que la chose qui a fait ça c'est encore ici.

Je demande au pendule de me l'indiquer. Ce n'est ni un spectre, ni une ombre. Murphy arrive après un moment. Il a inspecté les pièces avec Malachai.

C'est là que j'entends une voix me dire que je ne dois pas révéler sa présence maintenant.

Je la reconnais.

C'est ma grand-mère.

Est-elle seule ?

Fuit-elle quelque chose ?

Ou la secte est-elle tout de même passée par ici ? Et si oui pourquoi n'est-elle pas avec eux ?

– Tyllia, ma chérie… dit-elle une fois que Murphy s'en va. Tu n'aurais pas dû revenir ici. Toutes les protections de Bran ont sauté.

– Bran est venu ici ? demandé-je ne sachant pas de qui elle parle.

– Non… pas Bran… dit-elle. Bien pire !

Qu'y a-t-il de pire que Bran comme ennemi dans la secte ? Si c'est bien de la secte dont elle parle évidemment. J'ne les connais évidemment pas tous, mais les alliés de Shadow sont redoutables.

– Dis grand-mère… fis-je. Qu'est-ce que tu ne me dis pas ? Qui est venu ici ? Arrête donc de faire des mystères, je le saurai tôt ou tard.

– J'n'dois pas prononcer son nom… dit-elle. Elle me fait chanter. Si elle savait que je suis là pour vous aider… elle me… ferait du mal !

– Mais c'est qui ? demandé-je. Un membre de la secte ?

– Je te l'ai déjà dit, Tyllia… j'ai tellement peur.

À cet instant, Malachai arrive. J'n'l'entends pas de suite et il entre comme une balle toujours sans prévenir.

– Tyllia… dit Malachai. C'est pire que ce qu'on craignait !

– Comment ça ?

– Shadow ! dit Malachai. Il a fait appel à son meilleur membre de la secte. Il… comment je vais dire ça… il a recruté depuis peu une personne… qui… a d'excellent pouvoirs magiques. J'te laisse deviner ou je te dis qui c'est ?

J'réfléchis. Puis, son nom me sort de la bouche, presque naturellement.

– Amara… dis-je.

– Oui ! dit Malachai. Elle a retourné sa veste et a menacé ta grand-mère en plus. Elle veut la faire errer dans le bas astral si elle ne lui laisse pas la place à la tête de la secte. Elle a réussi à la faire chanter jusqu'ici mais avec l'oracle qu'ils ont entre leurs mains… je ne te parle pas des dégâts !

– Mais que sont-ils venus chercher ici alors ? demandé-je.

– L'Orbe ! dit ma grand-mère. Tu te souviens, Tyllia, c'est… elle renferme une clé ! Et pas n'importe laquelle !

– Merde ! dit Malachai. J'espère qu'ils ne l'ont pas prise…

– De quoi est-ce la clé ? demandé-je.

Ma grand-mère prend une grande respiration puis me lance :

– Celle des Annales Akashiques…

– J'n'comprends pas… dis-je.

– Tyllia, ouvre les yeux... Elle contient les prières de connexions et déconnexions… ainsi que le lieu où se situe le Fleuve de l'Oubli ! lance Malachai.

– Et qu'est-ce qu'on doit faire ? demandé-je.

Mon corps se glace, tandis que je prends conscience de la portée de ce que vient de dire Malachai. L'Orbe renferme un secret qui, s'il tombait entre de mauvaises mains, pourrait provoquer un chaos indescriptible. Je regarde ma grand-mère, ses yeux reflètent une inquiétude que je n'ai jamais vue chez elle. Elle, qui semblait toujours si forte, paraît aujourd'hui vulnérable, et cela me terrifie.

– Nous devons retrouver l'Orbe avant eux, déclare-t-elle avec une fermeté retrouvée. Et pour cela, Tyllia, il va te falloir plonger dans des souvenirs que tu as pu oublier ou que Bran a peut-être effacés.

Je fronce les sourcils, intriguée et un peu effrayée par cette révélation. Bran, l'homme qui m'a appris presque tout ce que je sais sur la magie, aurait manipulé ma mémoire ? Pourquoi ? Et quels souvenirs a-t-il pu estomper ? Je sens la main de Malachai se poser sur mon épaule, apportant un soutien silencieux. Il n'a pas besoin de parler pour que je comprenne que nous sommes dans cette épreuve ensemble.

Je sors le Cube de Métatron de ma poche et le regarde intensément.

– Il te protègera… dit ma grand-mère.

Je l'enfile autour de mon cou et à l'instant où le pendentif touche ma peau, des images, des flashs de souvenirs, commencent à inonder mon esprit. Il me faut un moment pour rester ancrée dans le présent alors que les visions se bousculent, plus vives et plus claires les unes que les autres. Je vois un lieu que je n'avais jamais vu, ou que j'avais simplement oublié, une salle cachée au cœur du sanctuaire. Elle abrite un autel sur lequel repose une sphère scintillante : l'Orbe. Et à côté de l'autel, une silhouette encapuchonnée, Bran. Il marmonne des incantations que je ne comprends pas, puis la scène dérive vers d'autres souvenirs, chacun révélant un morceau du puzzle.

– J'ai l'impression que l'Orbe pourrait encore être ici, cachée quelque part dans le sanctuaire, dis-je, reprenant mes esprits. Bran connaissait la vraie valeur de l'Orbe et aurait pu mettre en place une fausse piste pour dérouter quiconque tenterait de s'en emparer.

Malachai hoche la tête et murmure quelque chose d'incompréhensible en pressant sa paume contre le mur. Une lueur apparaît, dessinant de complexes symboles lumineux. C'est une carte magique, révélant des pièces secrètes enfouies au sein du sanctuaire, des lieux protecteurs que seul Bran connaissait.

– Nous devons nous dépêcher, insiste ma grand-mère. Amara et la secte ne vont pas tarder à découvrir ce que nous venons de dévoiler.

– Que peux-tu dire de plus ? me demande Malachai.

Je me concentre à nouveau.

Cette fois-ci, j'ai un flash.

J'vois Amara qui attaque Elara par derrière dans sa chambre.

J'ouvre les yeux et raconte ce que je viens de voir.

Je suis pétrifiée par l'image violente qui vient de s'immiscer dans mes pensées. Amara, notre ancienne alliée, en train d'attaquer Elara par derrière ? Il faut agir vite.

Je m'adresse à ma grand-mère et Malachai, l'inquiétude creusant ses sillons sur mon visage.

– On doit trouver Elara, maintenant, je viens de la voir en danger dans ma vision. Amara est déjà en train de mettre son plan à exécution !

Ma grand-mère acquiesce d'un signe de tête rapide, l'inquiétude se lisant également dans son regard. Elle semble comprendre la gravité de la situation sans même que je n'aie à donner davantage de détails.

Malachai laisse apparaître une pointe de panique dans ses yeux.

– Je la connais mieux que quiconque ici, c'est ma sœur après tout. Nous devons la sauver avant qu'il ne soit trop tard...

Je ferme les yeux un instant, me connectant au Cube de Métatron qui oscille toujours à mon cou. La chaleur du pendentif infuse mon être d'une assurance soudaine, et je sens une force nouvelle courir dans mes veines, guidant mes pieds vers la chambre d'Elara. Nous avançons à toute hâte à travers les couloirs en ruine du sanctuaire. Les empreintes de la dévastation ne font que renforcer ma détermination à protéger ce qui peut encore l'être, à commencer par les gens qui me sont chers. Nous atteignons la porte de la chambre d'Elara. Elle est entrouverte, ce qui laisse présager que quelqu'un est entré sans y être invité. Avec prudence, j'ouvre grand la porte et pénètre dans la pièce, Malachai et ma grand-mère sur mes talons. Le spectacle qui s'offre à nous est moins dramatique que je l'imaginais, mais reste troublant. La pièce est vide, pas de trace d'Amara ou d'Elara. Cependant, il règne une atmosphère de désordre, des papiers sont éparpillés au sol, et un miroir sur le mur a été brisé.

Je m'approche du miroir, inspectant les fragments dispersés. Parmi les débris, je remarque des étincelles d'une lueur étrange, des scintillements presque imperceptibles qui s'attardent autour des morceaux de verre. Une soudaine intuition me pique.

– Les miroirs ! Ils peuvent servir de portails, soufflé-je, consciente maintenant de la façon dont Amara pourrait avoir mené son attaque. Il faut regarder de plus près.

Je concentre mon attention, activant le pouvoir du Cube de Métatron pour révéler les secrets cachés. Les scintillements deviennent plus intenses, se rassemblent pour former des runes que je commence à déchiffrer.

– C'est un passage, je réalise à haute voix. Amara... elle connaît la magie des miroirs. Elle a dû l'emmener par-là !

Malachai est à côté de moi en un éclair, scrutant les runes avec une concentration palpable.

– On n'a pas de temps à perdre, chaque seconde compte, martèle-t-il. Mais es-tu certaine qu'Amara est de leur côté, cela parait tellement... impensable.

Ensemble, nous activons le passage, les runes brillant d'un éclat bleu intense avant de s'ouvrir sur un sas de lumière translucide. Sans hésitation, je franchis le seuil du portail miroir, suivie de près par ma grand-mère et Malachai. L'autre côté est une surprise : nous nous retrouvons dans une partie du sanctuaire jusqu'alors inconnue pour moi. Une bibliothèque secrète, remplie à ras bord de grimoires et de parchemins anciens. Mais ceux-ci sont la dernière de mes préoccupations. Là, au centre de la pièce, Elara est étendue au sol, inconsciente mais visiblement vivante. Je me précipite vers elle, vérifiant ses signes vitaux. Elle respire, ses battements de cœur sont réguliers, mais un sort évident pèse sur elle, ses membres immobilisés par un enchantement complexe que je ne reconnais pas immédiatement.

– On doit lever le sort, je dis, le regard accroché aux visages de ma grand-mère et Malachai. Amara a laissé Elara ici en guise de piège ou de message. Nous sommes peut-être suivis.

Je sens dans mon instinct que le temps nous est compté, que chaque mouvement dans l'ombre pourrait être Amara ou ses acolytes de la secte, prêts à fondre sur nous. Mais je ne laisserai pas la peur m'envahir. Nous ferons face à tout ce qui nous attend, avec toute la puissance et la sagesse que le Cube de Métatron et ma lignée m'ont donnée…

Je ressens une urgence brûlante tandis que je m'agenouille à côté d'Elara, scrutant les motifs complexes du sort qui la contraint. Mon regard se tourne vers Malachai et ma grand-mère, cherchant en eux un soutien dont j'ai désespérément besoin pour affronter la situation.

– Avez-vous une idée de comment briser ce sortilège ? demandé-je, le souffle court.

Mon cœur bat à tout rompre, et je sens que chaque instant est crucial. Ma grand-mère, son visage encore marqué par les événements récents, s'approche et examine attentivement les runes qui semblent flotter au-dessus d'Elara.

– C'est de la magie ancienne, Tyllia. Nous devrons agir avec prudence. Réfléchis bien, tu as étudié ces runes, n'est-ce pas ? Même Bran ne pourrait pas effacer tous tes souvenirs.

Elle a raison.

Bran a peut-être altéré ma mémoire, mais le savoir est toujours là, quelque part, tapis dans l'ombre de mon esprit. Je ferme les yeux, me reliant au Cube de Métatron en quête de clarté. Mes doigts effleurent la surface froide du pendentif, et je laisse les vibrations me guider.

Quelques secondes s'écoulent, lourdes et lentes, puis une étincelle. Je me souviens. Les runes commencent à prendre sens, des formules de désenvoûtement que Malachai m'a enseignées dans ma jeunesse en le cachant à ma grand-mère.

– Je crois savoir comment faire, dis-je enfin.

Malachai, avec sa connaissance profonde des arcanes mystiques, se joint à moi pour former un cercle de pouvoir autour d'Elara. Ma grand-mère, vitalisée par un souffle ancestral, déclame des paroles de guérison.

Nous sommes unis, fortes de nos savoirs combinés. Nos voix s'élèvent en une mélodie de sorts, tissant une toile lumineuse qui enveloppe Elara, effilochant peu à peu le sortilège d'Amara. Le temps n'existe plus, il y a juste l'énergie qui circule, qui s'intensifie, jusqu'à ce que, avec un dernier effort collectif, nous brisions le sort.

Elara respire profondément, ses yeux s'ouvrent lentement et elle semble émerger d'un profond sommeil.

– Tyllia... qu'est-il arrivé ? murmure-t-elle, son regard se focalisant sur moi. J'pense que… Amara… elle était ici et…

Je respire à nouveau librement, une vague de soulagement me submerge, mais elle est de courte durée. L'urgence de notre quête me revient en mémoire. Il y a encore l'Orbe à récupérer, et Amara n'est jamais loin, surement pas satisfaite de son échec. Je sais que nous devrons être plus vigilants que jamais.

Je prends Elara par les épaules, la soutenant tandis que sa force lui revient progressivement.

– Pas le temps d'expliquer maintenant. Amara est impliquée, et l'Orbe est en jeu, dis-je, ma voix trahissant l'urgence de la situation.

Je me tourne vers ma grand-mère et Malachai. Leurs expressions sont déterminées, prêtes à affronter les défis à venir.

– Dispersons-nous pour trouver l'Orbe, ordonné-je. Et restez sur vos gardes, Amara pourrait nous tendre une autre embuscade.

D'une voix ferme, je m'adresse à Elara, encore faible mais résolue à aider.

– Tu dois te reposer, mais si tu as la force, aide-nous à chercher des indices. N'importe quel détail pourrait nous mener à l'Orbe.

Elara acquiesce, reprenant peu à peu des forces. Ensemble, nous rassemblons nos connaissances et remettons en place les morceaux éparpillés de notre passé, ceux qui pourraient nous éclairer sur le lieu où se trouve cachée l'Orbe.

Avec une détermination renouvelée, je mets rapidement un plan en place. Je dispose mes cheveux en une queue de cheval haute, une préparation presque rituelle pour affronter l'adversité. Mon regard balaie la bibliothèque secrète, à la recherche de tout indice qui m'échappe. Alors que je scrute chaque étagère et chaque recoin poussiéreux, un frisson d'intuition me parcourt. Il y a quelque chose ici, un message ou un indice que Bran a laissé derrière lui.

La mémoire ne me fait pas défaut, elle danse juste au bord de ma conscience, évitant de se faire saisir trop facilement.

Je respire profondément, laissant le Cube de Métatron vibrer contre ma peau, devenant ma boussole dans cette quête de vérité.

Je me dirige vers un bureau qui semble avoir été bousculé dans la précipitation. Des livres ouverts jonchent la surface, leur contenu s'étalant chaotiquement. Je ralentis mon souffle, me rappelant les entraînements de concentration avec Bran.

– L'ordre dans le chaos, me répète-je intérieurement.

Mes yeux s'attardent sur un vieux grimoire, sa reliure craquelée invitante. À mesure que je parcours les lignes, un symbole attire mon attention : un pentacle inscrit dans un cercle. C'est exactement le même dessin que celui tatoué dans le creux de ma main gauche, un rappel permanent des responsabilités qui pèsent sur mes épaules. Je me tourne vers Malachai, qui s'affaire à éclairer un pan de mur avec une faible flamme magique.

– Regarde ça, je le presse tout en lui tendant le livre. C'est comme la marque que j'ai sur la main. Ça doit être lié à l'Orbe.

Il hoche la tête, comprenant l'importance de la découverte. Ma grand-mère, toujours aux aguets, se joint à nous. Sa sagesse, reflet de sa longue vie parsemée d'énigmes résolues, est un guide précieux.

– Le pentacle est un symbole de protection, mais aussi un signe de pouvoir. Nous savons que l'Orbe est une clé pour accéder aux Annales Akashiques... Peut-être est-ce là le pouvoir que ce symbole cherche à protéger, me confie-t-elle avec certitude.

Avoir ce symbole marqué dans ma chair semble maintenant moins fortuit et bien plus un destin tracé par des mains invisibles. L'idée que ma destinée est liée à l'Orbe depuis le début renforce ma conviction que je peux - que je dois - être celle qui la retrouve.

– Je pense que Bran m'a laissé un moyen de retrouver l'Orbe, un indice que seul quelqu'un qui porte la marque pourrait déchiffrer, expliqué-je, à la fois pour moi-même et pour mes alliés.

Avec assurance, je pose ma main sur la reliure du livre, laissant le tatouage entrer en contact avec le pentacle dessiné. Un flux d'énergie me parcourt le corps, voyageant de ma main à mon cœur, puis irradie dans tout le sanctuaire. Des vibrations remuent l'air, et alors que mes compagnons et moi-même observons, stupéfaits, une partie du mur de la bibliothèque s'efface doucement, laissant apparaître une cavité nichée derrière les pierres. À l'intérieur de la cavité repose un objet enveloppé de tissus anciens. Je m'avance prudemment, écartant le voile qui le protège, pour découvrir avec émotion une petite sphère éclatante, criblée de runes minuscules et pulsants d'une lumière douce. Aucun doute n'est possible : c'est l'Orbe, la clé des Annales Akashiques, le cœur de notre conflit présent.

– Elle était là, cachée sous nos yeux, je murmure, à la fois soulagée et incrédule devant notre découverte.

Elara, reprenant ses esprits, se rapproche et observe l'Orbe avec admiration.

– C'est donc ça que tous convoitent ? C'est magnifique, et terrifiant à la fois, ajoute-t-elle.

Je hoche la tête en signe d'accord, consciente que nous venons de franchir une étape cruciale mais que le danger reste omniprésent. Amara connaît l'existence de la bibliothèque secrète, et nul doute qu'elle réagira à l'échec de sa première tentative avec encore plus de détermination. Il est temps de préparer la contre-offensive, pour défendre non seulement l'Orbe mais aussi notre sanctuaire, nos proches, et ce qui reste de nos secrets.

– Notre combat n'est pas terminé, annoncé-je à mes compagnons. Nous devons protéger l'Orbe et empêcher Amara et la secte d'arriver à leurs fins. Tout dépendra de notre unité et de notre force d'esprit.

Nous échangeons des regards qui parlent de confiance et de solidarité, des liens forgés à travers des épreuves qui ont prouvé qu'ensemble nous pouvions surmonter les ténèbres. Je place délicatement l'Orbe dans un sac en cuir que je porte en bandoulière, protégée mais prêt à être utilisé si nécessaire.

J'ai le sentiment que Bran est toujours avec nous d'une manière ou d'une autre, et que la véritable bataille - celle qui décidera de l'avenir de notre monde et des mondes parallèles - ne fait que commencer.

Je sens le poids de l'Orbe contre moi, une présence rassurante et lourde de responsabilité. Ma main caresse instinctivement le sac, vérifiant une énième fois sa présence. Les yeux de ma grand-mère rencontrent les miens, brillant d'une détermination farouche qui amplifie ma propre volonté.

– Nous ne pouvons pas rester ici à attendre qu'ils viennent à nous, dis-je. On doit prendre les devants.

Malachai hésite un instant, ses yeux scrutant l'ombre qui se loge dans chaque coin de la salle.

– Tu as une stratégie en tête, Tyllia ? demande-t-il, sa confiance en moi perceptible malgré l'urgence de la situation.

Je me concentre, le Cube de Métatron palpitant à mon cou comme un cœur supplémentaire alimentant ma réflexion. Dans ma tête, des plans se forment, s'effacent et renaissent, façonnés par les connaissances que je porte et celles que Bran a tenté de me soustraire.

– La bibliothèque secrète sera notre base, je commence. On y a découvert l'Orbe, c'est ici que nos défenses doivent être les plus robustes. Et Bran... Sa magie, les protections qu'il a instaurées, elles sont partout autour de nous. Nous ne sommes pas aussi vulnérables qu'Amara pourrait le croire.

Elara se redresse à mes côtés, ces gestes encore un peu incertains mais son esprit clair.

– Je peux tâcher de dresser des barrières supplémentaires, des illusions pour dérouter ceux qui approchent, propose-t-elle, sa voix fermement décidée.

– Parfait, réponds-je avec approbation. Pendant ce temps, Malachai et moi, on va établir des pièges magiques. Nul ne doit pouvoir s'approcher de l'Orbe sans notre consentement.

Je ressens une urgence de chaque instant, mais aussi une excitation à affronter ce qui s'annonce. Nous sommes face à une adversaire rusée aux ambitions démesurées, mais nous ne sommes pas sans armes. Les anciennes alliances, bien que brisées, ont laissé en héritage un maillage de techniques et de savoirs dont je n'ai pas encore pleinement pris la mesure.

Ma grand-mère se rapproche et met ses mains sur mes épaules.

– Tyllia, rappelle-toi que l'union fait la force. N'isole pas tes pensées des nôtres. Ensemble, nous sommes plus forts, me conseille-t-elle en me regardant dans les yeux.

Je hoche la tête, reconnaissante pour ce rappel. Ma tendance à porter seule le poids des responsabilités pourrait me nuire. J'accepte son conseil, consciente que leur soutien et leur contribution sont aussi précieux que les battements de mon propre cœur.

Avec une aisance renouvelée, nous nous mettons au travail. Les heures s'étirent tandis que nous insufflons de la magie dans chaque mur, chaque ombre et chaque écho de la bibliothèque, jusqu'à ce que la pièce entière bourdonne d'une énergie protectrice. Alors que la nuit tombe et que l'obscurité enveloppe le monde extérieur, nous sommes là, fiers et confiants, au cœur de notre sanctuaire. La menace d'Amara et de la secte plane toujours, mais je sais que face à nous, ils trouveront un rempart infranchissable, une union indestructible de pouvoir et de détermination. Prête pour ce qui nous attend, je ferme les yeux et respire profondément, permettant à la magie du Cube de Métatron de m'infuser d'une paix temporaire. C'est le calme avant la tempête, mais je suis prête.

Je reste immobile, baignée dans la tranquillité de l'instant, mais ma vigilance ne faiblit pas. Le sac en cuir contenant l'Orbe pèse sur mon épaule, un rappel constant du danger qui guette. Autour de moi, le halo de lumière du Cube de Métatron enrichit les ombres de la bibliothèque secrète, donnant à chaque livre ancien et chaque rayonnage un aspect mystérieux et enchanteur.

Ma grand-mère travaille silencieusement à mes côtés, ses murmures presque inaudibles tissant des enchantements protecteurs qui flottent dans l'air comme des bulles d'espoir. Malachai, l'expression concentrée, grave dans l'air des runes au pouvoir de dissimulation, créant des couches d'illusions si habiles que même le plus averti des intrus s'y perdrait. Et Elara, malgré sa récente mésaventure, canalise sa force pour ériger des barrières psychiques qui rendraient fou quiconque voudrait forcer notre sanctuaire.

Je sens le lien qui nous unit, invisible mais palpable, et une chaleur me monte au cœur. Nous sommes ensemble dans cette lutte, une famille choisie par les aléas du destin et forgée dans la magie la plus puissante. Le temps passe, hors de notre bulle de concentration. La menace est toujours là, tapie dans l'ombre, attendant le moment propice pour bondir. Mais je refuse de laisser la peur s'immiscer dans mon esprit. Je suis Tyllia, formée par les énigmes et les défis, et aujourd'hui plus que jamais, je suis prête à affronter les ténèbres qui se dressent contre nous. Lorsque je rouvre les yeux, j'observe la salle transformée par notre labeur : un sanctuaire dans le sanctuaire, un refuge inviolable. Malachai vient à ma rencontre, son regard trahissant une lueur d'admiration et d'inquiétude entremêlées.

– Es-tu sûre de ce que tu fais, Tyllia ?

Je lui adresse un sourire rassurant.

– Aucun plan n'est infaillible, mais certaines actions doivent être prises. Nous ne pouvons vivre dans la crainte constante d'Amara et de ses manigances. Nous avons préparé le terrain, maintenant il est temps de l'attirer ici et de mettre fin à cette menace une fois pour toutes.

Ses sourcils se haussent en signe de compréhension, et je vois sa détermination prendre le dessus sur ses inquiétudes. Nous échangeons un hochement de tête complice avant de rejoindre les autres. Ma grand-mère vient de terminer un nouveau sort et les derniers fils de magie se tissent ensemble pour renforcer nos protections. Elle se retourne vers moi, ses yeux s'allument d'un feu sacré.

– Tyllia, je suis fière de toi, dit-elle. Tu as grandi pour devenir la meneuse dont nous avions besoin. N'oublie jamais que tu as notre plein support.

Je serre brièvement sa main, émue par ses mots. L'éloge de ma grand-mère, une sorcière de puissance et de sagesse incommensurables, signifie plus pour moi que n'importe quel titre ou pouvoir. Je jette un dernier regard sur Elara qui acquiesce silencieusement, sa détermination reflétée dans ses yeux qui me soutiennent sans réserve. Elle est notre roc émotionnel, celle qui, malgré les difficultés, reste inébranlable et confiante. Le temps est venu. Je me concentre, adressant un message silencieux à l'Orbe, l'invitant à jouer son rôle dans notre plan. Nous allons utiliser l'Orbe non pas seulement comme un objet à protéger, mais comme un appât pour capturer Amara.

– Nous sommes prêts, je dis à haute voix, fixant chacun d'entre eux à tour de rôle.

Nos préparatifs sont terminés et la pièce est en place. Chaque piège, chaque sort, chaque barrière est un nœud dans le réseau que nous avons tissé. Amara peut venir. La magie semble humer l'air, vibrante, en attente. Nous nous tenons tous les quatre, anticipant le conflit à venir, mais confiants dans notre capacité à vaincre les ombres. Mon cœur bat avec une force nouvelle. Nous sommes prêts pour la confrontation, pour protéger notre héritage, pour défendre le sanctuaire contre quiconque oserait le profaner. Le Cube de Métatron me glace légèrement la peau, mais c'est une sensation rassurante, un rappel constant de la solidarité et du pouvoir de ma ligne ancestrale. Les ténèbres peuvent rôder, mais dans la lumière de notre union, nous sommes indomptables.

## 18

Sans plus attendre, nous invoquons les êtres de lumières pour qu'ils nous aident dans notre mission : chasser le mal de ce sanctuaire.

Je ressens un frisson qui me parcourt le corps et s'empare de mon être tout entier. Je me tiens debout, les pieds nus effleurant les dalles froides du sanctuaire. Je ferme les yeux, laissant mon esprit s'évader au-delà des contraintes physiques de ce monde. J'invoque intérieurement la pureté des êtres de lumière, suppliant leur présence.

Peu à peu, je perçois un changement dans l'atmosphère. Autour de moi, l'air semble vibrer, assemblant une chaleur douce, presque maternelle. J'ouvre les yeux et je vois des particules étincelantes danser devant moi, comme si la poussière d'étoiles venait de descendre sur ce lieu saint. Je tends mes mains, et ces lumières viennent s'y poser, caressant ma peau avec une délicatesse surréelle. Je focalise mon intention, renouvelant mon appel avec plus de force.

– Soyez nos alliés, guides de vérité et de sagesse, dans cette quête contre les ombres qui ont souillé ces lieux sacrés, je murmure avec conviction. Je sens une pression rassurante sur mes épaules, comme une confirmation qu'ils ont entendu ma prière.

C'est alors que les ombres se rassemblent, formant une masse sombre et dense dans le coin le plus reculé du sanctuaire. Elles crépitent avec mécontentement, mais je reste imperturbable. Je sais que je ne suis pas seul. À mes côtés, invisibles et pourtant plus présents que jamais, les êtres de lumière se dressent face à l'obscurité.

Rion apparait.

Je sais que le combat contre l'armée de la secte va commencer.

Murphy et les créatures sont là, aussi à mes côtés. Ils usent de la magie ancienne pour faire au mieux. Même si cela n'a aucun effet contre Rion.

Il finit par m'attraper discrètement dans un coin pendant que mes amis combattent les ombres.

Alors que je veux me défendre, il me dit :

– Ecoute bien ce que je vais dire, Akasha, je ne le dirai qu'une seule fois. J'n'suis pas ici pour combattre plus que je suis ton ennemi. Le seul et le vrai, c'est Shadow. Si j'ai rejoint la secte, c'est pour avoir l'espoir d'écraser Bran. Shadow le commande, mais s'il ne l'a plus sous sa direction, il ne pourra plus prendre de pion, pour jouer ! Quant à ta grand-mère, je sens qu'elle s'affaiblit. Tu devrais ne pas trop la solliciter, si tu ne veux pas qu'elle erre dans les ténèbres pour toujours.

– Qui me dit que n'essaie pas de me jouer un tour ? demandé-je à Rion.

– Est-ce que je t'attaque en ce moment ? dit-il.

– Non… dis-je.

– C'est la preuve de mon honnêteté… dit Rion. Si tu m'attaques et que je le fais aussi, le combat risque de ne mener à rien. J'maîtrise mieux la magie ancienne que toi car tu es novice… mais aussi puissante que moi tant que tu as les éléments réunis ensemble !

– Les éléments ? dis-je. Le Cube de Métatron, l'amulette d'Amara et mon pendule…

– Exact ! dit-il. Et ne t'en fais pas pour Amara… elle n'est pas si mauvaise que tu ne le penses.

– Ah ? fis-je. Mais elle nous a…

– Trahis ? dit-il. Ne t'inquiète pas pour ça… elle n'est pas vraiment une traitresse comme tu le penses. Si elle avait réellement rejoint Shadow, elle serait déjà passé à l'action ! J'continuerai bien ma petite discussion avec toi, mais… nous manquons de temps !

Je regarde fixement Rion, mon esprit bourdonnant de questions et de doutes. Comment peut-on faire confiance à un ennemi qui affirme ne pas en être un ? L'inquiétude pour ma grand-mère me pèse, et les paroles de Rion résonnent en moi avec une urgence troublante. Je n'ai pas le temps de tergiverser, il faut agir et vite. Je hoche la tête, acceptant la trêve temporaire qu'il propose.

– D'accord, Rion. Pour l'instant, je te crois. Que dois-je faire ? dis-je.

Rion esquisse un sourire en coin, comme s'il lisait clairement dans mon esprit.

– Tu es plus puissante que tu ne le crois, Akasha. Utilise les éléments que tu possèdes et canalise l'énergie à travers eux.

Tu dois être le fil conducteur entre la puissance brute de l'univers et notre réalité, explique-t-il rapidement, une lueur intense brillant dans ses yeux. Je te protégerai pendant que tu prépares le rituel. Shadow ne doit pas interrompre le processus, sinon tout sera perdu.

Je me dirige vers le centre du sanctuaire, mon regard balayant l'espace à la recherche du lieu optimal pour l'invocation. Je sors mon pendule, le prend en main. Le Cube de Métatron à mon cou réagit.

Je respire profondément, me laissant remplir par le calme intérieur et la concentration nécessaire pour la tâche à venir. J'élève ma conscience, appelle les éléments, sentant leur présence qui se rapproche de plus en plus. La puissance ancienne m'envahit, déferle à travers moi. J'entame le chant ancien, les mots m'échappent dans un flux presque instinctif. Un vent se lève, fait virevolter mes cheveux et bourdonne autour du sanctuaire. La lumière du Cube de Métatron brille plus intensément, projetant des faisceaux arc-en-ciel qui s'entrecroisent et tissent une matrice d'énergie autour de nous. Rion se tient prêt, ses yeux scrutant les ombres pour toute menace imminente. Je sens son pouvoir pulser en synchronisation avec le mien, formant une alliance de circonstance contre un ennemi commun. La tension monte alors que je continue à canaliser l'énergie nécessitée par le rituel. Chaque mot prononcé amplifie l'énergie autour de nous, le cercle protecteur se renforce jusqu'à devenir un mur d'énergie pure. Et soudain, dans un éclat saisissant, le rituel atteint son apogée.

Je ressens l'énergie de la dernière incantation.

Rion me dit alors :

– Attaque-moi pour voir…

– Mais… fis-je.

– Ne discute pas… ça ira avec l'illusion que je donne aux autres depuis tout à l'heure ! Ils croient que nous nous combattons !

Je fixe Rion, la confusion embrouillant mes pensées. Son ordre semble insensé, mais il doit y avoir une raison derrière sa demande. Je relève le menton, ma décision prise. S'il veut que je l'attaque, je le ferai. Je rassemble mon énergie, sentant les éléments crépiter avec imprévisibilité autour de moi, prêts à répondre à mon commandement. Mes mains se lèvent d'elles-mêmes, guidées par la force qui afflue à travers moi, et je les dirige vers Rion. Des éclairs d'énergie pure jaillissent de mes paumes, frappant sa silhouette qui semble absorber l'impact sans broncher. Aux yeux des autres, notre duel est un clash titanesque de forces, un spectacle de pouvoir et de magie. Pourtant, je sens que l'attaque est superficielle, une mise en scène magistralement exécutée par Rion pour tromper les regards indiscrets. Je continue notre faux combat, chaque mouvement chorégraphié par l'intuition et les indices subtils que Rion me donne. C'est un ballet de feintes et de gestes, un affrontement qui n'est que leurre. Tout autour, les ombres de Shadow oscillent, incertaines, trompées par notre ruse.

Soudain, je ressens une onde de choc traverser l'espace, un signal clair que le rituel a abouti. Le Cube de Métatron émet un son cristallin et je sens un changement, une victoire qui s'inscrit dans les tréfonds de ma réalité. Le sanctuaire lui-même semble prendre une profonde inspiration, expulsant les forces maléfiques qui le souillaient.

Alors que le dernier écho de ma fausse attaque se dissipe, je capte un mouvement du coin de l'œil.

C'est à cet instant qu'un des sbires de Shadow attrape Kaël à la gorge.

Il essaie de l'étrangler.

Cela me perturbe tellement, qu'au lieu de me concentrer sur Rion, je regarde dans sa direction.

C'est encore Silencer.

– Kaël ! crié-je alors que Silencer la balance contre le mur d'un geste de la main.

Rion essaie de me retenir mais n'y parvient pas vraiment.

– Kaël ! dis-je quand je suis à son chevet. Tu... es blessé !

Il essaie de parler, mais Silencer lui en a enlevé la parole. Cela se dissipera quand il disparaitra, je le sais.

– Elara... dit-il à voix basse. Va... aider... Elara...

Kaël se sent en danger en même temps. J'peux pas le laisser là...

Je le relève.

Nous esquivons l'attaque de Silencer et fonçons tous les deux tout droit vers la bibliothèque. Malachai y refait les protections, je sais qu'il a demandé à ne pas être déranger... il faut que je trouve de l'aide et vite !

– Prêt ? dis-je à Kaël. À mon signal... on court...

J'crée une bulle de protection temporaire, mais néanmoins efficace contre les attaques de Silencer. Très rapidement, nous arrivons là où j'ai pensé que nous serions le plus en sécurité.

Dans le couloir, Elara est sur le sol.

Je lâche brusquement Kaël.

– Elara ! dis-je.

Elle est inconsciente.

Je la secoue.

– Allez ! Réveille-toi ! crié-je.

J'entends soudainement la voix d'Argus.

– Elle ne peut pas… elle a subi le sortilège du sommeil…

– Quoi ? dis-je. Je… je ne suis pas sûre de comprendre ?

– Tu comprendras encore moins si je te dis que c'est Murphy qui l'a attaquée… confie Argus.

– Mais pourquoi ? dis-je.

Argus rit.

– Tu n'as donc toujours pas capté Akasha ? dit Argus.

– De quoi parles-tu ? dis-je.

– Tu l'ignores vraiment ? répond Argus voyant que je suis sincère. Malachai ne sentait pas les créatures ni Murphy ! Il n'a rien fait pour protéger le sanctuaire de sa venue soudaine ! Comment crois-tu que les protections aient toutes sautées, sauf celle de la bibliothèque ?

– Murphy ? dis-je. Il a… juré qu'il nous était fidèle !

– C'est là que tu te trompes… dit Argus. C'était de fausses promesses. Tout ça, pour obtenir l'objet convoité par Shadow… celui qui le rendrait… invincible !

– MERDE ! crié-je. L'Orbe ! Elara devait la protéger.

Cœur battant à tout rompre, je ressens la tension électrifier l'air froid du sanctuaire. Mes yeux balayent la scène avec urgence, absorbant les faits avant que mon esprit ne les traduise en un cri de colère. L'Orbe, l'objet de toute convoitise, se révèle soudain comme le talon d'Achille de notre combat, la brèche dans notre armure. Je le savais important, certes, mais pas au point de faire de nous des cibles aussi vulnérables, de retourner nos plus fidèles alliés contre nous. Je ne peux m'empêcher de maudire notre naïveté.

– Murphy, murmurai-je amèrement, le cœur serré par l'angoisse. Comment as-tu pu ?

Je n'ai pas le temps de sombrer dans le regret. Un bruit sourd et inquiétant me tire de mes pensées sombres. Mes réflexes s'emparent de moi et je me fige, à l'affût. Trop tard, je réalise que ce n'est pas un bruit qui devrait m'inquiéter, mais bien le silence. Un silence oppressant, qui s'étend soudain dans le sanctuaire comme une chape de plomb. Les combats se suspendent, les cris se taisent, tous les regards se tournent vers la bibliothèque, où Malachai nous cache du pire.

Je retiens mon souffle et observe la porte close de la bibliothèque, la dernière ligne de défense. Chaque cellule de mon corps me crie de m'élancer, de braver l'inconnu malgré la peur qui me glace. Que se passe-t-il derrière ce pan de bois sombre qui sépare en ce moment le dernier espoir du désespoir absolu ?

– Kaël, murmuré-je, ne sachant si ma voix trahit mon effroi ou ma détermination.

Mes doigts effleurent doucement sa main, cherchant à créer grâce à ce contact bref un pont de courage et de fraternité. L'instant s'étend, infiniment long, infiniment critique. J'accroche son regard, y lisant la même détermination qui m'habite.

Sans un mot, nous décidons d'y aller, d'affronter ce qui nous attend.

Nous franchissons le seuil de la bibliothèque.

L'air autour de nous se charge d'une énergie mystique, une bourrasque invisible qui fait voltiger les pages d'anciens grimoires. Les étagères interminables semblent être les rangées d'un labyrinthe sacré dont Malachai est le gardien figé. Il est là, debout près de son cercle de protection, mais quelque chose cloche. Ses yeux, autrefois pleins de perspicacité, sont vides, absorbés par une concentration qui dépasse le naturel.

– Malachai ? je m'aventure.

Pas de réponse. Le silence règne à nouveau.

Et alors, je le vois.

L'Orbe, flottant dans la lumière fébrile des bougies, captive dans un faisceau d'énergie qui émane des mains de Murphy. Son dos est tourné vers nous, sa silhouette tremble d'une force qui le dépasse, comme s'il n'était plus lui-même.

– Murphy, crié-je, l'indignation rendant ma voix plus forte. Que fais-tu ?

Il se retourne lentement, son visage autrefois amical n'est plus qu'un masque de détermination froide et cruelle. Soudain, je comprends. Les pièces du puzzle se mettent en place dans mon esprit avec une clarté aveuglante. Toutes ces façades, ces jeux d'allégeance n'étaient que ruses pour mener à cet instant où tout nous échapperait.

– Je fais ce que je dois, Akasha, articule-t-il lentement.

– Non ! dis-je. Tu ne peux pas ! Laisse mon père tranquille, il… il ne t'a rien fait !

– Vraiment ? répond Murphy. Alors pourquoi crois-tu que je me venge maintenant ?

– Te venger ? dis-je. Même s'il a fait quelque chose dans une vie passée… c'n'est pas une raison pour le faire maintenant !

– Ce qu'il m'a fait ? crie Murphy. Tu veux vraiment le savoir ?

Je sens mon cœur s'emballer, pris dans le tumulte de la révélation qui s'apprête à être dévoilée. Mes mains sont crispées, la peur et l'anticipation mêlées en une étreinte suffocante autour de mon être. Murphy me fixe.

– Il était mon frère d'armes, mon complice, mon ami le plus cher, commence-t-il, sa voix tremblant sous le poids des souvenirs. Nous avons mené de nombreuses batailles côte à côte, nos noms étaient synonymes de bravoure et de loyauté. Mais la tentation a érodé les fondations de notre fraternité.

Je l'observe, perdu dans le labyrinthe de son passé, chaque mot alourdissant l'atmosphère de la pièce.

– Dans cette vie lointaine, nous avons découvert ensemble l'existence de l'Orbe, poursuit Murphy avec amertume. Nous avions juré de protéger son secret, de ne jamais le laisser tomber entre de mauvaises mains. Mais Malachai... Malachai a été corrompu par la puissance qu'il représentait.

Je frissonne à l'entente de cette trahison. Comment peut-on trahir ainsi son frère ? L'histoire de Murphy prend racine dans une douleur ancienne qui transcende l'espace et le temps et qui maintenant se mêle à la mienne.

– Alors qu'une menace grandissait à l'horizon, prête à engloutir notre monde, Malachai a fléchi. Il a tenté d'accaparer l'Orbe, fasciné par l'immensité de son pouvoir. Il m'a trahi, m'a laissé pour mort sur un champ de bataille ravagé, tout cela pour assouvir sa soif de puissance.

Je peine à respirer en entendant la souffrance qui suinte de chaque syllabe prononcée par Murphy. Toute cette ère, nous avions confiance en Malachai, et pourtant, il…

– C'est pour cette raison que tu veux te venger ? dit Malachai.

Murphy hoche la tête, son regard s'assombrit.

– Oui, répond-il simplement. La vie m'a offert une seconde chance. La magie des réincarnations m'a rendu mon souvenir et ma vengeance. Aujourd'hui, Malachai, tu paieras pour ta trahison, pour avoir brisé le serment qui nous liait.

Je reste immobile, scrutant son âme meurtrie à travers ses yeux. Je sais que je dois trouver une solution, que cette vendetta millénaire ne peut définir notre présent. Malachai n'est plus cet homme que Murphy décrit, il a changé, nous devons tous évoluer sans être les otages de nos vieilles erreurs.

Avec détermination, j'avance un pas vers lui, mon regard planté dans le sien.

– Murphy, ce que Malachai a fait dans une autre vie ne devrait pas sceller notre sort aujourd'hui. Nous sommes là, maintenant, avec le pouvoir de choisir un chemin différent. Ne laisse pas les ombres du passé te consumer. Nous avons besoin de toi, de ta force, pour défendre notre monde contre le chaos présent, pour protéger l'Orbe. Regarde-nous, sommes-nous les fantômes de tes souvenirs ou sommes-nous là, réels et vivants devant toi ?

Je fixe Murphy, luttant pour maintenir ma voix calme et persuasive. Ses yeux se remplissent d'une hésitation vacillante, une lueur d'humanité qui perce la carapace de sa colère intemporelle.

– Murphy, nous sommes tous les deux esclaves des chaînes du passé si nous permettons à ces rancœurs de guider nos actions, je dis avec toute la fermeté dont je suis capable. Libère-toi de ces chaînes. Avec toi, nous pouvons assurer que l'Orbe ne causera plus jamais de souffrance. Tu peux être le héros de cette histoire, pas le fantôme de vengeance.

Il détourne le regard, son poing se serrant puis se relâchant, comme s'il luttait contre les démons intérieurs qui menacent de l'emporter. Je sais que j'ai touché une corde sensible chez lui, mais le fil de son destin est encore tendu, prêt à se rompre dans une direction ou dans l'autre.

Je respire profondément, cherchant à rassembler chaque parcelle d'énergie pour mon prochain mouvement. Je m'approche encore, posant ma main sur son épaule dans un geste d'apaisement.

– Nous pouvons guérir les plaies du passé, ensemble. Jette un regard neuf sur le monde, sur nous, et vois les possibilités d'avenir, pas seulement les douleurs anciennes, je continue, ma voix tremblante légèrement sous l'effet de ma propre émotion.

Murphy vacille sous l'intensité de mon appel. Il ferme les yeux, une ride de concentration creusant son front. L'Orbe scintille davantage, comme s'il répondait à l'orage émotionnel qui gronde en lui. Une lutte acharnée se joue dans le creux du silence, une bataille pour l'âme de cet homme.

Et alors, dans un souffle aussi tendre qu'une prière, je murmure :

– Choisis la lumière !

Les secondes s'égrènent. Le temps semble se dissoudre jusqu'à ce que Murphy lâche l'Orbe. Lentement, il se détoure vers moi, le regard maintenant éclairci. Il y a là une promesse fragile, le début d'une rédemption peut-être.

Un cri déchire la trêve suspendue. Nous nous retournons d'un bond.

Kaël a été jeté contre un mur, le souffle coupé. C'est la rupture brutale qui brise le charme. Je m'élance vers lui, tandis que Murphy, encore secoué, ramasse l'Orbe et se précipite à nos côtés. Kaël se tord de douleur, serrant sa poitrine d'une main tremblante. Ses yeux me cherchent. Je saisis son visage entre mes mains, l'encourageant à résister, à rester avec moi.

– Tiens bon, Kaël, tiens bon, je le conjure, sentant mon cœur s'affoler contre mes côtes.

Murphy s'agenouille à nos côtés, l'Orbe maintenant protégé dans ses mains. Il ne dit pas un mot, mais son regard sombre sur Kaël exprime un mélange de peur et de résolution.

– Murphy, donne-moi l'Orbe, sors-nous de là. Sauve-le-lui, je plaide, le regardant droit dans les yeux.

Murphy acquiesce d'un signe de tête subtil, sa main tend l'Orbe vers moi. Je le prends entre mes mains tremblantes, sentant son pouvoir inimaginable affluer dans mes veines. Des pensées de vengeance, de pouvoir, de folie me frôlent l'esprit, mais je les repousse. Il y a trop en jeu, trop à perdre.

Je concentre toutes mes forces dans un ultime effort, canalisant l'énergie de l'Orbe pour nous envelopper dans une barrière protectrice. La pièce se remplit d'une lumière éblouissante alors que j'invoque le sort qui transportera Kaël à l'abri, loin de ce sanctuaire qui nous a tant coûté. Dans un éclat prismatique, nous disparaissons, laissant derrière nous les esprits sombres, les douleurs du passé, et émergeons dans un endroit nouveau, sauvé par la promesse d'un futur.

Je relâche mon souffle, m'effondrant à genoux, l'Orbe échouant doucement sur le sol à côté de moi. Kaël est vivant, sa respiration s'accélérant près de mon oreille. Murphy, les traits tirés, nous scrute tous deux avec une gravité nouvelle, comme s'il voyait enfin au-delà des ombres d'hier. Et même à bout de souffle, je souris. Car maintenant, je le sais, je suis un maillon vital dans la chaîne de nos destins, un flot infini de possibilités s'ouvre devant nous.

Au bout d'un moment, Malachai arrive. Il éjecte violemment Murphy, qui est près de Kaël.

– Pousse-toi !

– Eh ! crie Murphy. J'essaie de le sauver... arrête !

Malachai est tellement en colère qu'il ne sait pas réellement ce qui se passe. Il ne se rend pas compte que Murphy nous aide… à l'instant où les forces du Mal se font plus fortes.

## 19

Malachai est prêt à se battre contre Murphy. Il lance d'ailleurs une première attaque que je contre immédiatement. J'crois que ce Murphy m'a dit sur lui, l'a rendu mal à l'aise.

– Écarte-toi ! crie Malachai. Tyllia… tu n'as rien à faire ici. C'est entre lui et moi !

– Hors de question ! rétorqué-je. La vie de Kaël est en jeu et toi, tu ne penses qu'à te battre contre Murphy ! Tout ça pour l'histoire de votre dernière vie ensemble…

– C'est plus complexe que ça, murmure Malachai en continuant de l'attaquer.

Il me fixe.

J'n'bouge pas.

– Va-t'en ! me supplie Murphy. C'est trop dangereux que tu restes ici, toi… Emmène le garçon loin d'ici. J'vais m'en occuper…

– Le combat risque alors de durer longtemps ! dit Malachai. Puisque nous sommes à forces égales…

– Comme la dernière fois ! s'écrie Murphy. Mais on n'est pas obligé de s'infliger ça. Pas ici, pas maintenant. Malachai… pense à tout ce que tu vas détruire. Veux-tu vraiment que Shadow gagne ?

Malachai reste silencieux.

Il continue comme si attaquer est la meilleure chose qui lui reste à faire. Il en a l'air tellement convaincu.

J'vais pas rester là à les regarder se battre inutilement. Soit je m'en vais, avec tous les risques que cela encourt… soit j'arrête le combat… même si je ne sais pas trop comment. Et autant dire qu'avec les sbires de Shadow dans les parages, ce n'est pas vraiment gagné d'avance.

Du coup, quand Malachai attaque, Murphy fait de même. Des lumières étincelantes se dégagent de leurs énergies communes. Elle est tellement puissante que je ne sais pas, si je vais y arriver.

– ARRÊTEZ ! m'écrié-je en plongeant en plein dans les énergies.

J'me prends tout en pleine face et je vole contre le mur.

– Tyllia ! crient Malachai et Murphy en même temps.

Malachai s'arrête précipitamment, voyant le mal qu'il a fait autour de lui.

– Ma Tyllia… dit-il. J'suis tellement désolé, je ne voulais pas te faire ça.

– Ah, ben bravo ! crie Murphy. Regarde ce que nous avons fait ! Tu as tué la seule personne qui pouvait sauver notre monde de la destruction et de Shadow.

– Murphy… dit Malachai. Il y a encore un moyen de la ramener à la vie, pas vraie ?

– Pourquoi je ferai ça ? demande Murphy. Tu l'as fait exprès ! Cette situation, rappelle-toi c'est toi et toi seul qui l'a provoquée. J'espère que tu es désolé… parce que le vrai combat n'avait pas commencé et là nous sommes… sans

Akasha ! Comment crois-tu que vont réagir les Annales Akashiques ? Toi qui désirais tant te racheter pour ne plus être banni comme tu l'as été à cause de Bran la dernière fois… penses-tu une seule seconde que là-haut on va te pardonner ce geste ? C'était la Gardienne !

– Je… je ne sais pas quoi dire ! dit Malachai.

– Eh bien. Ne dis plus rien ! s'écrie Murphy. Quand le garçon se réveillera, imagine ce qu'il dira quand il verra sa petite-amie morte dans les bras de son père !

C'est difficile à croire mais Malachai laisse échapper des larmes de ses yeux. Lui pour qui il était impossible de pleurer, étant plus jeune. La seule fois où s'est arrivé, c'est quand Maëlle l'a quittée à nouveau… pour Bran.

Murphy s'approche, et me fait boire quelque chose de dégueulasse.

Tout à coup, je tousse parce que j'ai avalé de travers.

J'ouvre les yeux petit à petit.

Malachai m'enlace.

Mais il ne sait pas que je n'étais pas “morte”, et que j'ai tout entendu de ce qu'il a dit à Murphy.

– J'crois que tu lui devras des explications sur le rôle que tu as joué… dit Murphy en me faisant un clin d'œil.

– Merci… murmuré-je.

– Avec plaisir ! dit Murphy.

On frappe à la porte.

Mon pendule dans ma poche devient méga chaud tout à coup.

Mon Cube de Métatron aussi.

– Ils sont là-dedans ! crie une voix. Ils ne pourront pas s'échapper ! J'ai senti de la magie ancienne !

Malachai me regarde.

– Tu te sens d'attaque pour nous aider ? demande-t-il.

– Plus que jamais ! dis-je. À ton avis… qui est derrière cette porte ?

– J'ai plutôt envie d'espérer que cela ne soit pas déjà Shadow… dit Murphy.

– On le sentirait… non, si c'était lui ? dis-je.

– Pas forcément ! dirent Murphy et Malachai.

Kaël se réveille. Nous sommes trop préoccupés par ce qui se passe à l'extérieur pour nous en apercevoir tout de suite.

Murphy va près de la porte.

– Tiens-toi prêt Malachai… nous allons devoir affronter les sbires de Shadow… tous ensemble ! Tyllia… tu te chargeras d'aller mettre l'Orbe en sécurité, dans la forêt des Murmures… Elle nous reviendra quand nous en aurons besoin plus tard… jette là dans le Fleuve de l'Oubli… et fais juste attention à ne pas glisser dedans !

Je regarde Murphy sans rien dire pensant qu'il plaisante. Puis, Malachai me fait comprendre qu'il est sérieux.

– Mais pourquoi dans la forêt des Murmures ? demandé-je.

– Tu trouveras bientôt la réponse à ta question… dit Malachai.

– Vous allez continuer à la protéger ? demandé-je.

– Bien sûr ! Quelle question, et en l'amenant ici… elle a senti le danger, et elle s'est déplacée d'elle-même… dans un endroit où vous les jeunes n'avez pas le droit d'aller !

– Comme ? dit Malachai.

– Tu vas trouver cela trop original… dit Murphy en riant. Elle est dans ta chambre, Malachai. Il n'y a que là où personne de ce groupe ne va… enfin… sauf toi… et à présent ta fille ! Ne perdons plus de temps… ça commence à gronder dehors, ils trouveront un moyen d'entrer quand ils voudront.

Nous entendons un bruit à la fenêtre.

Elle s'est brisée et une armée entre à l'intérieur petit à petit.

– Tyllia… crie Malachai. Quand tu te sens prête… cours le plus vite que tu peux… Va à la Source, et laisse aller l'Orbe sur le Fleuve de l'Oubli !

Ni une ni deux j'ouvre la porte de la bibliothèque, esquive quelques attaques et me lance vers la chambre de Malachai.

Kaël me suit.

J'entends que ça attaque.

Je pousse la porte de la chambre de Malachai, mes poumons brûlant à force de courir. Qu'y a-t-il dans sa chambre à part des livres anciens et de secrets enfouis ? La pièce est plongée dans la pénombre, l'Orbe s'éclaire à notre arrivée.

Kaël s'immobilise derrière moi, son regard scrutant les ombres qui dansent sur les murs, comme s'il sentait la présence invisible de menaces aiguisées. Il est silencieux, mais la tension de son corps en dit long ; il est prêt à me défendre au besoin. J'avance prudemment, mes yeux s'adaptant peu à peu à l'obscurité. La chambre de Malachai est immense, presque un sanctuaire à elle toute seule. L'atmosphère y est lourde, chargée d'une magie qui pulse, presque palpable. Soudain, mes doigts rencontrent la sphère lisse et froide de l'Orbe, cachée derrière un rideau de velours. Je la saisis et la tiédeur de son toucher court le long de mon bras, me conférant une assurance nouvelle. L'objet me semble familier, comme si sa présence avait toujours été liée à ma destinée.

Je murmure un bref remerciement, consciente que chaque seconde compte. Kaël et moi échangeons un regard complice ; d'un commun accord, nous savons qu'il est temps de partir à la Source.

Mais nous ne pouvons pas laisser Malachai et Murphy se battre seuls, même si l'Orbe doit être mise en sécurité avant tout. Nous rebroussons chemin vers la fenêtre par laquelle nous nous glissons et empruntons le passage secret que Bran nous avait montré.

Une fois que nous avons atterri là où je pense, le Fleuve de l'Oubli n'est pas loin. J'en connais le chemin par cœur, comme gravé dans ma mémoire.

Des cris résonnent comme une cacophonie, je sais que cela vient du sanctuaire.

Mais je fais abstraction du chaos ; ma mission m'obsède, tout doit rester en suspens jusqu'à ce que l'Orbe soit en lieu sûr. Nous progressons avec célérité à travers les bois, mon instinct guidant mes pas, trouvant la force de ne pas flancher malgré la peur qui me tenaille. Kaël reste vigilant, défiant la forêt de son aura protectrice, prêt à intercepter toute attaque que l'armée de Shadow pourrait lancer contre nous.

Je finis par atteindre les rives silencieuses du Fleuve de l'Oubli, un ruban d'argent qui serpente à travers la Forêt des Murmures. Son nom renvoie à un pouvoir terrifiant ; les mémoires qu'il efface sont perdues à jamais. Je glisse l'Orbe dans les eaux lentement, la magie de l'objet vibrant en accord avec les flots.

Quand je me relève, le murmure des arbres semble approuver mon geste. De la paume de ma main, je pose un baiser, un adieu silencieux pour l'Orbe que je viens de confier au temps et à l'oubli.

Nous n'avons plus qu'à retourner à la frontière de la bataille. Kaël et moi nous faisons de l'ombre en nous remettant en route, la détermination renforcée par l'épreuve accomplie.

Tout à coup, je sens comme un vent froid.

Un frisson me parcourt corps, glacial, comme si le souffle même du Fleuve de l'Oubli venait de m'effleurer. Je me retourne brusquement, le regard aux aguets, mais il n'y a rien, que l'obscurité de la forêt qui semble se refermer derrière moi. Kaël est à mes côtés, ses yeux scrutent la même obscurité, cherchant ce qui a pu provoquer ce soudain changement d'atmosphère. Le combat à distance ne cesse de résonner, ses échos violents me rappellent que chaque moment est précieux. Je sais que nous devons revenir pour soutenir Malachai et Murphy, mais la peur me serre la gorge. Je ne suis pas seulement effrayée pour eux, mais aussi pour ce que nous pourrions trouver en rentrant. Et si Shadow était déjà là ?

– Ne te laisse pas emporter par la panique, me murmure une voix.

Je hoche la tête, plus pour me convaincre moi-même que pour répondre à Kaël, qui semble lire dans mes pensées.

Nous reprenons notre course à travers les bois, nos pieds foulant la mousse épaisse et les feuilles mortes, la lune jouant à cache-cache entre les branches.

J'entends les pas de Kaël derrière moi, aussi rapides et décidés que les miens. Subitement, une lueur apparaît devant nous, fluctuante et incertaine comme la flamme d'une bougie. Je ralentis ma course, me rapprochant avec prudence. C'est une silhouette, un éclaireur de Shadow sûrement, et nous sommes sur le point de lui tomber dessus. Je me pousse à la discrétion, mon cœur martelant ma poitrine avec force. Kaël resserre son emprise sur le poignard qu'il tient à la main, prêt à combattre. Je pense à tout ce qui se joue ce soir, la sureté de notre monde, l'équilibre entre ombre et lumière. Les enjeux sont énormes, et nous sommes au cœur de l'ouragan. Je sens l'adrénaline se mêler à la magie dans mes veines - je suis une combattante, une gardienne, la fille de Malachai et Maëlle, la petite fille de Séraphina. Je refuse de me laisser dominer par la peur. Nous contournons la silhouette, profitant de l'ombre des arbres pour nous cacher, et nous reprenons notre course.

Notre champ de bataille nous attend. Mais nous voulons faire une pause dans une cabane parce que Kaël a mal aux pieds...

Ses fenêtres sont éclatées, des colonnes de fumée noire s'élèvent vers le ciel, et les cris deviennent plus distincts, plus désespérés. Alors que nous nous apprêtons à nous précipiter vers l'intérieur et à nous joindre à la lutte, je sens de nouveau le vent froid. Cette fois, il est plus proche, plus menaçant, apportant un murmure que seul mon cœur semble comprendre. C'est un avertissement, un signe, et je sais maintenant que nous ne sommes pas les seuls à ramener de l'aide à nos compagnons.

Nous entrons tout de même, et là, je m'arrête net, saisissant le bras de Kaël.

– Nous devons être prudents, lui dis-je. J'pense que nous ne sommes pas seuls.

Mon pendule s'anime et le Cube de Métatron est vraiment chaud.

– Montrez-vous ! crie Kaël.

Une silhouette sort de l'ombre.

Je tiens fermement Kaël, mes yeux balayant la pénombre à la recherche du danger caché.

Le combat là-bas semble un monde lointain alors que notre attention se fixe sur la menace immédiate qui rôde autour de nous. Tout est silencieux une seconde, et puis, c'est comme si l'obscurité se densifie juste devant nos yeux.

Kaël et moi restons sur nos gardes, nos muscles tendus en anticipation d'une attaque imminente.

– Qui que vous soyez : affrontez-nous ouvertement ! lance Kaël.

La forme sombre émerge lentement de l'ombre, se cristallisant en une figure distincte mais toujours difficile à distinguer dans la faible lumière. Ma respiration se fait rapide, mais je tâche de garder mon calme, sentant que la peur pourrait nous aveugler plus que les ténèbres qui nous enveloppent.

Une silhouette apparait.

Elle m'est familière.

Peut-être même un peu trop.

– On se calme les gars ! dit une voix.

– Qu'est-ce que tu fais ici ? Comment tu nous as trouvé ?  dit Kaël.

– J'suis venue me faire pardonner ! dit-elle.

– Ah ? demande Kaël. Oui… mais bien sûr ! Espèce de traîtresse ! J'commence à en avoir marre qu'on se paie ma tête…

– Kaël… dit Amara. Essaie de te calmer… je te sens un peu trop… nerveux !  C'est moi, Amara, ta meilleure amie !

– Si tu étais vraiment ce que tu dis, jamais tu n'aurais rejoint les ennemis !

Je me fige, alors que Kaël s'ébroue tel un lion prêt à rugir. Ses muscles se tendent, ses yeux lancent des éclairs alors qu'il fixe Amara, méfiant. Je sens une vibration dans l'air, la même que celle qui précède les tempêtes, électrique et frémissante.

– Calme-toi, je lui murmure. Écoutons ce qu'elle a à dire. Cela pourrait nous aider.

– Amara... dit Kaël. Tu as intérêt à... à avoir une bonne raison !

Amara nous observe avec une intensité troublante, comme si elle était capable de percer nos âmes de son regard acéré. Sa présence, presque surnaturelle, flotte à peine au-dessus du sol, la lumière de la lune enveloppant son contour d'un halo argenté.

– Je suis là pour vous aider, vraiment, insiste-t-elle enfin, sa voix apaisante tranche avec l'atmosphère tendue. J'ai commis des erreurs, mais je veux réparer ce que j'ai cassé.

Je sens l'esprit de Kaël tournoyer entre méfiance et désir de croire. Il a été tellement trompé, que sa confiance est comme une vitre fissurée, prête à se briser au moindre choc. Son poing serré se relâche progressivement, bien que ses yeux conservent un éclat sauvage, prêt à s'embraser à nouveau si la trahison refleurit.

– Ok, dis-je pour rompre le silence qui étire l'instant en une éternité. Parle. Quel est ton plan ?

Amara expire, et je jurerai voir un frisson traverser son corps aérien.

– Shadow se prépare à l'ultime assaut, révèle-t-elle, la gravité de ses mots pesant sur nos épaules. Il ne s'arrêtera pas tant qu'il ne nous aura pas tous anéantis. Je connais une manière de pénétrer ses défenses. Une faille, un passage que seul moi connais. Et pour se faire, il faut que Shadow me fasse confiance !

Kaël croise les bras, son front plissé de scepticisme.

– Tu me fais marrer… dit Kaël.

– Parce que… parce que je n'ai pas le choix. Nous sommes à la croisée des chemins, et si nous ne nous unissons pas maintenant, tout sera perdu. J'ai besoin de vous... Et vous avez besoin de moi. Tu as besoin de moi, Kaël.

Je regarde Kaël, essayant de décoder les nuances dans ses yeux. Voit-il la sincérité dans les siens ? Peut-il discerner le vrai du faux dans ce miroir brisé de la confiance ? Je sais qu'il vacille, son âme déchirée entre les déchirements du passé et l'appel désespéré du présent.

– D'accord, mais avec une condition. Tu ne t'éloignes pas de nous, pas une seconde. À la première once de trahison, je te promets que tu regretteras amèrement d'avoir croisé notre chemin, dis-je pour lui.

Un sourire en coin trouve son chemin sur le visage d'Amara.

– Ce sont des termes que j'accepte volontiers, dit-elle. Maintenant, hâtons-nous. Chaque minute qui passe est un allié de plus pour Shadow.

Nous acquiesçons en silence, chacun pris dans ses propres pensées, nos regards se perdant dans l'obscurité qui nous entoure. Nous formons maintenant une alliance improbable, tissée de promesse et de danger. Mon instinct me dit que c'est une bonne chose, que nous sommes plus forts ensembles. Mais une part de moi reste vigilante, à l'écoute du vent qui murmure encore entre les arbres, un rappel que dans ce monde de magie et de poussée d'ombre, rien n'est jamais certain.

– Ne bougez plus ! crie une voix.

Amara se retourne en premier.

– Merde ! crie-t-elle.

– Vous êtes sur MON territoire… crie la voix. Et donc, potentiellement… vulnérable !

– Shadow ! dis-je. J'n'vais pas te laisser faire.

– Ce… non ! dit Amara en sentant que Shadow essaie de manipuler son esprit.

– Alors… alors… de qui vais-je me servir pour plonger le monde dans l'Oubli ? dit-il.

Je tousse.

Il attrape Kaël par les pieds et le tire jusqu'au Fleuve de l'Oubli.

Alors que je pense que c'est fini et qu'il l'a jeté dedans, Amara se jette sur Shadow... enfin... son ombre.

Un portail se crée, Kaël sort de l'eau difficilement.

– Amara ! Non… crié-je.

Elle plonge dans le Fleuve.

– Ne restons pas ici... dit Kaël en se relevant.

Je reste sans voix, immobile.

– Tyllia ! Allez… viens… le portail va se refermer ! crie Kaël.

Et nous empruntons le portail pour rentrer au sanctuaire.

La bataille contre les sbires de Shadow n'est pas complètement terminée même s'ils se sont retirés.

Les Annales Akashiques sont ouvertes, nous allons enfin pouvoir faire le point sur la situation qui plus est chaotique…

## 20

Ma grand-mère est là.

Elle est assise sur le seuil du sanctuaire.

Les Annales Akashiques sont ouvertes.

Léthé Memoria est là lui aussi en tant que Gardien avec une autre présence. J'pense sur le coup qu'il s'agit d'un vrai archange cette fois-ci.

Ils ne disent rien et froncent les sourcils en me voyant.

J'comprends qu'ils sont en colère contre moi.

Mais pour quelles raisons… ça je l'ignore !

– Allez ! crie Léthé Memoria d'une voix ferme. Pressez le pas ! Tous les deux ! Nous avons à vous parler… l'heure est grave.

J'ravale ma salive, j'ai l'impression d'avoir fait une bêtise.

Je m'avance lentement vers eux, chaque pas résonnant comme un tambour dans le sanctuaire.

Mon cœur bat à tout rompre, tambourinant un rythme effréné contre ma cage thoracique, et j'ai l'impression que chaque battement révèle une faute que j'ignore encore. Je ne peux détacher mon regard de leurs yeux perçants, qui scrutent mon âme plus que ma simple apparence. Ma grand-mère m'observe d'un regard doux mais teinté d'une sévérité inhabituelle. Ses mains, ridées par le temps et les secrets, serrent les pages anciennes avec une tendresse contradictoire à la situation. Qu'a-t-elle vu à mon sujet dans les Annales Akashiques qui semble tant l'alarmer ? L'archange, qui est aussi Gardien est impressionnant. Tant son énergie que son aura.

La bouche de Léthé Memoria se tord en une grimace sévère, ses yeux semblent lancer des éclairs.

– Tu ne mesures pas la portée de tes actes, jeune fille, commence-t-il sa voix résonnant contre les murs anciens du sanctuaire.

Ma gorge est sèche, le poids de l'inconnu pèse lourd sur mes épaules, mais je me tiens droit, prêt à affronter ce procès inattendu.

– Les fils du destin ne se manipulent pas à la légère, poursuit-il, tendant un doigt accusateur qui me transperce de part en part. Amara est du côté de Shadow, le temps de t'en rendre compte, et il aura fait passer son plan à l'action. Tu as agi inconsciemment, nous pourrions décider de te bannir, Akasha !

Je sens un frisson glacial parcourir mon dos. Je suis désemparé, ignorant toujours quel sinistre jeu j'ai involontairement mis en place.

Et alors, pris d'une soudaine prise de conscience, je farfouille dans ma mémoire, cherchant le geste, la parole, la pensée déviante qui a pu soulever les foudres de ces gardiens de l'histoire et du destin. C'est un examen minutieux de conscience, où je pèse chaque acte contre l'espoir de comprendre avant qu'ils ne m'exposent mes erreurs et, peut-être, le châtiment que je devrai en subir.

– Qu’ai-je fait de mal ? demandé-je. Pourquoi voudriez-vous me bannir ? J’suis la Gardienne, la SEULE qui peut sauver le Monde de Shadow. Désolée si je m’y suis mal prise, mais au moins, j’ai agi… en conséquence !

Léthé Memoria me fixe.

– Elle se défend bien, dit l’archange.

– Quant à toi… le garçon ! dit Léthé Memoria.

– Pas la peine de dire quoi que ce soit… dit Kaël. J’pense que je sais ce qu’ils me reprochent ! J’ai été un idiot, j’ai failli mourir... alors que je suis en mission pour ma dernière vie… je dois atteindre le Nirvana, je sais ! Pas me réincarner…

– Il y a de ça ! dit l’archange. Mais pas seulement.

– HEIN ? dit-il. J’n’vois pas quoi d’autres. Est-ce que… cela a un rapport avec Tyllia ? Euh… Akasha ?

– Tu es… amoureux, Kaël ! dit ma grand-mère. Hélas, c’est voué à l’échec… si tu continues comme cela… c’est Tyllia que tu rendras malheureuse ! Tu comprends ?

– Non… dit Kaël.

Je reste clouée face à ces révélations qui pèsent sur les épaules de Kaël comme des chaînes de plomb. L'amour, ce sentiment élévateur, se mue ici en un danger, un obstacle à une quête de transcendance que je ne mesure qu'à peine. Je ressens une pitié teintée d'effroi pour mon ami, pour le choix déchirant qu'il doit affronter entre le cœur et la destinée. Mais alors que je contemple son visage marqué par un tumulte intérieur grandissant, je comprends que ma propre épreuve n'est pas terminée.

La tension dans l'air est palpable comme si tout était la faute de Kaël seul.

– Et pour moi ? demandé-je.

– Pour toi, c'est bien plus complexe, me répond-il avec une lueur d'exaspération dans les yeux.

Je respire profondément.

– Par où je commence ? dit Léthé Memoria. Tu as brouillé les lignes qui ne devaient jamais se croiser. Ton existence est maintenant à un carrefour de possibilités qui étaient censées rester étrangères les unes aux autres. Et ça, jeune fille... ça peut avoir des conséquences dramatiques.

Je décèle dans sa voix une gravité qui me glace le sang. Sous le regard scrutateur de ma grand-mère, je me sens soudain très jeune, très imprudente, et terriblement vulnérable. Ma gorge se noue, et je cherche dans les profondeurs de mon être le courage de demander :

– Que dois-je faire alors ?

Il s'approche un peu plus, et toute la dureté semble s'être évaporée de ses traits.

– Tu dois d'abord comprendre la nature de ton erreur, et ensuite... tu devras faire un choix, aussi cruel soit-il. Apprendre ou te perdre dans les méandres d'un destin que tu n'étais pas censée forger.

Je hoche la tête, les mots résonnant dans ma tête comme un écho lointain. Je dois comprendre. Comprendre mes actes, les répercussions, et me préparer à une décision.

– Tu auras mon aide et celle des archanges une fois le moment venu, assure ma grand-mère.

– Et la mienne, évidemment ! murmure Kaël d'une voix.

– C’est tout mignon ça ! dit Malachai en arrivant. Mais Kaël… je te suggère de rester en dehors de ça ! Le plus que tu peux…

– Quoi ? dis-je. C’est injuste !

– N’t’en mêle pas Tyllia… tu en as déjà assez fait ! dit ma grand-mère.

– Mais… Kaël est mon ami… avant d’être mon petit-ami, ma flamme jumelle !

Je fronce les sourcils, le reproche de ma grand-mère me piquant le cœur comme une épine. Malachai, avec cette nonchalance qui lui est caractéristique, vient de jeter une ombre sur l'élan de solidarité naissante. Mes yeux vont de Kaël à Malachai, cherchant à comprendre les véritables enjeux qui semblent nous dépasser tous.

– Je ne peux pas rester là sans rien faire, insisté-je. Si Kaël a des ennuis, c’est parce que je l’ai embarqué dans cette histoire, autant qu’il m’a embarquée lui-même !

– Tyllia, ta volonté est louable, mais parfois l'aide la plus précieuse est de laisser les choses suivre leur cours, explique Léthé Memoria avec une patience que je ne lui connaissais pas.

– Suis-je donc si dangereuse pour le fil de sa destinée ? demandé-je, la voix brisée par la peur et le doute.

– Ce n'est pas une question de dangerosité, intervient ma grand-mère d'une voix douce. C'est une question d'équilibre. Parfois, l'amour véritable se manifeste en prenant du recul.

Je secoue la tête, incapable de me résoudre à cette idée. Le concept m'échappe, et je sens l'incrédulité mordre mes pensées. La vérité est dure à accepter.

– Je... je comprends, finis-je par murmurer, la gorge serrée. Je ferai ce qui est nécessaire. Mais comment vais-je savoir ce qui est juste ? Comment choisir le bon chemin ?

Je me tourne vers l'archange, espérant y trouver une guidance divine ou au moins une indication.

– Ta lumière intérieure est ton meilleur guide, dit-il avec une sagesse imperturbable. Fais confiance à ton cœur, Tyllia, mais ne laisse pas tes émotions te submerger. L'intuition et la raison doivent naviguer de concert dans les eaux troubles de ton âme.

Je hoche la tête, tentant de digérer ses paroles qui résonnent en moi comme une mélodie au rythme complexe. Je sens que je suis au bord d'une grande révélation, un pas de plus et la vérité m'éblouira ou m'engloutira. Je suis sur le fil, en équilibre précaire, le moindre faux pas pourrait être fatal.

Kaël me donne une tape amicale sur l'épaule, un geste qui se veut réconfortant. Je lui offre un sourire faible, une tentative de montrer que je suis prête à affronter cette épreuve, même si au fond de moi, je me sens plus perdue que jamais.

– Tu as besoin de temps pour réfléchir, Tyllia, conclut Léthé Memoria. En attendant, le monde ne s'arrêtera pas de tourner. Continue à vivre, apprends de chaque expérience, et surtout, rappelle-toi que chacun de tes choix façonne l'univers.

– Je... je vais essayer, promets-je, les mots s'étranglant presque dans ma gorge.

Ma grand-mère offre un dernier regard qui se veut réconfortant avant de se plonger de nouveau dans les Annales Akashiques, son expression focalisée et sérieuse trahissant l'immensité des enjeux.

Quant à moi, je reste là, perdue dans la contemplation de l'immensité du sanctuaire, la tête lourde de questions, le cœur alourdi par l'incertitude.

Je réprime un frisson qui me parcourt le dos. L'idée qu'il y ait quelque chose de plus grand, de plus sombre lié à Vincent, sème en moi un trouble profond. Et s'il n'était pas seulement une pièce de cet échiquier cosmique sur lequel nous jouons notre destin, mais le roi d'un jeu dont je n'ai pas encore déchiffré toutes les règles ?

Une inquiétude rampante me saisit tandis que je fixe Léthé Memoria, cherchant dans son regard un indice, une confirmation de mes craintes. Il se détourne légèrement, comme pour masquer ses pensées, et c'est à ce moment-là que je sens que le problème me concerne, moi et Vincent, bien plus que je ne l'avais imaginé.

– Vincent, soufflé-je, mon esprit bourdonnant d'une anxiété à peine contenue. Qu'a-t-il fait ?

– Ce n'est pas ce qu'il a fait, mais ce qu'il va causer, rectifie l'archange d'une voix qui semble sculpter la réalité à chaque mot prononcé. Les lignes de son destin sont entremêlées avec les tiennes de manière irrévocable. Les conséquences de cela...

Sa voix s'éteint, laissant les mots non-dits peser dans l'air comme un orage qui gronde mais ne se résout pas à éclater.

– Quelles conséquences ? De quoi tu parles ? demandé-je.

– Si tu continues sur ce chemin, Tyllia, Vincent deviendra l'agent du chaos que nous cherchons tous à éviter, annonce ma grand-mère en relevant la tête vers moi. Son rôle est plus déterminant qu'il n'y paraît et ton influence peut être soit salvatrice, soit destructrice.

La chute est brutale, et je sens mon souffle s'échapper en un hoquet silencieux. Comment ai-je pu devenir la clé pivotant dans la serrure du destin de Vincent ? La culpabilité s'enroule autour de mon cœur comme une vigne épineuse, griffant ma conscience avec ses doutes et ses peurs.

Je jette un regard vers Kaël en quête de soutien, mais ses propres conflits intérieurs l'assaillent, le laissant isolé dans son combat silencieux entre désir et devoir. La solidarité qui nous lie ne peut rien contre l'ampleur de ce que nous révèle l'univers à cet instant.

– Il y a pire, continue Léthé Memoria avec une gravité qui fait frissonner l'air. Vincent porte en lui un héritage qui pourrait tout renverser. Ton rôle, Tyllia, est d'éveiller ou de contenir cette force. La moindre de tes décisions peut libérer un bienfait ou une calamité.

Le poids de ces révélations me submerge, comme si chacune de mes actions passées resurgissait pour me définir dans ce présent tendu. Vincent, l'énigmatique Vaelus, mon frère - peut-être même quelque chose de plus, qui sait - s'avère être un point de convergence dans le tissu délicat du continuum. La surprise et le sentiment d'une responsabilité colossale m'enveloppent d'un nuage d'incertitudes anxieuses.

– Comment puis-je savoir ce que je dois faire pour... pour choisir le bon chemin pour Vincent ? murmuré-je.

Kaël se rapproche de moi, posant une main sur mon épaule. Son soutien est un phare dans la tempête de mes pensées.

– Tu as toujours eu un bon jugement, Tyllia, et ton cœur est pur. Tu sauras trouver le chemin, murmure-t-il.

Je m'accroche à ses paroles, un radeau dans une mer d'incertitude. Pourtant, la certitude de Kaël ne peut effacer les nuages noirs qui s'amoncellent dans mon ciel intérieur.

– Vincent, que puis-je faire pour toi ? Quelle route dois-je emprunter pour que nous soyons tous les deux sauvés de ces prophéties ? me demandé-je tout bas.

– Focalise-toi sur ta lumière intérieure, Tyllia, insiste l'archange. Elle te guidera.

Je hoche la tête, les mots résonnant dans ma poitrine comme une promesse. Je dois comprendre, agir avec précaution. Vincent et moi sommes liés, et je me dois d'être cette lumière guidant notre route commune à travers les ténèbres du doute et de l'ignorance.

Je fixe la bibliothèque des Annales Akashiques qui se referment avec un frémissement presque imperceptible, scellant leurs secrets mystérieux comme le point final d'une phrase inachevée. Une tension diffuse emplit le sanctuaire alors que chacun semble retenir son souffle, conscient que les mots qui viennent de s'effacer devant nos yeux contiennent peut-être la clé de notre avenir.

Le silence alourdit l'atmosphère, mes oreilles bourdonnent de non-dits et de révélations qui pèsent sur mon esprit. Je sens la charge de ce que je viens d'apprendre m'oppresser, et mon cœur se bat en désordre contre ma poitrine. La lumière se tamise légèrement, comme pour marquer une transition subtile dans ce tableau immuable. Alors, comme un acteur entrant en scène au moment le plus critique de la pièce, une silhouette se détache des ombres qui l'entourent, se dessinant avec une précision qui me coupe le souffle. Ses yeux, d'un éclat qui semble capturer les étoiles lointaines, se posent sur moi avec une intensité qui me fait frissonner. Mes compagnons se tournent vers lui, et l'air se charge d'une vigueur nouvelle.

Il est là, calme, maître de ses émotions comme toujours, mais avec une aura qui laisse pressentir qu'il porte en lui des desseins non révélés, un secret encore drapé de mystères. La confrontation avec les gardiens du destin, la révélation de ma grand-mère, tout cela semble s'éclipser face à sa présence. Il existe entre Vincent et moi un lien inexplicable, quelque chose de profond qui défie les limites de l'amitié. Je perçois dans son regard une promesse non formulée, un parcours que nous devrons peut-être emprunter ensemble, une gamme d'harmonies mêlant nos âmes.

– Vaelus… dit une voix que je ne connais pas. Tu oses profaner ce lieu sacré en pénétrant ici. Tu n'es pas le bienvenu ici. Tu ne le seras jamais…

Les mots n'existent pas pour exprimer ce tourbillon à l'intérieur de moi. Il s'avance, chaque pas mesuré, une comète glissant silencieusement à travers le firmament. Il s'arrête à une distance respectueuse, mais l'espace entre nous est chargé de signification, vibrant du potentiel d'histoires non écrites et de destinées entrelacées. Les autres le regardent, autant intrigués que moi, conscients que sa présence à cet instant précis est loin d'être fortuite. Il y a une œuvre à l'horizon, une machination du destin qui se révèle lentement, feuillet par feuillet. Il nous fixe tour à tour, un demi-sourire énigmatique aux lèvres, et la lumière joue étrangement sur ses traits, les rendant à la fois sereins et insaisissables. Il semble sur le point de parler, d'ouvrir le voile sur la scène suivante, et notre anticipation est un silence palpable, un souffle retenu.

Puis, sans un mot, sans un geste pour briser ce tableau captivant, il se retourne lentement, et son regard, cette fenêtre sur un monde de pensées secrètes, me laisse deviner les rouages d'une horloge cosmique dont ni lui ni moi n'avons encore exploré l'entièreté. Un vertige me prend, la sensation de se tenir au bord d'un abîme dont la profondeur défie l'imagination.
Il est sur le point de partir, sa silhouette se fondant de nouveau avec les ombres qui s'épaississent autour de nous.

Je frissonne.

– Tyllia… reprend Malachai. Que je te rassure, même si Léthé Memoria et l'archange ont été… disons pas très sympathique dans leur parole, ils ne te veulent pas du mal.

– J'me doute ! dis-je.

– Alors dis-moi ce qui t'inquiète ? fait Malachai à plusieurs reprises.

Je refuse de répondre.

Il est la dernière personne à qui j'ai envie de me confier et là, pour le moment, j'ai juste envie d'être seule… et faire ce que ma grand-mère ne veut pas que je fasse : pleurer un bon coup.

Kaël essaie de ma rassurer comme il peut en voyant lui aussi l'ombre planer autour de nous.

Lyra arrive soudainement.

Elle nous a fichu la trouille en débarquant comme ça.

Il commence à faire noir dehors.

Normalement cela ne m'inquiète pas, mais à cette heure-ci, c'est un signe que soit il va pleuvoir… soit qu'une tempête se prépare.

Tout à coup, l'air change.

– Il commence à faire froid, vous ne trouvez pas ? demandé-je.

Est-ce mon imagination ?

Malachai ne réagit pas.

– Qu'est-ce qui ne va pas Tyllia ? demande aussitôt Elara. Tu n'as pas l'air bien…

– J'sais pas… je… fis-je.

J'me sens partir.

Kaël me rattrape.

– Qu'est-ce qu'elle a ? demande Malachai inquiet.

– J'pensais que tu le savais… dit Kaël.

Il me pose sur le sol.

J'suis brûlante comme si j'avais de la fièvre.

Elara regarde Malachai, puis Lyra crie. Elle tombe dans les pommes à son tour, elle est prise par une vision horrible comme si Shadow essayait d'entrer directement en contact avec nous à travers elle.

Kaël et Malachai se regardent sans rien dire, ils pensent à la même chose.

L'ombre qui est là, elle est peut-être malfaisante.

Elara, quant à elle, prend la température de Lyra avec ses mains.

Lyra a l'air d'aller mieux que moi.

J'suis dans un sale état d'après eux.

Elara attrape mon pendule.

– Qu'est-ce que tu fais ? demande Malachai. C'est le pendule de Tyllia !

– J'sais bien ! dit Elara. Mais je n'ai pas le choix. J'crois que quelque chose est collé à elle !

– Ah ? dit Malachai. Mais je ne vois rien…

– Cela se sent en tout cas… dit Kaël. J'me disais bien que quelqu'un nous observait depuis tout à l'heure.

Il désigne un endroit dans l'ombre.

Malachai essaie d'utiliser la magie pour dévoiler ce qui s'y cache.

Elara commence un soin énergétique, au moment où je me réveille soudainement.

Un murmure m'échappe :

– Bientôt…

L'ombre s'approche alors d'Elara.

– Vincent ! dit Elara soudainement en ouvrant les yeux. C'est Vincent.

– Impossible ! crie Malachai.

– Il est venu nous mettre en garde… dis-je inconsciemment. Le vrai combat va bientôt commencer !

Printed in Poland
by Amazon Fulfillment
Poland Sp. z o.o., Wrocław

40394322R00172